ro
ro
ro

Janwillem van de Wetering, geboren 1931 in Rotterdam, reiste fünfzehn Jahre lang durch die Welt, verbrachte davon achtzehn Monate in einem buddhistischen Kloster in Japan und schrieb darüber «Der leere Spiegel» (rororo 14708). Anschließend verdiente er sein Geld als Kaufmann. Zum Kriminalschriftsteller wurde er eher zufällig. Durch die Lektüre von Simenon wollte er sein Französisch auffrischen und beschloss, es besser zu machen als der Altmeister. Mit seinen Romanen um de Gier, Grijpstra und den Commissaris, die alle in der Reihe der rororo-Taschenbücher vorliegen, eroberte er die Leser in aller Welt. Er lebt mit seiner Familie in Maine / USA.

JANWILLEM
VAN DE WETERING

Ketchup, Karate und die Folgen

Roman

Deutsch von
Hubert Deymann

Rowohlt Taschenbuch Verlag

Neuausgabe Februar 2004

Deutsche Erstausgabe
Veröffentlicht im Rowohlt Taschenbuch Verlag,
Reinbek bei Hamburg, Juli 1982

Redaktion Brigitte Fock
Umschlaggestaltung
any.way, Barbara Hanke / Cordula Schmidt
(Foto: Mauritius)
Gesamtherstellung Clausen & Bosse, Leck
Printed in Germany
ISBN 3 499 23551 0

Ketchup, Karate
und die Folgen

Teil 1

I

Es war Freitag abend, und ungewöhnliche Sommerhitze hing noch unter dem sternklaren Himmel. Ein Volkswagen, altes Modell, zerbeult und an den Kanten verrostet, hielt an, bevor er von der Brouwersgrachtseite her auf die Brücke über die Keizersgracht fuhr. Ein gewöhnlicher Wagen mit zwei gewöhnlichen Männern.

Vielleicht doch nicht so gewöhnlich; der Fahrer galt als gutaussehend, besonders bei Frauen, und ein wenig davon war sogar durch das schmutzige Fenster zu erkennen, das der Brigadier herunterkurbeln wollte, es enthüllte so allgemein akzeptable Merkmale wie eine gerade Nase über einem schwungvollen Schnurrbart, sanfte, ausdrucksvolle Augen und dichte, sorgsam gekämmte Locken.

«Es funktioniert nicht!» sagte Rinus de Gier. Der Brigadier, beschäftigt bei der Amsterdamer Stadtpolizei, Abteilung Kriminalpolizei, ein erfahrener Mann vom Morddezernat, wandte sich seinem Vorgesetzten zu. «Das Fenster funktioniert nicht. Gestern ging es noch. Danach hast du den Wagen gefahren. Du hast es wieder mal mit Gewalt gemacht.»

«Ja», sagte Adjudant Grijpstra, «du hast recht. Was ich auch anfasse geht kaputt. Fahr jetzt weiter.»

De Gier konzentrierte sich auf Grijpstras Gesicht und versuchte, die Gültigkeit und Ernsthaftigkeit des Befehls festzustellen. Er lächelte. Der Adjudant sah friedlich aus und solide in der Würde seines zerknitterten Nadelstreifenanzugs; eine Vaterfigur, zehn Jahre älter als der Brigadier, der mittlerweile auch älter wurde, da er die Vierzig überschritten hatte. Grijpstras Körperhaltung charakterisierte ihn: ein Mann von Substanz, von Substanz der geistigen Art, ein erfahrener Beamter, vertrauenswürdig, gereift, während er mürrisch dem abstrakten Staat diente, verpflichtet, die Ordnung aufrechtzuerhalten, damit seine Millionen eigensinniger Bürger in ihrer egozentrischen Weise weitermachen konnten. Grijpstras ergrauter schwerer Kopf blieb teilnahmslos bei de Giers forschendem Blick, aber seine blaßblauen Augen spiegelten verhaltene Ungeduld wider.

«Fahr weiter», sagte Grijpstra freundlich, aber nachdrücklich.

De Gier beobachtete die wachsende Menschenmenge, die sich unablässig auf der Brücke bewegte. Er schätzte die Haltung der Menge ab und nickte beifällig. Danach musterte er die Reihe der Giebelhäuser, die die Pracht des siebzehnten Jahrhunderts durch die Zweige majestätischer Ulmen entlang der beiden Grachten entfalteten.

«Ein herrliches Fleckchen, Grijpstra. Ich glaube, dies ist eine der besten Gegenden der Innenstadt. Wir sind umgeben von dekorativer, wunderschöner Architektur.»

Grijpstra streifte seine Uhr vom Handgelenk und ließ sie vor de Giers Augen baumeln. «Es ist nach halb elf, Brigadier. Wir sind überfällig im Präsidium. Unsere Aufgabe ist erledigt, und wir arbeiten an diesem Wochenende nicht. Das Wochenende hat begonnen.»

De Gier antwortete nicht. Grijpstra seufzte.

«Wir brauchen nicht hier zu sein, Rinus, wir müssen in einer Kneipe sein. Wir sollten schon unser erstes Glas bestellen. Du könntest mir eine Geschichte erzählen, und ich könnte dir zuhören.»

De Gier zeigte nach vorn auf ein Café, etwas nach rechts gelegen. Es nahm das Erdgeschoß eines stattlichen, herrlichen Gebäudes ein, und sein Schild, das Ziel von Brigadier de Giers langem und geradem Zeigefinger, verkündete in gefälliger Schrift BEELEMA; das Wort war von einer eisernen Blättergirlande umgeben.

«Ich bin seit Jahren nicht mehr bei *Beelema* gewesen, aber ich glaube, er lockt immer noch intelligente Gäste an.»

Grijpstra blieb ruhig, aber die Falten um seine Augen vertieften sich.

«Bier!» sagte er schwerfällig. «Aber dort will ich keins, und du darfst keins bekommen. Es bringt dich dazu, an Bäumen stehenzubleiben, und ich habe es satt, auf dich zu warten. Ich gebe dir einen Genever aus. Gehen wir.»

De Giers Blick huschte zur Menschenmenge zurück. Sie hatte sich seit kurzem verdoppelt und begann, die Uferstraße zu blockieren.

«Geh!» Grijpstra stieß mit dem Ellbogen in de Giers empfindliche Seite. «Dies hat mit uns nichts zu tun. Für Menschenmengen ist die uniformierte Polizei zuständig. Sie sind dort. Siehst du? Ihr Wagen steht hinter dem Laster, und dort ist ein Konstabel. Er kann sich darum kümmern. Er ist ein ausgezeichneter Konstabel. Er heißt Ketchup. Er ist von der hiesigen Revierwache.»

De Gier entschloß sich, nach einem kurzen Blick auf das Gesicht des Adjudant, auf Zeit zu spielen.

«Ketchup?» fragte er höflich.

Grijpstra versuchte, die Frage mit einer Handbewegung abzutun.

«Ja. Der Konstabel hat den Ruf, ein wenig gewalttätig zu sein; er ist dafür bekannt, daß er gelegentlich einen Verdächtigen blutig schlägt. Sein Kollege ist vom gleichen Kaliber, ein Kerl namens Karate. Vielleicht grob, aber in dieser Gegend ist das zu erwarten. Ketchup hat in sein Funkgerät gesprochen, er muß Verstärkung angefordert haben. Zum letztenmal, Brigadier, laß uns abhauen, solange wir es noch können.»

De Giers ebenmäßige, aber etwas vorstehende Zähne blitzten. Er parkte den Wagen und stieg aus. «Nur eine halbe Minute, Adjudant, ich bin gleich zurück.»

«'n Abend», sagte Ketchup. «Haben Sie über Funk meine Bitte um Verstärkung gehört? Schnelle Bedienung, Brigadier. Ich kenne Sie. Erinnern Sie sich an den Abend auf dem Schießstand? Als Karate alle Preise gewann? Schade, daß das Präsidium den Sieg nicht davontrug, aber wir haben mehr Übung, nehme ich an. Sie waren auch in der Mannschaft, glaube ich.»

«War ich?»

«O ja. Karate ist selbstverständlich ein echter Meisterschütze, ein Sieger, aber im Augenblick steckt er ein bißchen in Schwierigkeiten. Er liegt in der Gracht. Er versucht, einen ertrinkenden Mann zu retten, der lieber absaufen möchte.» Ketchup mußte den letzten Teil des Satzes schreien. Die Begeisterung der Menge nahm zu. «Tor!» schrie die Menge. «Hurra!»

De Gier bahnte sich mit den Schultern den Weg zur Brücke. Die blaue Uniform des schwimmenden Polizisten bot einen hübschen Gegensatz zur tiefgrünen Farbe des schleimigen Wassers der Gracht; dann wurde der beherzte Konstabel für einen Moment unsichtbar, als er tauchte, um dem Angriff des ertrinkenden Mannes auszuweichen, der mit seinem Stock auf ihn eindrosch.

Der Stock war eine Krücke. Der Brigadier wandte sich an Ketchup, der ihm zum Brückengeländer gefolgt war.

«Ist der Zivilist körperbehindert?»

«Ja, Brigadier.»

Ketchup lächelte beflissen. Er war ein kleiner Mann, und de Gier beugte sich herab, um den Untergebenen anzusprechen.

«Erkläre!»

Ketchup gehorchte sofort und unterwürfig. Das meiste von seinem Bericht ging im geballten Lärm der Menge unter. De Gier runzelte die Stirn.

«Sag mir», brüllte der Brigadier, «wie hat das angefangen?»

Ketchup versuchte, sich abzusetzen, aber die Menge schob ihn zurück an die Brust des Brigadiers. Er wiederholte seinen Bericht, schreiend, wobei er die Sätze verkürzte.

«Aha.» De Gier hatte gehört. Er reihte jetzt die Tatsachen aneinander. Karate und Ketchup, Fahrer und Beobachter eines Streifenwagens, hatten Befehl, einen Tumult zu untersuchen. Ein Straßenhändler, der an seinem Stand Matjesheringe mit Zwiebeln verkaufte, hatte seine Anzeige telefonisch ans Präsidium durchgegeben. Hippies, so sagte der Heringsmann, beeinträchtigten seinen Handel. Der Streifenwagen, aufgehalten durch dichten Verkehr und viele ordentlich abgesperrte Gebiete, in denen Straßen repariert wurden, kam zu spät. Der Matjesstand war geschlossen, und Hippies waren nicht zu sehen. Die Konstabels, enttäuscht, gingen nicht zu ihrem Wagen zurück. Bis jetzt war der Abend ereignislos gewesen, und sie hätten es begrüßt, etwas zu tun zu bekommen. Sie waren darauf aus, Unordnung aufzuspüren, und sie wurden angelockt von Geräuschen, die aus dem Café *Beelema* kamen. Die Geräusche stammten von zerbrechendem Glas und lauten Stimmen. Sie stürmten das Café. Karate, der den Angriff anführte, wurde von einer Krücke getroffen, die ein Betrunkener schwang.

Der Brigadier legte die Hände trichterförmig um den Mund und richtete seinen Schrei auf Ketchups Stirn. «Ihr fühltet euch also bedroht?»

«Stimmt, Brigadier.»

«Und ihr habt die Bedrohung beseitigt, indem ihr euren Mann in die Keizersgracht geworfen habt?»

«Stimmt! Damit war vorübergehend Ruhe schaffen konnten. Da waren noch andere Unruhestifter: ein fetter Mann in Lederkleidung, eine männliche Hure im Nachtgewand und eine jüngere Frau, die schrie. Sie standen dem Krückenschwinger bei. Sie waren Rädelsführer. Da war ein Hund.»

«Er griff euch an?»

«Er knurrte.»

De Gier beobachtete den Polizisten, der an verschiedenen Stellen der Gracht auftauchte. Er zuckte die Achseln. «Ihr habt nicht nach euren Schußwaffen gegriffen?»

Ketchup lächelte höflich. «Nein.»

Der ertrinkende Mann wiederholte seinen Angriff. Seine Krücke traf die Stelle, an der Karates Kopf gewesen war. Die Menge fand das gut. «Olé!»

«Bitte, Brigadier, helfen Sie Karate. Ich werde die Leute in Schach halten.» Ketchup hatte ein Schlupfloch gefunden, er machte sich davon.

De Gier begann, sich auszuziehen. Er nahm den Seidenschal aus dem Kragen seines taillierten Hemdes und schaute sich um. Grijpstra kam herbei und hielt seinen Arm hoch. De Gier legte den Schal ab. Er zog die Jacke aus. Er streifte die Riemen ab, die unter seiner Armhöhle die Schußwaffe gehalftert hielten. Er stieg aus seiner Hose. Ein Mädchen schob Grijpstra weg und bewunderte den sich ausziehenden Brigadier. Die Freundin des Mädchens schubste Grijpstra ebenfalls.

«Dufte», sagte das erste Mädchen.

«Ooh», sagte das zweite Mädchen und wiederholte den Ausruf, als de Giers breite Schultern, der lange und muskulöse Rücken, die schlanke Taille und die geraden Beine sichtbar wurden.

«Bißchen dünne Beine», sagte die erste, «was mir aber nichts ausmacht. Hübsch, nicht?»

Die zweite blieb bei ihrer ursprünglichen Bemerkung. Die erste stieß sie sanft an.

«Ja», sagte das zweite Mädchen. «Ich mag auch die Augen und die Locken. Ob wir uns den hinterher mal aufreißen?»

De Gier stieg über das Geländer, zögerte und sprang. Während er sprang, dachte er, es sei schade. Der Fall war nicht ungewöhnlich: ein Betrunkener in einer Gracht kam vielleicht nicht jeden Tag vor, aber bestimmt einmal in der Woche. Er hatte, als er auf den Tumult aufmerksam wurde, etwas mehr erhofft. Er brauchte Arbeit, um die Leere des bevorstehenden Wochenendes auszufüllen. Er sah, als er fiel (der Verstand ist schnell), auf der sanften grünen Dünung der Grachtenoberfläche in ordentlichen Lettern einen Aphorismus. *Leere ist des Teufels Kopfkissen*. Dann änderte sich ein Wort. Leere ist des *Rauchers* Kopfkissen. An zwei unausgefüllten Tagen nichts zu tun zu haben, würde ihn gewiß wieder veranlassen zu rauchen. Er hatte jetzt seit fünf Tagen nicht geraucht. Der drohende Friede und die entsetzliche Ruhe des bevorstehenden Wochenendes würden seine Bemühung zerbrechen. Das Wochenende würde ihn vernichten, es sei denn, *klatsch!* Das Aufklatschen sprengte sowohl Aphorismus als auch Nachdenken. (Der Verstand mag schnell sein, aber er bewegt sich dennoch innerhalb der Zeit.) De Gier, der Pflicht zu denken enthoben, machte die Empfindungen durch, naß und schmutzig zu werden. Ein Präservativ wickelte sich um seinen Zeh, eine aufgeweichte Zeitung trieb an seinem Mund vorbei, seine Handgelenke verfingen sich in einer blaßgrünen Wasserpflanze. Er murrte und schüttelte das Präservativ ab. Die Zeitung schwamm weiter. Er zerriß die Wasserpflanze. Er bestimmte seine Position. Sein Körper hatte sich gedreht, während er fiel; er sah nicht mehr den Konstabel und den Zivilisten, sondern eine Reihe von Beinen. Sie gehörten zu ordentlich aufgereihten Zuschauern, die sich auf einem Baum niedergelassen hatten, der vom Alter gefällt worden war und die Gracht überquerte. Die Augen der Zuschauer waren feindselig. De Gier atmete aus; das sich kräuselnde Wasser reichte ihm bis zum Mund.

«Aufpassen!» rief Karate.

De Gier drehte sich um und sah einen blonden Kopf und eine rosa Hand. Der Gegner beobachtete ihn aus blutunterlaufenen Augen. Sein sprudelnder Mund blies eine Blase, einen Ballon – der mehr sein mußte als nur ein Speichelhäutchen, denn er zerplatzte nicht –, der sich von den vorstehenden Lippen des Mannes lösen konnte und davonschwebte. Die Krücke war erhoben, bereit, herunterzukommen, und de Gier breitete die Arme aus und setzte sich nach rückwärts in Bewegung. Die Krücke kam herunter und schoß wieder hoch. De Giers rudernde Arme verschafften ihm einen größeren Abstand.

Grijpstra hatte genug gesehen. Behindert durch rempelnde Körper und ertaubt von rauhen Stimmen, mühte der Adjudant sich ab, kam frei und fand etwas abseits des Tumults einen verlassenen Handkarren, der an einen Baum gekettet war. Er kletterte auf den Karren, sorgsam darauf bedacht, ihn nicht umzukippen, und bewunderte den Anblick – ein vollkommenes Quadrat, eingefaßt von Brücke, Uferstraßen und umgefallener Ulme –, die Arena, in der der Gesetzeshüter seinen schrecklichen Gegner bekämpfte. Er wandte die Augen ab. Der Anblick mochte interessant sein, aber ihm gefiel der regelwidrige Verlauf dort nicht. Ihm war lieber, was außerhalb jenes Bereichs lag, und er beobachtete ruhiges Wasser, das zwei Gänse mit feurigrotem und rundem Schnabel sowie glitzernden Augen trug. Grijpstra glaubte, diese Szene zu kennen, und forschte in seinem Gedächtnis nach Assoziationen. Die gewünschte Information kam sofort. Er sah deutlich in seiner Erinnerung Gemälde, geschaffen von Melchior Hondecoeter, einem Künstler des Mittelalters, den Vögel stets inspiriert hatten. Der Adjudant sah Fasanen auf einem schneebedeckten Friedhof, eine riesige Waldschnepfe, die sich mit aufgeplusterter purpurner Kehle und halb erhobenen Flügeln gegen den Angriff eifersüchtiger Pfauen verteidigte, und rußschwarze Bläßhühner, die auf einem Burgteich landeten, der von zerfallenden, moosüberwachsenen Mauern umgeben war. Er nickte, aber Hondecoeter hatte vergessen, diese exotischen Gänse zu porträtieren, wie sie in arroganter Pracht auf der grünen Dünung glänzenden Wassers dahinglitten, in dem sich hoch aufragende silbergraue Herrenhäuser spiegelten, die sich in ihrem hohen Alter aneinander festhielten.

Grijpstra schaute hoch. Die schmalen Giebelstrukturen trugen goldene Kugeln, die einen steinernen Engel flankierten, der seine Posaune hob. Die hohen Bäume, die eine große Last an Laub trugen, griffen nach dem Engel. Der Adjudant seufzte. Er würde dies Bild gern malen, aber dazu benötigte er Ruhe und einen aufgeräumten Platz. Seine kleine Wohnung bot weder das eine noch das andere. Er dachte an seine plattfüßige, schwere Frau und den Überfluß an Möbeln, aufgestapelt unter niedrigen Zimmerdecken, in einem Dunst von Küchengerüchen.

Er war nahe daran, noch einmal zu seufzen, als ihn der schaukelnde Karren zu einem schrägen Tanz zwang. Eine alte Frau erkletterte den Karren, eine häßliche Gestalt, gekrönt von einem glänzenden Schädel, gesprenkelt mit Büscheln grauer hängender Haare. Sie blinzelte ihn an aus wässerigen Augen, eingeengt von aufgedunsenen Tränensäcken. Ihre Zähne klapperten, als sie sprach.

«Ist es nicht schrecklich? Ja, es ist schrecklich. Das da ist mein Nachbar Frits Fortune. Er tut keinem was. Es ist keine Sünde, betrunken zu sein. Ich bestelle noch Bier, und Frits will es holen und fällt. Seine Krücke fliegt weg und zerteppert ein paar Gläser. Wir springen auf, ich und die anderen, um Frits festzuhalten und das Bier zu retten, und wieder fällt er hin. Die Bullen stürzen rein. Sie hauen mit Polizeiknüppeln auf uns ein. Frits kommt vom Fußboden hoch und trifft mit seiner Krücke den Bullen, mitten in die Fresse. Unglücklicher Zufall; alle wissen, er meint es nicht so, aber die Bullen wissen das nicht. Sie schleppen Frits raus und werfen ihn in die Keizersgracht. Wir sind Freunde und legen deshalb ein Wort ein. Ich und Xavier, er ist der Barmann, und Titania, sie ist das Barmädchen, und Borry Beelema, er ist der Chef; ihm gehört auch der Frisiersalon auf der anderen Seite. Borry hilft immer, das tut er. ‹Gottes anderen Sohn› nennen wir ihn, wissen Sie? Borry greift sich also eine Flasche, und wir rufen alle *he, he,* und die Bullen kommen zurück. Dann tun wir nichts, denn die Bullen haben Schießeisen.» Sie wedelte mit ihrer Klaue.

«Ja, Mevrouw», sagte Grijpstra.

Die Klaue zeigte nach vorn. «Es wird sein Tod sein, armer Kerl, und alles wegen einem Irrtum. Weil Onkel Harry Angst hatte vor den Taugenichtsen. Er ruft die Polizei und geht nach Hause. Kennen Sie Onkel Harry?»

«Nein, Mevrouw.»

«Verkauft Heringe, er ist in Ordnung. Aber wenn er an seinem Stand ist, kann er nicht weg, und die Taugenichtse kommen und brüllen ihm ins Gesicht. Schwache Nerven, die hat Onkel Harry. Die Taugenichtse sind rauschgiftsüchtig, hängen an der Spritze, das ist am schlimmsten. Es ist schrecklich, nicht?»

Grijpstra stimmte zu.

Die Frau klapperte fröhlich mit den Zähnen. Sie wandte sich dem Adjudant zu und bewunderte seine sauberen rosa Wangen, die schwer über die festen Kiefernknochen hingen. Eifrig bemüht, den Kontakt zu vertiefen, knuffte sie ihm in den Schenkel. Der Karren schaukelte.

«Vorsicht, Mevrouw.»

«Ja. Armer Frits, das hat er nicht verdient, nicht nach dem anderen Ärger. Wie Hiob hat er alles verloren.»

«Hiob?»

«Na, kommen Sie», sagte sie kokett. «Sie sind mein Jahrgang, Sie lesen die Bibel. Wie Hiob, der auf dem Scheißhaufen, der Mann, der Geschwüre kriegte. Hat alles verloren, nicht? Über Nacht arm und krank dazu, ist das nicht schrecklich?»

«Ja, Mevrouw. Hat Mjnheer Fortune ebenfalls alles verloren?»

«Ja. Gestern. Stellen Sie sich vor, er kommt nach Hause, hat den ganzen Tag gearbeitet, der arme Mann ist müde, ein guter Mensch, er öffnet die Tür, und da ist *nichts*.»

«Überhaupt nichts?»

«Nichts. Dort drüben. Sehen Sie das Hotel *Oberon*? Da nebenan. Ein altes Lagerhaus, aus dem sie Mietwohnungen gemacht haben. Er wohnt oben, ich wohne unter ihm. Daher weiß ich das. Frits kommt nach Hause, steckt seinen Schlüssel rein, öffnet die Tür, und da ist *nichts*.»

«Diebe?»

Sie piepste wie ein ängstlicher Vogel. «Keine Spur. Seine eigene

Frau. Hat mich nicht überrascht. Rea Fortune, die blöde Zicke. Frits ist zu gut für eine blöde Zicke. Der Mann arbeitet, und die Frau hockt auf ihrem Hintern. Ist er zu Hause, schreit sie ihn dauernd an; der Fußboden ist zwar dick, aber ich höre sie trotzdem. Er verdient das Geld, und sie gibt es aus, das ist das einzige, was sie kann.»

«Mevrouw Fortune war nicht zu Hause?»

Die Frau gackerte. «Nicht zu Hause? Nichts war im Haus. Er geht rein, und da ist nichts, bis auf gebohnerte Fußböden. Deshalb hat er die Krücke. Er rutscht aus und tut sich weh. Ich höre es und gehe rauf und helfe ihm die Treppen runter und bringe ihn zum Doktor. Er hat Schmerzen. Er ist lahm. Armer Frits. Aber sie hat alles mitgenommen, bis auf das Telefon, können Sie sich das vorstellen? Sogar der Hund ist weg, netter Hund, ein Pudel, Babette. Aber Babette kommt gestern am späten Abend zurück, kratzt und bellt, und Frits läßt sie rein, und heute morgen ist der Hund wieder weg, ist das nicht schrecklich? Deshalb nehme ich Frits mit in die Kneipe, und alle wissen Bescheid und geben ihm einen aus. Und gucken Sie sich das jetzt an.»

Grijpstra guckte und nickte. Die ordnungshütende Macht kam heran; Frits Fortunes Bewegungen wurden eingeengt durch die Strategie de Giers und Karates. Er schwang immer noch die Krükke, aber weder kräftig noch zielgerichtet. Der Anblick ließ den Adjudant nicht freudig erbeben. Er wandte den Blick ab und bewunderte wieder die Gänse. Die Vögel, plump, als sie auf eine an einem Hausboot festgemachte Planke stiegen, wurden von einem heilig aussehenden alten Mann gefüttert. Grijpstra war nicht mehr bei der Sache, seine Gedanken kehrten zur Pflicht zurück. Er sah im Geiste einen Bericht und formulierte die erforderliche Feststellung: *Während die gesamte Haushaltseinrichtung ausgeräumt wurde.*

«Mevrouw Fortune hat keine Nachricht hinterlassen?»

«Nichts. Sie hinterläßt Leere.»

«Niemand sah einen Möbelwagen?»

«Keiner. Der arme Frits geht herum und fragt, aber tagsüber ist hier viel Betrieb; irgendwo steht immer ein Möbelwagen. Das fällt keinem auf. Er ruft seine Verwandten an, jeden, den er kennt. Mich auch, aber an dem Tag war ich die meiste Zeit nicht zu Hause.»

«Grijpstra!» rief de Gier.

«Hier.»

Der Brigadier und Karate schoben Fortune vorwärts. Grijpstra stieg vom Karren und nahm den Verdächtigen in Empfang. Ketchup fuhr den Streifenwagen heran. Die Menge näherte sich und wurde zurückgehalten von anderen Polizisten, die aus einem Kleinbus strömten. Frits Fortune, erleichtert, wieder auf trockenem Boden zu sein, und ermutigt durch freundliche Gesichter in der Menge, schlug Ketchup auf die Mütze. Die Menge johlte, und Grijpstra ging zu seinen Kollegen und sprach liebevoll auf die feindseligen Zivilisten ein, mit wohlwollendem Augenzwinkern.

«Sie sind auch ein Bulle», kreischte die alte Frau.

«Ja, Mevrouw.»

«Kümmern Sie sich um den armen Frits.»

«Das werden wir», sagte Ketchup. «Wir werden ihn in der Ausnüchterungszelle auf und ab hüpfen lassen, und er kann sich die ganze Nacht in seinem eigenen Dreck wälzen. Und wenn er uns morgen nicht mit ‹Mijnheer› anredet, werden wir ihn noch ein bißchen länger behalten.»

Grijpstra legte den Arm um Ketchups Schulter und nahm ihn beiseite. «Blödmann.»

«Wie bitte, Adjudant?»

«Ich sage, du bist ein Blödmann. Du solltest keine Körperbehinderten in die Gracht werfen. Und du solltest dich nicht in Kneipen schlagen. Wenn es in einer Kneipe Ärger gibt, solltest du in der offenen Tür stehenbleiben und warten, bis er abgeklungen ist, und dann solltest du hineingehen. Lernt ihr das nicht mehr in der Schule?»

«Doch, Adjudant, aber heute abend war es anders. Karate war ein bißchen nervös und ich auch. Wir wollten das schnell erledigen.»

«Das habt ihr nicht. Ihr habt es verschlimmert und provoziert. Ich werde die Angelegenheit melden. Ich sage dir das jetzt, damit du weißt, was auf euch zukommt.»

«Ja, Adjudant.»

«Kümmert euch um den armen Frits.»

«Ja, Adjudant.»

De Gier hatte sich angezogen. «Seltsam, dieser Verdächtige, weißt du. Er machte Blasen. Wie mit Bubblegum, aber es war keins.»

«Der Mann war verstört.» Grijpstra gab seine Informationen weiter.

De Gier hörte zu, während er sein Haar mit dem Schal trocknete. «So? Das hört sich für mich nicht richtig an.»

«Das hört sich überhaupt nicht richtig an», sagte Grijpstra, «aber die im Café können es erklären und uns inzwischen einen einschenken.»

De Gier schüttelte den Schal.

«Ich möchte nichts trinken, ich möchte rauchen.»

«Die werden Nikotin haben.»

«Solches wie in Zigaretten?»

«Selbstverständlich und wie in Shagtabak und in Zigarren.»

«Aber ich habe aufgehört zu rauchen.»

Grijpstra betrat die Kneipe. De Gier blieb stehen und beobachtete einen Radfahrer. Es war ein schlanker, behaarter Herr, gekleidet in einen dreiteiligen Sommeranzug, vervollständigt durch einen altmodischen Filzhut. Das Fahrrad war neu, aber ein verbogenes Pedal schlug gegen das Kettenschutzblech, das monoton klirrte. Enten, geweckt von dem sich melancholisch wiederholenden Geräusch, schnatterten schlaftrunken. Die beiden rotschnabeligen Gänse schrien kurz. Der alte Mann, der sie gefüttert hatte, räusperte sich traurig. Aus einem glänzenden Mercedes vor dem *Oberon*, das auf der anderen Seite der Gracht die fünf schönsten Häusergiebel einnahm, stieg ein dicker Mann aus.

Grijpstra kam wieder aus der Kneipe, ergriff den Brigadier beim Arm, machte mit ihm kehrt und schob ihn zur Tür hinein.

«Ich habe es irgendwo gelesen», sagte Grijpstra, «in einem Buch mit Beispielen für korrekte Berichte, die auf echten Fällen basieren. *Ein Mann wurde wütend, weil seine Frau ihn nervte. Er nahm eine Vase und zerbrach sie auf ihrem Kopf, was sie tötete. Die Leiche fiel auf den Teppich und blutete stark. Der Mann rollte die Leiche in den Teppich und grub in seinem Garten ein großes Loch. Er warf das Bündel ins Loch, bedeckte es mit Erde und behauptete: ‹Meine Frau hat mich verlassen; ich weiß nicht, wohin sie gegangen ist.›*»

«Ja», sagte de Gier, «und so hat er sowohl die Leiche als auch die Spuren seines Verbrechens beseitigt. Ich erinnere mich an den Bericht, aber darin wird nur ein Teppich erwähnt, nicht der gesamte Hausrat. Dieser Fall ist anders.»

«Jeder Fall ist anders, die Prinzipien sind oft identisch.»

«Stimmt.»

«Wir haben geschlossen», sagte der Barmann. Er trug einen Latzoverall aus imitierter Seide. Weiches Haar floß über den Latz. Er hatte ein griechisches und göttliches, aber nicht mehr junges Profil.

«Polizei.»

Der Barmann las die beiden plastiküberzogenen Dienstausweise und betrachtete die Stempel, die Fotos und die rot-weiß-blauen Diagonalstreifen. Er legte sie auf die Theke und schnippte sie mit dem Daumen hinüber zu einem kleinen, älteren Mann, der an der Bar saß. «Noch mehr von der Sorte, Borry.»

Der Mann musterte die Ausweise und gab sie den Kriminalbeamten zurück. Er befühlte seinen Bauch, der sich unter einer Lederweste vorwölbte, zupfte an seinen krausen Koteletten und lächelte überzeugend.

«Getränke sind umsonst, meine Herren. Ich bin Borry Beelema. Mir gehört dieser Laden, und mein Frisiersalon auf der anderen Seite des Wassers steht Ihnen zu Diensten, falls Sie besser aussehen möchten als jetzt. Titania, frage meine Freunde, was sie möchten.»

Eine junge Frau präsentierte sich hinter der Bar.

«Titania?» fragte Grijpstra.

«Titania, zu Ihren Diensten. Was wünschen unsere Gäste? Einen dreifachen Whisky mit einem Schuß Cognac? Eis mit Schlagsahne? Einen vergoldeten Strohhalm? Nennen Sie bitte Ihre Wünsche.»

Grijpstra verzog die Lippen.

«Nicht diese Art von Wunsch», sagte das Mädchen geziert.

«Zwei Genever, Juffrouw.»

Grijpstra wandte sich de Gier zu. Der Brigadier bot ihm keine Hilfe an. Sein Blick galt nicht Titania, sondern der halb entblößten oberen Hälfte einer jungen Dame auf einem Plakat. Grijpstra korrigierte seine Beobachtung. De Gier schaute auf die Hand der jungen Dame. Die Hand hielt eine Zigarette.

De Gier fluchte.

«Wie bitte?»

De Gier lächelte strahlend. «Nichts, Adjudant. Ich habe an etwas gedacht. Mach nur weiter.»

2

«Ich bedaure feststellen zu müssen, daß die in nobler Vergangenheit geborene und sich in eine leuchtende Zukunft erstreckende Tradition der Polizei keine ...»

«Ja», sagte Brigadier Jurriaans sanft.

«... erbärmliche Gegenwart gestattet. Zwei von deinen Männern, gekleidet in die Uniform der Königin, haben der Truppe gestern abend Schande gebracht. Ich bin hier, um mich zu beschweren.»

«Das nehme ich an.»

Die beiden Männer kamen einander über dem abgewetzten Tresen im vorderen Büro der Revierwache in der Innenstadt mit den Köpfen näher. Grijpstra trug seinen üblichen zerknitterten dreiteiligen Nadelstreifenanzug, der jetzt in traurigem Gegensatz zur untadeligen Uniform Brigadier Jurriaans stand. Grijpstra seufzte und machte sich bereit, der Kraft dieses großen und breitschultrigen Kollegen entgegenzutreten und sich dem festen Blick zu widersetzen, der auf ihn aus einem stark faltigen Gesicht unter der Fülle kurzgeschnittenen orangefarbenen Haars gerichtet war.

«Möchtest du Kaffee?» fragte ein weiblicher Konstabel. Grijpstra seufzte jetzt vor Vergnügen. Er stellte fest, daß der junge Konstabel gut gebaut war und ihn aus ungewöhnlich großen und blitzenden blauen Augen anschaute. Sie war klein und schlank, aber ihre Brüste schienen beträchtlichen Druck gegen das steife Material ihrer Jacke auszuüben. Die Intensität ihrer Augen verwirrte ihn jedoch, und er schaute wieder den Brigadier an. Der rieb sich das Gesicht. Die steifen Haare auf seinem Handrücken erinnerten Grijpstra an abgeriebene Karotten.

«Bitte, meine Liebe», sagte Jurriaans, «und ich habe nichts dagegen, wenn du dem Racheengel auch einen servierst. Schließlich ist er Kollege und hat einen höheren Dienstgrad, und vermutlich hat man ihn geschickt, er kann nichts dafür.»

Das Mädchen kicherte. Der Adjudant versuchte, sie zu ignorieren. Er konnte es nicht. Er sah mehr in ihren Augen, als er wollte. Wissend, dachte Grijpstra, und geil. Sie kennt alles. Wie kann sie alles kennen? Sie ist zu jung.

Der Konstabel ging, wobei sie graziös mit dem kleinen, festen Hintern wackelte.

«Laß sie nur», sagte Brigadier Jurriaans, «ältere Männer amüsieren sie. Sie gefallen ihr außerdem. Sie hat einen Vaterkomplex. Wenn du mit deinen gewichtigen Worten fertig bist, werde ich dir eine Geschichte über sie erzählen. Es ist an der Zeit, daß wir die Neuigkeiten des Tages austauschen, wir sehen einander nicht mehr sehr oft.»

Grijpstras Blick lag wieder auf dem Mädchen. Brigadier Jurriaans hüstelte höflich.

«Ach, ja», sagte Grijpstra. «Sie ist von hinten so hübsch wie von vorn. Warum bekommen wir nie weibliche Assistenten? Cardozo ist nicht zu vergleichen mit ... wie heißt sie?»

«Asta.»

«Asta. Und man hat mich nicht geschickt, Jurriaans, wie du weißt.»

«Ich weiß. Was ist passiert?»

«Zwei von deinen Konstabeln, Ketchup und Karate, haben gestern abend einen Körperbehinderten in die Keizersgracht geworfen. Eine aufgebrachte Menschenmenge mußte von sechs uniformierten Kollegen, meinem Brigadier und mir zurückgehalten werden. Mein Brigadier mußte sogar schwimmen. Ein unnötiger und peinlicher Tumult. Außerdem unvernünftig. Deine Konstabel haben die Unannehmlichkeit provoziert. Es gab keine Beschuldigung gegen den Behinderten. Vermutlich wird es jetzt eine geben. Falls ja, verlange ich von dir, daß du sie zurückziehst, dich bei dem Zivilisten entschuldigst und disziplinarische Maßnahmen gegen die Konstabel ergreifst.»

Der Brigadier nickte. «Gut. Aber es ist meine Schuld. Nicht nur bei diesem Vorfall, sondern bei allem. Ich gebe es freimütig zu, damit wir auf unseren verschiedenen Wegen weitermachen können. Weißt du, warum man mir die Schuld geben sollte?»

«Erzähl mal», sagte Grijpstra und rührte den Kaffee im Pappbecher um, den Asta ihm gereicht hatte, deren Attraktivität er diesmal nicht wahrnahm. Er nahm den Plastiklöffel und steckte ihn in den Becher des Brigadiers. Der hielt Grijpstras Löffel zusammen mit seinem eigenen fest und rührte ebenfalls. Dann nahm er beide Löffel und steckte sie in Grijpstras Becher. Der nahm sie heraus, hielt sie eine Weile in der Hand und warf sie in einen Abfalleimer.

Jurriaans lächelte. «Eins zu null für mich. Du bist dran. Aber vorher will ich dir erzählen, warum ich an allem schuld bin, was schiefgeht, hier und überall. Es hat mit meiner Geburt zu tun. Ich hätte zurückschlüpfen können, tat es aber nicht. Indem ich diese anfängliche Wahl traf, wurde ich Teil einer unakzeptablen Situation, die ich – und nicht in meiner Unschuld, versichere ich dir – akzeptierte. In diesem schicksalhaften Augenblick wurde ich mit universeller Schuld beladen.»

«Stimmt.»

«Nachdem das aus dem Wege ist, werde ich vom Allgemeinen zum Besonderen übergehen. Ich bin auch verantwortlich für das System, das neues Blut in die Polizei bringt. Kannst du mir noch folgen?»

Grijpstra lächelte unverbindlich.

«Ich folge dir.»

«Weißt du, wie das System funktioniert, jetzt, meine ich?»

Grijpstras Lächeln erstarrte.

«Nein, weil du und ich zur gleichen Zeit angefangen haben, ich aber bei der uniformierten Abteilung und dann der Basis näher bin. Ich weiß, was los ist, und ich erinnere mich, wie es mal war. Zu unserer Zeit blies einem ein Commissaris Zigarrenqualm ins Gesicht, und wenn man nicht umfiel – die waren nicht wirklich korrupt, wie du dich erinnern wirst, die rauchten alles, was die Zivilisten ihnen gaben –, war man akzeptiert. Es war eine harte Prüfung, aber eine ehrliche. Jetzt ist es anders. Der strebsame Anwärter steht einem Psychologen mit dem akademischen Grad einer angesehenen Universität und einem starken, krankhaften Muskelzucken im Gesicht gegenüber, der eine nicht ziehende Pfeife in einem kleinen Zimmer raucht, in dem sich Fliegen die Köpfe am Fenster zerschmettern. Er muß Fragen beantworten, die ihm der Psychologe von einem Formular vorliest, auf dem auch die richtigen Antworten stehen. Manchmal liest der Psychologe auch die Antworten vor.»

«Was für Fragen?»

«Nach Hobbies. Hat der junge Mann Hobbies? Die Antwort sollte lauten ‹Blumen züchten› oder ‹Puzzle zusammensetzen›, aber unser Bursche weiß das noch nicht und sagt in seiner Unwissenheit, daß er gern Leute verprügelt. Der Psychologe weiß, was zu tun ist. Er sagt: ‹Hi-hi, das werde ich nicht hinschreiben, Mijnheer, Sie scherzen, aber später werde ich festhalten, Sie hätten Sinn für Humor, und das ist noch etwas, das heute bei der Polizei gebraucht wird; die richtige Antwort ist ...› Was habe ich soeben gesagt?»

«Gedichte machen.»

«Richtig. Also hilft der Psychologe dem Burschen weiter und sagt: ‹Sie machen gern Gedichte, wie?› Und der Bursche sagt: ‹Und ob.› Und der Psychologe sagt: ‹Lassen Sie mal was von Ihrer Kunst hören, Mijnheer.› Und der Bursche deklamiert:

Flüchtig den Himmel durchschwirrend
für Krone und Kirche, ich fliege ...

Und der Psychologe sagt: ‹Gut, gut, mehr nicht, Mijnheer, nicht in diesem elenden kleinen Zimmer, in dem die Fliegen ans Fenster klatschen und meine Pfeife die bereits verpestete Luft vergiftet. Meine Güte, sind Sie empfindsam; die Polizei sollte stolz sein, Sie willkommen zu heißen. Welche Sportarten bevorzugen Sie?›»

«Puppen erschießen», sagte Grijpstra, «mit vergifteten Pfeilen.»

«Genau, und der Psychologe überprüft sein Formular, schüttelt den Kopf, würgt und flüstert schließlich: ‹Bälle, Mijnheer, Bälle!› Und der Bursche versteht nicht sofort und ruft: ‹Was meinen Sie, was meinen Sie?› Und der Psychologe steht auf und fängt an, durchs Zimmer zu dribbeln, wobei er so tut, als fange und werfe er Bälle, und am Ende sagt der neue Bursche, nachdem er so ziemlich alles gesagt hat – die können sich wirklich engagieren, weißt du, manchmal gibt es Schlägereien, oder sie hauen die Möbel kaputt –, jedenfalls am Ende kapiert der Bursche und sagt, er spiele viel Fußball, Badminton, Rugby, Pelota, Jokari, Volleyball, Squash, Tennis und so weiter, und der Psychologe hakt auf seinem Formular eine Menge ab, denn er ist ein geistiger Krüppel und kann täglich nur wenige Stunden arbeiten, und es ist Zeit, nach Hause zu gehen. Sie kommen also zum letzten Punkt, und er fragt den Burschen, ob er jemals von der Königin träumt, und der begreift und sagt, ja, das tue er.»

«Also schwänzt er oft die Schule, aber er bringt das Jahr hinter sich, und sie stecken ihn in Uniform und schicken ihn dir», sagte Grijpstra.

«Und was mache ich mit ihm? Schieße ich ihm zwei Löcher in den Bauch und lege ihn in der Akte ab? Oder bewahre ich ihn im Kühlschrank hinter dem Bier auf?»

«Nein.»

«Das tue ich nicht. Ich bin froh, daß er kam, und ich bin auch froh, daß du gekommen bist, heute ist ein schlechter Tag, und ich brauche einen Freund. Ich nehme den jungen Kerl und schicke ihn auf Streife, das tue ich, meine verdorbene Seele sei verdammt, wenn ich es nicht tue. Ich weiß, er wird das Durcheinander verschlimmern, aber macht nichts, er geht raus. Schließlich muß ich noch dankbar sein, der Bursche hätte der Fürsorge zur Last fallen können, aber er hat diese Ideen über Krone und Kirche und über den Himmel und so weiter, und er träumt von der Königin. Diese koloniale Haltung, die heutzutage etwas selten ist. ‹An die Arbeit›, sage ich. ‹Fang mir einen Körperbehinderten und lade den nutzlosen Hurensohn in der Keizersgracht ab.› Karate und Ketchup, wie? Wer sonst? Ich wußte es sofort. Sogar ihr Rückenmark ist schlecht, obwohl sie aussehen, als seien sie irgendwie in Ordnung, diese verächtlichen kleinen Clowns. Asta, Liebling! Schau mal nach, ob du Karate und seinen Freund finden kannst. Sag denen, sie werden hier am Tresen erwartet, und flüstere kein Wort von dem, was hier vor sich gegangen ist.»

Das Mädchen eilte davon.

«'n Morgen, Brigadier.»

«Gleichfalls, Ketchup, und dir auch, Karate. Wißt ihr, wer dieser Beamte ist?»

Ketchup nahm Haltung an. Karate beantwortete die Frage.

«Adjudant Grijpstra, Brigadier. Er half uns gestern abend, als wir einer feindseligen Menge gegenüberstanden und dabei waren, einen lästigen Verdächtigen festzunehmen. Er und Brigadier de Gier. Amtshilfe für Kollegen, Brigadier. Die Aktion war erfolgreich, und der Bericht liegt auf Ihrem Schreibtisch.»

Jurriaans bückte sich, um unter Karates Mütze gucken zu können.

«Ja, erfolgreich.» Die Ader, die seine Stirn teilte, schwoll an und krümmte sich bis zum Haaransatz. «Stimmt es, daß ihr beide gestern abend ins Café *Beelema* gestürmt seid? Schlagstöcke bereit?»

«Ja, Brigadier.»

«Und daß ihr euch in dem erwähnten Etablissement einen Behinderten gegriffen habt, einen Mann, der sich mit Hilfe einer Krücke fortbewegt, daß ihr die besagte Person nach draußen gezerrt und in die Gracht geworfen habt?»

«Ja, Brigadier.»

Brigadier Jurriaans hob die Klappe des Tresens an, ging durch die Öffnung und ergriff sorgsam je ein Ohr der beiden Konstabel. Er zog in entgegengesetzten Richtungen. Die Konstabel zogen zurück und quiekten. «Iii-ii-ii-ii.»

«Lauter.»

«*Iii-ii-ii-ii*.»

«Ich werde das nicht mehr dulden. Ich werde euch beide nicht noch einmal warnen. Die nächste blutende Person, die ihr in diese Wache führt, der nächste Verdächtige, der Schwierigkeiten hat mit dem Gehen, der nächste Zivilist, der nicht ganz gesund und glücklich aussieht – wißt ihr, was solch eine Festnahme für euch nach sich zieht?»

«Iii-ii-ii-ii?»

«Sie bedeutet die Versetzung in ein gewisses kleines Fischerdorf, dessen Namen ich nicht nenne, weil das ganze Gebäude über uns zusammenstürzen könnte, wenn ich es täte. Und wißt ihr, was diese gottesfürchtigen Fischer mit Konstabeln machen, die die Bedeutung des Wortes *Verhältnismäßigkeit* nicht gelernt haben?»

«Iii?»

«Wie die Beamte behandeln, die keine Ahnung von *menschlichen Beziehungen* haben?»

«Iii?»

«Wie die an Polizisten herangehen, die nicht dieses gegen jenes *abwägen* können?»

«Iii?»

«Die zermahlen sie zu Puppenscheiße. Gemahlene, gesiebte, gereinigte, verfeinerte Puppenscheiße.»

Brigadier Jurriaans ließ sie los. Die Konstabel taumelten fort und kamen an gegenüberliegenden Wänden zum Stehen.

«Hab ich euch weh getan?»

«Ja, Brigadier.»

«Möchtet ihr euch krank melden?»

«Nein, Brigadier.»

«Ihr könnt in die Kantine gehen. Das Bordell gegenüber hat Apfelpastete gebracht, weil wir dort seit fünf Jahren nicht eingegriffen haben. Madam hat sie mit ihren dicken Händen selbst gebacken. Manchmal wird mir das alles zuviel. Sie hat ihre beiden preisgekrönten Huren geschickt, um den Korb zu tragen. Der Henkel war mit einer Plastikrose geschmückt.»

«Ich möchte auch Pastete», sagte Grijpstra.

«Sei mein Gast und erzähl mir mehr. Irgendwas Lustiges diesmal. Erzähl mir von einem hübschen Mord.»

«Ja», sagte Grijpstra wenig später, bevor er seine Gabel einstach. «Ein Mord, sagtest du. Aber ich kann noch nicht viel darüber sagen. Es ist nicht die richtige Art von Mord, weißt du.»

«Gibt es eine richtige Art von Mord?»

«O ja.»

«Was stimmt bei diesem nicht?»

«Keine Leiche.»

«Nein», sagte Brigadier Jurriaans, als Grijpstra seine Geschichte beendet und drei Pasteten verdrückt hatte. «Ein Mord, weil einige Möbelstücke verschwunden sind? Und ein blöder Pudel? Und eine launische Ehefrau? Hast du nichts Besseres zu tun? Du hast ein ganzes Wochenende vor dir, und das Wetter ist zufällig schön. Geh angeln. Oder zähl Titten am Strand. Drei Kilometer Strand sind für die Nackten abgeteilt worden. Ich kann dir den Weg zeigen.»

«Nein.»

«Du hast etwas falsch gemacht oder ziehst voreilige Schlüsse. Steckt Superstar de Gier auch darin? Wie geht's unserem Helden? Er hat an dem Abend auf dem Schießstand einiges Lachen ausgelöst. Ich dachte immer, er sei angeblich ein annehmbarer Schütze.»

«Ihr Burschen habt was mit dem Visier seiner Pistole angestellt. Ihm geht es schlecht. Nervös, Jurriaans, sehr. Hat aufgehört zu rauchen und lebt in purem Wahnsinn. Selbstverständlich steckt er mit mir darin, es ist meine Pflicht, ihn zu beschäftigen. Ich erwarte nicht, daß er sich nützlich macht, aber er kann Titania anschauen, während ich arbeite. Sie ist ein hübsches Mädchen, obwohl deine Asta besser ist. Was nützt Schönheit ohne Einladung? Deine Asta ist freundlicher. Gehst du auch ins Café *Beelema*?»

Jurriaans grinste. «Klar doch, und ich kenne Titania. Hast du sie zufällig mal von der Seite gesehen?»

Grijpstra aß seinen letzten Krümel und kratzte den Teller ab. «Ja. Die Bluse muß speziell entworfen worden sein, und die haben die Flaschen auf ein hohes Regal gestellt, so daß sie immerzu nach oben langen muß. Wer die Armlöcher in die Bluse geschnitten hat, verdient einen Orden. Sie hat perfekte Brüste, nicht wahr? So was hab ich noch nie gesehen. Klar, auf Fotos, aber das sind alles Tricks. Die fotografieren sie mit dem Kopf nach unten oder befestigen Nylonfäden an ihren Brustwarzen und ziehen. Titania braucht so was nicht. De Gier meinte das auch. Wir tauschten mehrmals die Plätze, damit wir die andere Seite begutachten konnten. Vollkommen, Jurriaans, vollkommen.»

Jurriaans schürzte die Lippen. «Nicht ganz. Asta sieht besser aus.»

«So? Woher weißt du?»

«Woher glaubst du? Ich habe dir erzählt, sie habe einen Vaterkomplex und ich sei der richtige Typ für sie. Ich führe selbstverständlich ein striktes Leben, die Polizei sitzt in einem Glashaus; aber Druck ist Druck, und es gibt Grenzen, Grijpstra. Ich könnte dir Geschichten erzählen.»

«Ist noch Apfelpastete da?» fragte Grijpstra.

«Nein.»

«Dann erzähle.»

«Nur eine Geschichte. Das ist einige Wochen her. Meine Frau sah ein Programm, das mir nicht gefiel, und wir stritten uns. Ich bin ein freundlicher Mensch, aber es gibt Lieder, die ich schon gehört habe, sie sind sowieso alle gleich. Also ging ich aus dem Haus. Es gibt Abende, an denen bist du zu allem bereit und solltest zu Hause bleiben. Ich konnte nicht zu Hause bleiben, denn da waren diese Lieder. Ich ging ins Café *Beelema*, das beste Lokal in der Gegend hier. Ich trank etwas, aber es war keiner da, bei dem ich hätte sein mögen, bis Asta hereinkam, sie wohnt in der Nähe. Sie trägt ein altes T-Shirt und keinen BH, wenn sie die Uniform ausgezogen hat. Sie ist wunderschön, Grijpstra, ich sag dir, sie ist wunderschön. Ich sagte hallo, und sie kam und setze sich an meinen Tisch. Ich weiß nicht, was mit dem Mädchen los war. Sie war stocknüchtern, aber sie begrapschte mich überall. Vor allem unter dem Tisch. Bei *Beelema* ist samstags abends viel Betrieb, und keiner sah viel, aber ich wollte weg. Sie wollte mich nicht gehen lassen. Sie sagte, ihr gefallen ältere Männer. Ich wurde so nervös, daß ich mehr trinken mußte. Sie kam auf meinen Schoß und steckte meine Hand unter ihr Hemd. Mann o Mann, Grijpstra, Mann o Mann! Ich konnte es nicht aushalten und ging, und sie kam mit. Sie hat einen alten Wagen, und wir fuhren los. Sie sagte, sie habe irgendwo auf dem Lande eine Freundin, eine reiche, geschiedene Frau, der manchmal einsam zumute ist. Eine Dame namens Magda. Sieht gut aus, sagte sie. Um die Dreißig oder so. Mir war's einerlei. Sie beugte sich herüber und küßte mich, während sie fuhr, kümmerte sich nicht viel um rote Ampeln. Ich hörte auch auf, mich darum zu kümmern. Der Wagen ist das größte Durcheinander, das du je gesehen hast, draußen und drinnen. Die Hälfte des Zeugs, das ihr gehört, muß in dem Wagen sein. Sie schob es immer wieder beiseite, um nach mir zu greifen. Wir kamen in eine Stadt, ich kann mich nicht erinnern, welche es war, und es war ein netter Abend, und es gab da eine Gartenparty. Wir hielten an und gingen hin, kannten dort keinen, aber das schien unwichtig zu sein. Als nächstes zieht sie sich aus auf einem Tisch, wobei hundert Männer sie beglotzen. Ein himmlischer Körper, Grijpstra, dazu die richtigen Bewegungen. Sie hatte nicht viel an, also brauchte sie nicht lange, es auszuziehen. Irgendwie schade. Ich dachte, ich hätte sie verloren, aber sie kam zu mir zurück, und wir waren wieder auf dem Wege. Sie fuhr ohne Hemd, übertrat die Geschwindigkeitsregeln. Wir tranken im Wagen; wenn die Reichspolizei uns angehalten hätte – na, egal.»

Jurriaans, überwältigt von Erinnerung und Gefühl, schob einen Krümel weg.

«Ja?»

«Wo war ich stehengeblieben?»

«Die haben euch nicht erwischt.»

«Wer?»

«Die von der Reichspolizei.»

«Nein. Wir kamen zu dieser Magda oder wie sie heißt. Die Frau schlief, war aber anscheinend entzückt, uns zu sehen. Sie öffnete den Champagner. Servierte ihn uns in einem engen schwarzen Kleid, das überwiegend durchsichtig war. Ich sah alles, selbst wenn sie so dastand und kein Licht hinter sich hatte. Sie schlug vor, auf dem Orientteppich im Wohnzimmer ein Spiel zu machen.»

«Und?» Grijpstra flüsterte ebenfalls. Er beugte sich über den Tisch. Jurriaans richtete sich auf. «Und nichts. Das Spiel begann, aber ich weiß nicht, wie es aufhörte. Ich wachte acht Stunden später auf dem verdammten Teppich auf. Asta und Magda frühstückten auf der Veranda. Mir war schlecht; Asta brachte mich ins Badezimmer und dann nach Hause. Es ist mir entgangen. Vielleicht haben sie es miteinander getrieben.»

Grijpstra gaffte, runzelte dann die Stirn. «Ja?»

«Das war's.»

«Kein Ende?»

«Ich habe dir soeben das Ende erzählt. Du glaubst doch nicht, ich würde mit dem Mädchen noch mal ausgehen, oder? Meine Frau spricht erst seit gestern wieder mit mir. Mit diesem Abend vor einer Woche erschöpfte es sich.»

«Erzähl mir eine andere Geschichte mit einem besseren Ende.»

Jurriaans hob die Stimme zu normaler Lautstärke. «Nein. Jetzt ist Arbeitszeit. Erzähl du mir von dem möglichen Mord und was du getan hast, seit deine Theorie mit dir durchgegangen ist.»

«De Gier und ich waren gestern abend bei *Beelema* als Teil unserer vorläufigen Ermittlungen über den Aufenthalt von Rea Fortune, der Frau des Verdächtigen, den wir in der Gracht gefunden haben.»

«Ha.»

«Sie wird vermißt, nicht wahr?» fragte Grijpstra.

Jurriaans zuckte die Achseln. «Nein. Sie ist nicht zu Hause, aber was heißt das? Es hat einige Änderungen im Lebensstil gegeben, weißt du; verheiratete Frauen verlassen manchmal ihr Zuhause, ohne um Erlaubnis zu fragen.»

»Wobei alle Haushaltswaren ausgeräumt werden?»

«Na und? Vielleicht macht es dies zu etwas Besonderem, aber nicht sehr. Du hast dennoch keinen Fall. Was hält de Gier von deiner Theorie?»

Grijpstra gestikulierte. «Nicht viel, aber de Gier ist nie von scharfsinniger Argumentation beeindruckt.»

«Er willigt ein, weiterzumachen?»

«Selbstverständlich. Er ist einfacher Brigadier, ich bin Adjudant. Ich sage ihm, was er tun soll. Er will arbeiten, er kann in seiner gegenwärtig mißlichen Lage nicht stillsitzen. Deshalb wollte er nicht mitkommen. Er ist irgendwo draußen, betrachtet Schaufenster von Tabakwarenhändlern.»

«Ein Mord», sagte Brigadier Jurriaans. «Gut. Ich bin ebenfalls einfacher Brigadier und kann deinen Standpunkt nicht erkennen; du hast eine höhere Position. Aber ich würde meinen, daß du ernste Verdachtsgründe brauchst. Das hab ich gelernt, als ich noch gelernt hab. Niemand kann als Verdächtiger bezeichnet werden ohne ernste Verdachtsgründe, daß die Person ein Verbrechen verübt hat. Du hast keine.»

Grijpstra brummte. «Nein? Wenn eine Frau verschwindet, plötzlich und ohne Nachricht zu hinterlassen, *wobei alle Haushaltswaren ausgeräumt werden* – das ist ein guter Satz, den bewahre ich mir für meinen Bericht auf–, dann habe ich ernste Verdachtsgründe.»

«Nein», sagte Jurriaans.

«Was heißt hier nein?»

«Es ist kein guter Satz. Haushaltswaren sind Töpfe und Pfannen. Du sprichst von allem, einschließlich Türstopper und der Chrommutter, die verhindert, daß der Rollenhalter für das Klopapier herausfällt.»

«Weißt du bessere Worte?»

«Der ganze Hausrat.»

«Danke.»

«Siehst du? Ich will dir durchaus helfen. Ich kann dir auch helfen, denn ich kenne den Verdächtigen.»

«Weil du ihn hier in deinem Kerker hast?» fragte Grijpstra.

«Nein, ich habe ihn heute morgen freigelassen, mit einer Predigt. Aber ich kenne ihn seit Jahren. Ich kenne auch die anderen Schauspieler auf deiner Bühne. Ich bin schon eine ganze Weile hier, Adjudant, die Gegend ist mir vertraut, und ins Café *Beelema* gehe ich, wenn es mir zu schwer wird, die universelle Schuld zu tragen.»

«Weißt du», sagte Grijpstra langsam, «wenn ich höre, daß eine Frau völlig von der Bildfläche verschwunden ist, und niemand, bis auf eine einzige Person, hat die leiseste Ahnung, wohin sie gegangen sein mag, wenn mir dies zur Kenntnis kommt und ich merke, der Mann dieser Dame benimmt sich auf höchst ungewöhnliche Weise ...»

«Was meinst du mit ungewöhnlich?»

«Was? Du warst nicht dabei. Frits Fortune benahm sich nicht nur seltsam, er benahm sich *schlecht*. De Gier versuchte, ihm das Leben zu retten ... ich meine, wirklich ... und dieser Mann versuchte tatsächlich, mit seiner Krücke meinem Brigadier den Schädel einzuschlagen.»

«Mann tötet Ehefrau», sagte Jurriaans, «das ist mir in meiner Praxis auch schon passiert. Zum Beispiel an dem einen Tag. Der Mann will zur Arbeit, zu einer schrecklichen, täglichen Plackerei, und unmittelbar bevor er aus der Wohnung geht, stößt ihm seine Frau verbal einen gezackten Dolch, ausgiebig in Gift getaucht, ins Genick. Der Mann dreht sich um, greift dem Weibsteufel an den Hals, drückt und schüttelt ...»

«Tot? Nein!»

«Mausetot. Der Mann läßt die Leiche fallen, ruft uns an und bleibt in einem Sessel sitzen, bis meine Konstabel zu ihm eilen. Ketchup und Karate selbstverständlich, sonst war zufällig keiner verfügbar. Sie übergaben sich, als sie zurückkamen. Ketchup mußte mehrmals den Mackendoktor aufsuchen; er brach immerzu in Tränen aus. Das ist in einer Polizeiwache ein seltsames Verhalten, mit dem ich mich nicht abfinde.»

«Warst du jemals in Versuchung, deine Frau zu erdrosseln?»

«Gewiß. Warum?»

«Ich dachte nur, ich frage mal.»

Milde Zärtlichkeit rührte die Falten in Jurriaans Gesicht. «Sie ist gar nicht so schlecht, und schön ist sie auch, viel jünger als ich. Sie war in letzter Zeit darauf aus, sich ein letztes Mal auszutoben, aber sie traut sich nicht, den Bruch herbeizuführen. Das macht die Dinge manchmal unangenehm.»

Grijpstra hustete.

«Ich helfe nicht sehr», fuhr Jurriaans fort. «Ich habe ähnliche Gedanken. Wie du weißt.»

«Stimmt», sagte Grijpstra. «Ich wollte wirklich nicht neugierig sein. Du hast Frits Fortune also freigelassen. Irgendwie schade. Nach einer Nacht in der Ausnüchterungszelle lassen Verdächtige sich leicht vernehmen.»

«Das ist wahr, es schwächt ihre Verteidigung. Er sah nicht aus, als sei er gut in Form, etwas zerknittert, und sein Mund war ganz trocken und schmutzverkrustet.»

«De Gier sagt, er habe eigentümliche Blasen gemacht, wie Kaugummiblasen; sie seien weggeflogen.»

«Wegen der Behandlung mit Medikamenten. Er hat es mir erklärt. Deshalb ließ ich ihn laufen. Außergewöhnliche und mildernde Umstände. Der Arzt hat Beruhigungstabletten verschrieben, und die vertragen sich nicht mit Alkohol. Vermutlich erklärt das seine Angriffslust, aber heute morgen war er friedlich. Er sagte, er fühle sich prächtig, wollte nicht einmal seine Krücke nehmen, hinkte nicht, als er ging.»

Grijpstras Kiefermuskeln verhärteten sich. «Wirklich? Da haben wir's wieder, der Mann benimmt sich auf verdächtige Art und Weise. Zuerst humpelt er, und am nächsten Morgen läuft er wie ein Reh.»

«Das stimmt; ich habe ihn beobachtet, als er ging, ihm fehlt nichts.»

«Du sagtest, du kennst ihn von früher. Wie ist er? War er je in Schwierigkeiten?»

Jurriaans nahm eine Zigarre aus Grijpstras Brusttasche und steckte sie an. «Ihm gehört ein Lagerhaus weiter unten an der Brouwersgracht, wo er sein Geschäft hat, und er wohnte in einem dieser Betonklötze im Süden. Ihm gefiel es dort nicht, und er kaufte sich eine Etagenwohnung in einem umgestalteten Herrenhaus neben dem *Oberon*. Er hat viel Geld ausgegeben, um es in Ordnung zu bringen, und als er gerade einziehen wollte, brach dort ein Landstreicher ein. Fortune kam deswegen zu mir, aber du weißt, wir können da wenig tun. Die Stadtväter sind Sozialisten, und die meinen, wenn ein Landstreicher leeren Wohnraum findet, hat er das Recht, ihn sich anzueignen. Eigentum ist Diebstahl und so weiter. Das Gesetz besagt, eine solche Handlung ist illegal, aber die Behörden, die uns beschäftigen, empfinden anders. Eine kitzlige Situation, und ich tue, was der Hoofdcommissaris mir befiehlt. Er sagt mir, nichts zu tun, und außerdem bin ich beschäftigt, denn die Polizisten sind korrupt, und wir verbringen unsere ganze Zeit damit, Schmiergelder von Rauschgifthändlern anzunehmen. Stimmt's?»

Grijpstra zog an seiner Zigarre.

«Die Zeitungen behaupten jedenfalls, daß wir das tun», sagte Jurriaans, «und ich habe gelernt, nicht zu widersprechen. Also sage ich zu Mijnheer Fortune, bedauerlicherweise könne ich nichts tun, um seinen Landstreicher aus seiner nagelneuen Wohnung zu befördern. Aber weil ich den Burschen kenne, da ich ihn bei *Beelema* getroffen habe und wir uns gegenseitig welche ausgegeben haben, blase ich ihm ins Ohr, der Wirt sei als Gottes anderer Sohn bekannt.»

«Fortune sucht also Beelema auf.»

«Das tut er. Beelema überlegt sich die Sache und gibt ihm die Adresse einer gewissen kleinen Kneipe in einer gewissen kleinen Gasse, wo sich ehemalige Preisboxer treffen. Aber jetzt kommt das Beste von allem. Weißt du, wer der Landstreicher war?»

«Nein.»

«Xavier, der Barmann bei *Beelema*. Du mußt ihn gestern abend kennengelernt haben.»

«Ich habe ihn kennengelernt; ein reizend aussehender Herr.»

«Herr ist eine Untertreibung. Xavier ist Adeliger, ein Graf mit dem blauesten Blut, geboren in einem Schloß, das jetzt einen staatlichen Ausschuß nebst Freundinnen beherbergt.»

«Du machst Spaß.»

«Ich spaße nicht. Xavier Michel d'Ablaing de Batagglia ist ein Graf. Sein Vater ging mit irgendwas unter und kam nicht wieder hoch, und Xavier wurde Landstreicher, ein Stadtstreicher, ein Amsterdamer Stadtstreicher, die schlimmste Sorte. Ich will nicht erwähnen, was er nicht getan hat, denn es wäre nicht der Mühe wert, es aufzuzählen. Aber wir sind von der Polizei und verstehen diese Sache.»

«Laß mich mal sehen», sagte Grijpstra, «Taschendiebstahl, Drogenhandel, Prostitution und Erpressung, Autos knacken, was noch?»

«Was wohl noch? Er brach auch in Fortunes Wohnung ein. Der Wendepunkt in seiner Laufbahn, denn Xavier suchte mich ebenfalls auf, um sich über die ehemaligen Preisboxer zu beschweren, die gedroht hatten, ihm häßliche Dinge anzutun.»

«Ich sehe es vor mir», sagte Grijpstra. «Große, massige Männer mit sanfter Stimme, einer an jeder Seite. ‹Schöne Zähne hast du, Xavier›, sagt einer von den beiden. Und ‹schade, daß sie locker sind›, sagt der andere, ‹wir könnten sie im Nu rausschlagen, nicht wahr, Kumpel?›»

«Genau die Worte. Xavier fällt auf die Knie, bittet und fleht um Gnade, seine Tränen reinigen das Straßenpflaster. ‹Bitte, liebe, böse Männer, laßt meine Zähne in Ruhe.› Seine Zähne bleiben, wo sie sind; Xavier zieht aus der Wohnung.»

«Und sucht dich auf», sagte Grijpstra.

«Und ich erkenne, daß in Xaviers Charakter etwas Gutes verborgen ist, aber es kommt nicht von selbst zum Vorschein, und er braucht Hilfe. Ich helfe ihm.»

«Hilfst du Menschen?»

«Gewiß, oft.»

«Warum?»

Jurriaans hörte auf zu lächeln.

«Weil es die Aufgabe der Polizei ist und ich bei ihr arbeite. Ich verweise dich auf Paragraph 28 des Polizeigesetzes. *Es ist die Pflicht der Polizei, jenen beizustehen, die der Hilfe bedürfen.* Ich versuche, mich an das Gesetz zu halten, insoweit mich die Behörden nicht daran hindern.»

«Junge, Junge, Junge!» sagte Grijpstra.

«Willst du mir sagen, daß ich das nicht aus dem Gesetz ausgegraben hab?»

«Du läßt den mittleren Teil aus. Mir fällt der genaue Wortlaut nicht ein, aber der Paragraph sagt uns auch, daß wir die Ordnung aktiv aufrechterhalten sollen. Und mit *Hilfe* meint das Gesetz, daß wir jenen helfen sollen, die gelitten haben, weil ein anderer ein Verbrechen verübt hat.»

«Und? War Xavier nicht das Opfer eines Verbrechens? Haben diese beiden Gorillas ihn nicht bedroht? Und wo sollte unser Freund in jener Nacht schlafen? Würde er nicht stehlen oder sogar rauben, um sich das Nötige zu beschaffen, damit er seine normalen Bedürfnisse befriedigen kann?»

«Sicher, aber du bist mir vielleicht einer», sagte Grijpstra.. «Du hast den Widerling an Beelema verwiesen, wohl wissend, daß dieser ihn zu den Gorillas schicken wird. Man hat mir nie geistigen Scharfblick vorgeworfen, aber mir scheint, du verdrehst deine Argumente.»

Jurriaans holte tief Atem. Grijpstra sprang auf. «Schon gut, du bist nett. Sprich weiter. Tut mir leid, daß ich dich unterbrochen habe.»

«Und du wirst mich nicht mehr unterbrechen?»

«Nein.»

«Du darfst dich setzen, Adjudant. Xavier brauchte Hilfe. Auch weil er Adeliger ist. Sein Großvater hat Eingeborenendörfer in den Kolonien niedergebrannt, und sein Vater machte Zaster, indem er während der Depression Arbeitslosen eine Beschäftigung gab. Wir haben in der Vergangenheit vollbrachte gute Taten zu achten, und ein Sohn aus einer adeligen Familie kann nicht in der Gosse schlafen.»

Grijpstra berührte Jurriaans Hand. «Wie recht du hast.»

«Hab ich. Und ich überlegte, wie ich Xavier retten könnte. Wieder dachte ich zufällig an Beelema. Ich ging zu ihm. Ich mußte ihn sowieso aufsuchen, denn eine Dame kam zu mir auf die Wache und sagte aus, sie sei eines Abends spät in einer der Gassen von einem Herrn belästigt worden, und ihre Beschreibung der charakteristischen Merkmale des Verdächtigen und der Art seiner Kleidung erinnerte mich irgendwie an Beelema. Borry Beelema ist selbstverständlich ein guter Mensch und Gott sein Vater, aber er neigt dazu, seine guten Manieren zu vergessen, wenn er draußen auf einem Spaziergang ist, und er ist dafür bekannt, die Leute – Männer wie Frauen – aus der Fassung zu bringen, indem er gewisse Anträge macht. Die Beanstandungen sind nie zu ernst, weil er sich an bestimmte Grenzen hält, so daß wir die Beschwerdeführer gewöhnlich nach Hause schicken können, aber ...»

«Beelema, wie?»

«Beelema. Und ich war erregt aus einem anderen Grund. Er hatte mir einen schlechten Haarschnitt verpaßt. Zu lang. Und ich fühlte mich verärgert aus einem dritten Grund; eine andere Dame hatte sich beschwert – uns belästigt, uns, die Polizei, als hätten wir nicht genug zu tun – über das ungestüme Verhalten von Beelemas übergeilem Hund. Alles in allem war ich in der richtigen Stimmung, um Beelema zu überreden ...»

«Der Hund!» Grijpstra schlug mit der Hand auf den Tisch. «Du solltest gestern abend den Hund mit de Gier gesehen haben. Ganz über den armen Brigadier drüber. ‹Hallo, Hund›, sagt der Brigadier, und das Tier springt ihn an und läßt nicht los. Als wäre de Gier die Hure von Babylon. Das Biest ließ es zuerst langsam angehen, aber es weiß, wie es den Rhythmus beschleunigt. Starrte de Gier auch noch in die Augen, Schleim tropfte von den Lefzen, abscheulich, absolut abscheulich!»

Jurriaans grinste. «So was macht er. Man sagt, Hundehalter und ihre Tiere werden sich nach einer Weile ähnlich. Stimmt in diesem Fall, aber Beelema ist nicht so stark wie Kiran, und die Zähne des Hundes sind größer. Ist es dir gelungen, deinen Brigadier zu befreien, oder hat er die volle Dosis abgekriegt? Etwa einen halben Liter, würde ich schätzen, der Hund bringt gern zu Ende, was er angefangen hat.»

«Ist das sein Name? Kiran?»

«Genannt nach einem russischen Prinzen, der konnte auch keinen in Ruhe lassen.»

«Wir kriegten ihn runter vom Brigadier, aber alle mußten helfen. Beelema warf ihn danach mit einem Fußtritt raus, denn der Hund beobachtete den Brigadier weiter und sabberte.»

«Das tat ich also», sagte Jurriaans und runzelte ungeduldig die Stirn. «Ich regte mich auf und sprach mit Beelema. Ich wußte, er braucht jemand, der die Bar bedient, und Xavier brauchte einen Job und einen Platz zum Schlafen. Ich bin immer glücklich, wenn die Teile zusammenpassen. Das war vor zwei oder drei Jahren. Xavier hat den Job noch und kommt mit Borry aus, der mehr Zeit bekam, um sich um seinen Frisiersalon zu kümmern. Fortune besuchte Beelemas Café regelmäßig; seine Frau Rea auch. Möchtest du etwas über Rea wissen? Analyse des Opfers, sehr wichtig in Mordfällen, wie es scheint.»

«Gern.»

Jurriaans schüttelte den Kopf. «Ich weiß nicht viel über sie. Ich glaube, sie war mal beim Theater, vor langer Zeit, bevor sie heiratete. Eine ruhige Frau, arrogant, spricht, als hätte sie den Mund voll heißer Kartoffeln. Weil sie aus Den Haag kommt. Ich glaube, die sprechen dort alle so, aber man sagt, auch die Haager seien wirkliche Menschen. Ich weiß es nicht. Ich war noch nie dort. Du?»

«Ein- oder zweimal. Attraktiv?»

«Den Haag?» fragte Jurriaans.

«Nein! Rea Fortune, eine attraktive Frau?»

«Das würde ich nicht sagen. Auch nicht unattraktiv. Soso lala. Mir war ihr Pudel lieber, ein Wollknäuel mit Seidenhalsband, genannt Babette. Das muß ich Babette lassen, sie wußte, wie man mit Kiran fertig wird. Ein Kläffer von Babette, und Kiran kratzte an der Tür. Bewunderswertes Verhalten, selbst für einen lebenden Handarbeitsbeutel.»

«Liebe und Freundschaft», sagte Grijpstra, «das sehen wir, wenn wir wollen. Aber in Wirklichkeit gibt es nichts als das Böse hinter den rosigen Schattierungen. Ist Xavier dem Beelema dankbar, was wissen *wir* schon. Vermutlich haßt er das Innerste des Ausbeuters und verflucht ihn täglich in seiner engen Bude über der Bar.»

Jurriaans nickte. «Möglicherweise. Er hat wirklich das allerkleinste Zimmer, kleiner noch als Titanias, die auf derselben Etage wohnt.»

«Und Xavier haßt Frits Fortune, weil der ihn durch die Gorillas bedroht hat», sagte Grijpstra. «Und Xavier hat ein Verhältnis mit Rea Fortune, Beelema auch. Fortune und Titania treiben es ebenfalls miteinander.»

«Wer führt sich hier jetzt auf? Obwohl du recht hast, daß Xavier nicht schwul ist, er sieht nur so aus. Ich habe dir Tatsachen gegeben, den Rest kannst du dir vorstellen und versuchen zu beweisen. Eifersucht ist eine Tatsache des Lebens, aber es gibt sie nicht immer und überall. Ich würde dir bei keiner deiner Anschuldigungen folgen. Fortune ist beispielsweise ein prächtiges, aufrechtes Musterexemplar. Er arbeitet nur immerzu, und wenn er mal trinkt, dann nur einen oder zwei. Gestern abend war eine Ausnahme. Persönlich mag ich sie alle, bis auf Rea. Sie kann fortbleiben, wenn es nach mir ginge, und Babette werde ich auch nicht vermissen.»

Grijpstra stand auf. «Die Menschen sind nicht gut, Jurriaans. Ich muß diesen Punkt nicht hervorheben. Wenn du es bis jetzt noch nicht herausgefunden hast, solltest du die Polizei verlassen. Ich verdächtige Fortune, seine Frau ermordet zu haben. Vielleicht sollte er das, aber das ist Sache des Gerichts. Ich habe vor, den Mann zu verfolgen. Wenn ich nur wüßte, was er mit der Leiche gemacht hat. Bis jetzt bewege ich mich im Leeren. Mir gefällt das nicht sehr. All diese Leere, es ist unheimlich. Bah!» Er zog seine Brieftasche.

«Du warst eingeladen», sagte Jurriaans. «Komm mal wieder. Vergiß nicht, Asta auf Wiedersehen zu sagen, bevor du gehst.»

De Gier wartete auf der Straße; er sprach mit einem kleinen schwarzen Jungen. Der Junge rauchte eine Zigarette.

«Das wußte ich», sagte der Junge, «aber einen Augenblick lang hab ich's vergessen. Danke.» Er ließ den Zigarettenstummel fallen und ging.

Grijpstra berührte de Giers Schulter. «Du hast doch nicht etwa gepredigt, oder? Was wußte der Junge? Daß Rauchen schlecht für die Gesundheit ist?»

«Falsche Schlußfolgerung, Adjudant. Es ist mir gerade noch gelungen, den Jungen vor einem ankommenden Lastwagen wegzuziehen und ihm vermutlich das Leben zu retten. Woraufhin ich sagte: ‹Weißt du nicht, daß du gucken sollst, ehe du die Straße überquerst?› Er antwortete höflich. Ein netter kleiner Junge, selbst wenn er zufällig pechschwarz ist.»

«Du diskriminierst», sagte Grijpstra. «Ebenso wie dein Kollege dort drinnen, nur bezog der sich auf Leute aus Den Haag.»

«Es ist unmöglich, Leute aus Den Haag zu diskriminieren», sagte de Gier, als sie zum Wagen gingen. «Fahren wir irgendwohin?»

«Zum Präsidium. Ich habe den Commissaris angerufen. Er kommt extra in sein Büro, um uns anzuhören. Er hat das Wochenende frei.»

«Ich möchte nicht hinfahren. Ihr beide werdet rauchen.»

«Du könntest ebenfalls rauchen.»

«Ich kann nicht, du weißt, ich kann nicht.» In der Stimme des Brigadiers lag Pein, und Grijpstra empfand Mitleid.

«Warum hast du also aufgehört, Rinus?»

«Deinetwegen.»

«*Hondecoeter.*»

«Wie bitte?»

«Hondecoeter», sagte Grijpstra, «Wenn du zusammenhanglos antwortest, kann ich das auch. Ich sage *Hondecoeter*, und du kannst herausfinden, was ich damit meine.»

De Gier fuhr schweigend weiter. Er parkte auf dem Hof des grauen abstoßenden Polizeigebäudes.

Als Grijpstra in den Fahrstuhl steigen wollte, hielt de Gier ihn zurück.

«Was ist jetzt denn los?»

«Ich weiß, was du mit Hondecoeter meinst», sagte de Gier. «Melchior Hondecoeter war ein nicht sehr bekannter Maler, der gern Vögel porträtierte. Du hast mich mal mitgenommen, um seine Bilder zu sehen, ins Städtische Museum. Sie sahen alle aus, als seien sie abends gemalt worden. Er fiel dir gestern ein, als du die exotischen Gänse in der Gracht sahst. Ich dachte ebenfalls an ihn. Und du hast seinen Namen erwähnt, weil du meine Aufmerksamkeit auf die wesentliche Schönheit ...»

«Halt dich zurück, Brigadier.»

«Schon gut, zieh dich am entscheidenden Punkt nicht zurück. Ich weiß genau, was du meintest, Grijpstra. Du wolltest deine Wahrnehmung mit mir teilen. Sehr nett von dir. Wirklich, es ist mir ernst. Du hast ja auch recht, wir leben in einer wundervollen Welt, aber wir machen uns zu schaffen und merken es nicht.»

«So etwas habe ich überhaupt nicht gemeint.»

«Im Unterbewußtsein», sagte de Gier. «Das wahre Gefühl, das nur bei einigen Kindern und wenigen Künstlern hervorkommt. Ich weiß deine wahren Absichten zu würdigen.»

«Ein Bordell», sagte Grijpstra.

«Hä?»

«Apfelpastete, sehr lecker. Aber ich möchte wissen, wer zum Bordell geschickt wird, wenn es dort Ärger gibt. Es gibt immer Ärger in Bordellen. Wenn er Karate und Ketchup schickt, nehmen die den Laden auseinander, und auf diese Weise kriegt er keine Apfelpastete. Aber er kriegt sie. Also ...»

De Gier gaffte.

«Also schickt er sich selbst», sagte Grijpstra triumphierend.

De Gier betastete die Brusttasche seines Hemds. «Ich habe vergessen, Zigaretten zu kaufen. Ich habe immer Zigaretten. Na, warum habe ich es vergessen?»

«Brigadier Jurriaans ist auch nicht gut», sagte Grijpstra.

3

«Was ist das für ein Unsinn?» fragte der Commissaris. «Heute ist Samstag. Seit wann arbeite ich samstags? Seit wann arbeite ich überhaupt? Lest ihr keine Zeitungen? Hier steht es, im *Koerier* von gestern abend. Der *Koerier* bringt gegenwärtig regelmäßig eine Spalte über die Polizei. Er hat es satt, die Bestechungen im Drogenhandel hochzuspielen, und schenkt seine Aufmerksamkeit Beamten, die über dem Rang eines Inspecteurs stehen. Da steht, höhere Polizeibeamte kümmerten sich nur um ihre Publicity.» Er wedelte mit der Zeitung. «Schwarz auf weiß, lest das alles, Kollegen. Dumm sind wir auch, das stand in der gestrigen Ausgabe. Wir können uns nicht an die simpelsten Einzelheiten erinnern. Warum verschwendet ihr also eure Zeit mit mir? Was ihr mir auch erzählt, es geht zum einen Ohr rein und zum andern raus.» Der kleine alte Mann stand mitten auf dem großen Orientteppich, der sein Büro schmückte. Unregelmäßig geformte, orangefarbige Hellebarden schienen aus den Spitzen seiner blankgeputzten Schuhe zu wachsen.

De Gier lachte.

«Ich freue mich, daß ich dich amüsiere, Brigadier.»

De Gier hörte auf zu lachen. Die scharfe, kleine Nase des Commissaris zeigte auf die Stirn des Brigadiers.

Grijpstra räusperte sich. «Er hat das Rauchen eingestellt, Mijnheer. Sein Verhalten ist irgendwie unregelmäßig.»

«So? Was ist das für eine Geschichte mit den verschwundenen Haushaltsgegenständen? Befaßt ihr euch jetzt mit einfachem Diebstahl? Hat keiner den Liefer- oder Lastwagen gesehen, den die Verbrecher benutzten? Lastwagen sehen nicht alle gleich aus wie Personenautos; sie können ohne zuviel Lauferei aufgespürt werden.»

«Nein, Mijnheer. Wir möchten sie mit dem äußeren Rahmen unseres Falles bekannt machen und um Ihren Rat und die Genehmigung bitten, weiterzumachen.»

Der Commissaris hätte fast gelächelt, statt dessen schnaubte er. «Rat? Genehmigung? Also wirklich!» Er schlug auf die Zeitung. «Lest dies. Ich bin hier, um das Gebäude zu zieren, und da ich nicht einmal das tue, wurde ich zu einem Blinddarm, der schmerzlos beseitigt werden kann. Ihr beide macht die Arbeit. Der Journalist hat tief gegraben, und die Qualität seiner Recherchen ist bewundernswert. Er hat sogar Fotos von meinen Kollegen gemacht. Ihr solltet sehen, wie dumm sie aussehen. Kein Gehirn im übergroßen Schädel. Auch keine Funktion. Sie nehmen die Räume in den oberen Etagen der Polizeiwachen ein.»

«Wir waren nicht in der Lage, den Lastwagen aufzuspüren, Mijnheer, aber wir haben auch noch nicht viel unternommen. Die einzigen Zeugen, die wir vernommen haben, waren Leute, die uns zufällig über den Weg liefen. Montag können wir die Umzugsfirmen anrufen.»

«Hast du vorhin von ‹Mord› gesprochen, Grijpstra?»

«Ja, Mijnheer.»

«Erzähl mir die Geschichte noch einmal. Du könntest auch etwas sagen, Brigadier. *Mußt* du mich so anstarren?»

«Hätten Sie ein Streichholz, Mijnheer?»

«Du hast aufgehört zu rauchen, oder?»

«Um darauf zu kauen, Mijnheer.»

De Gier kaute. Grijpstra berichtete. Der Commissaris ließ seine Zeitung fallen, nahm eine Gießkanne und machte sich an den Pflanzen auf den Fensterbänken zu schaffen.

«Das ist alles, Mijnheer.»

Der Commissaris stellte die Gießkanne wieder in seinen Schrank. «Ja, die Tatsachen, wie ihr sie beschrieben habt, zählen nicht viel. Aber sie passen selbstverständlich genau, sobald man das Muster und die anderen Tatsachen hat. Alles, was geschieht, besteht aus miteinander verflochtenen Ursachen und Wirkungen, und jede einzelne von ihnen kann aufgespürt werden. Einige der euch fehlenden Fakten könnten auf ein Verbrechen hindeuten oder harmlos sein. Sie könnten sich sehr wohl als harmlos erweisen. Aus dem Stegreif würde ich sagen, daß Brigadier Jurriaans' Einstellung richtig ist. Fortune hat es schon schwer genug, ohne daß ihr ihm auf die Füße tretet. Wenn ich euch sage, daß ich das alles auch finde, verliert er etwas von seiner Freiheit, und er hat schon seine Frau und seine Habe verloren.»

«Und seinen Hund», sagte de Gier und lächelte albern.

«Hiob», sagte Grijpstra.

«Wie bitte, Adjudant?»

«Ich sagte ‹Hiob›, Mijnheer. Die alte Frau, die bei mir auf dem Karren stand, nannte ihn so. Fortune ist Hiob. Nicht auf dem Misthaufen, sondern in einer leeren Wohnung. Ein Vergleich, Mijnheer.»

Der Commissaris ging den Rand des Teppichs entlang, auf dem sich eine Anzahl farbiger Quadrate befanden. Er trat nur auf die blauen Quadrate, die unregelmäßig placiert waren, so daß er gelegentlich hüpfen mußte.

«Hiob. Wahrhaftig. Aber Hiob kam fein heraus. Er hatte die richtige Einstellung, passive Hartnäckigkeit. Der Glaube des Mannes war ohne Fehl. He! Das kann nicht dein Ernst sein, Grijpstra. Identifizierst du mich mit dem Allmächtigen? Willst du sagen, ich hätte die Macht, den unglücklichen Mann noch weiter zu quälen, weil er sowieso das himmlische Königreich gewinnt?»

De Gier griff sich an die Kehle und hustete rauh. Er spuckte einen Streichholzsplitter aus.

«Und jetzt?» fragte der Commissaris, wobei er die Stimme hob. «Fehlt dir was, Brigadier?»

«Es ist das Kauen, Mijnheer. Ich hab mich noch nicht daran gewöhnt. Ich sollte nicht zuviel am Streichholz reißen; es genügt, es einfach platt zu beißen.»

Grijpstra hatte sich halb aus seinem Sessel erhoben. «Fang bitte wieder an zu rauchen, Rinus.»

«Nein.»

«Eine fundamentale Veränderung eines gewohnheitsmäßigen Verhaltens löst kritische Reaktionen aus, Adjudant. Wir werden uns abhärten müssen. Hiob, wie? Ein höchst interessanter Vergleich. Ein Glücksspiel zwischen Gott und dem Teufel, und der Verdächtige ist der Einsatz. Hoffen wir, er ist intelligent und weiß, daß er nicht verlieren kann. Hab ich euch je erzählt, wie ich mal meinen Wagen verloren hab?»

De Gier erlitt einen neuen Anfall des rauhen, kratzenden Hustens, und es dauerte einige Minuten, ehe der Commissaris seine Gehilfen unterhalten konnte. Er hatte vor einigen Jahren einen neuen Citroën von der kostspieligen Machart bekommen und sich über den Klassewagen gefreut. Ihm war eingefallen, daß er etwas zu besorgen hatte, war in die Stadt gefahren und hatte den Wagen geparkt. Als er zurückkam, war der Wagen verschwunden. Seine Enttäuschung war mit Furcht gemischt. Nicht nur, daß etwas nicht da war, das hätte da sein sollen, nicht nur, daß der verschwundene Gegenstand das glänzende Auto war, auf dessen Besitz er vor wenigen Minuten noch so stolz gewesen war – der Verlust konnte in Verbindung gebracht werden mit vergangenen Ereignissen, als er versucht hatte, seinen Wagenschlüssel in der Luft umzudrehen statt im Türschloß –, nein, die Leere, mit der er in diesem Augenblick konfrontiert wurde, war mehr, als er erwarten konnte. Der Citroën war nicht da, und der Boden, auf dem er gestanden hatte, war ebenfalls weg. Der Commissaris, plötzlich aus einem handelnden Objekt zum leidenden Subjekt geworden, starrte in ein gähnendes Loch. An die Stelle hellroter Ziegel war eine schwarze Öffnung getreten, die an seiner wahren Existenz saugte.

«Damals», so sagte der Commissaris, «bezweifelte ich den guten Willen der Schöpfung, und ich habe seitdem nicht gewagt, diesen Zweifel aufzugeben. Ein weiterer Verlust, der irgendwie zu meiner Befreiung beitrug. Zu verlieren mag erschreckend sein, zu wissen, daß man nichts hat, kann ermutigend sein.»

«Und der Wagen, Mijnheer?» fragte Grijpstra.

«Der Wagen? Der tauchte wieder auf. Es gibt dafür immer eine oberflächliche Erklärung. Ich habe vergessen, was genau geschehen war, vielleicht war die Kanalisation explodiert oder ein Gasrohr. Man mußte plötzlich ein Loch graben, und mein Wagen stand zufällig im Wege. Ich rief an, und eine höfliche Dame sagte mir, wo der Citroën abgestellt worden war. Aber wen kümmert's? Ich spreche von etwas anderem. Wir haben hier keine Erdbeben, was schade ist. Daran erinnert zu werden, daß nicht einmal der Boden sicher ist, daß wir für immer im undefinierbaren Weltraum schweben; sehr herzerquickend, Adjudant. Anzunehmen, daß wir auf Schwerkraft beruhen, könnte uns stumpfsinnig machen. Es muß lustig sein zu sehen, wie der Planet schwankt und brodelt und Löcher in sich aufreißt, denn dann wissen wir, wo wir sind, und vermutlich, was aus uns wird.»

Grijpstra machte ein ausdrucksloses Gesicht, de Gier kicherte.

«Also gut, Adjudant. Setz deine Ermittlungen fort, wenn es dich glücklich macht, aber versuche, einige ernste Verdachtsgründe zu finden, bevor du über dich selbst und andere stolperst. Und hast du schon mal überlegt, daß Rea Fortune einfach fortgegangen sein könnte? Abzuhauen ist legal, weißt du. Es ist ein Recht, das unsere demokratische Verfassung garantiert.»

4

«Hören Sie mal», sagte Frits Fortune, «so sehr sind Sie hier wirklich nicht erwünscht. Warum gehen Sie nicht?»

Der Verdächtige lag auf der Seite auf einer Luftmatratze unter den offenen Fenstern des größten Zimmers der Wohnung. De Gier saß ihm mit untergeschlagenen Beinen gegenüber. Grijpstra, der keinen passenden Sitz finden konnte, ging umher und ließ sich gelegentlich durch offene Türen blicken. Fortune trug noch dieselbe Kleidung, einen Leinenanzug von guter Qualität, zerknittert und flekkig. Der Mann roch hauptsächlich nach feuchter Fäulnis, was auch der Geruch von Seife, Shampoon und After-Shave nicht überdecken konnte. Fortune rauchte und verstreute Asche auf dem glänzenden Parkettboden.

De Gier bewunderte die glimmende Zigarette. Das Päckchen lag in Reichweite seiner rechten Hand. Neunzehn waren noch darin. De Gier hätte es am liebsten ergriffen, Papier und Stanniol abgerissen, die Hand um den gesamten Inhalt gelegt und alle Zigaretten zugleich angesteckt. Dann würde er den ganzen Rauch bis in die tiefsten Lungenspitzen inhalieren. Danach würde er sich besser fühlen.

«Wollen Sie nicht gehen?» fragte Fortune noch einmal.

«Lieber nicht», sagte de Gier, «aber wenn Sie darauf bestehen, dann müssen wir, denn zu bleiben, nachdem der rechtmäßige Eigentümer von Wohnraum zum Verlassen aufgefordert hat, ist gesetzwidrig und würde in unserem Fall, da wir Polizeibeamte sind und uns als solche zu erkennen gegeben haben, mit der doppelten Höchststrafe oder mit sechs Monaten Gefängnis belegt werden. Aber wenn wir gehen, müssen wir mit einem Befehl zurückkommen, den ein hochrangiger Beamter unterzeichnet hat. Wir haben einen Wagen und würden nicht länger als eine halbe Stunde brauchen, um so einen Befehl zu bekommen. Mit einem Hausdurchsuchungsbefehl müssen Sie uns hereinlassen, und wenn Sie sich widersetzen, machen *Sie* sich strafbar.»

«Aber was wollen Sie von mir? Ist es wegen gestern abend? Ich erinnere mich vage, daß ich mich mit Polizisten geschlagen habe, auch mit Ihnen. Sie lagen auch in der Gracht, aber ich glaube nicht, daß Sie Uniform trugen.»

«Ich bin Kriminalbeamter.»

«So? Tut mir leid, wenn ich Sie mit meiner Krücke verletzt hab. Hab ich Sie verletzt?»

«Sie hatten es nur vor. Falls die Konstabel irgendwelche Beschuldigungen vorgebracht haben sollten, sind sie fallengelassen worden. Wir sind nicht hier, um Sie an gestern abend zu erinnern, wir wollen nur wissen, wo Ihre Frau sich aufhält.»

Fortune legte den Kopf auf seinen Arm. «Weggegangen.»

«Wohin?»

«Ist es nicht Sache der Kriminalpolizei, so etwas zu ermitteln? Ich hab's versucht, aber vergeblich. Mir ist nur eingefallen, jeden anzurufen, der Rea kennt. Ich habe eine Liste aufgestellt; hier ist sie. Sie war ebenfalls im Wasser, was meine Handschrift nicht verbessert hat. Ich habe alle Namen abgehakt, was bedeutet, daß ich die Leute angerufen habe. Ich habe mir das Telefonbuch von meiner Nachbarin unten geborgt, von Mevrouw Kohlkopf-Tonto, und ...»

«Heißt sie so?» fragte de Gier. «Kohlkopf-Tonto?»

«Die Frau, die direkt hier drunter wohnt?» fragte Grijpstra.

«Ja.»

«Kohlkopf-Tonto», sagte Grijpstra nachdenklich. «Der richtige Name. Wenn ich ihr einen Namen geben sollte, könnte ich es nicht besser machen.»

«Von italienischer Herkunft und verheiratet mit einem Deutschen, der gestorben ist», sagte Fortune.

«Es gibt immer eine oberflächliche Erklärung.»

Fortune nickte dem verschwindenden Rücken des Adjudants zu.

«Was ...» De Gier streckte eine Hand aus und schob das Päckchen Zigaretten weg. «Was macht Ihr Bein, Mijnheer Fortune?»

Fortune lachte. Er hatte gute Zähne. Auch sein Gesicht war gut. De Gier fiel ein Held ein, den er in einem alten Kriegsfilm gesehen hatte, der damit endete, daß die bösen Feinde kapitulierten und die richtige Flagge hochgezogen wurde.

«Mein Bein? Meinem Bein geht's gut. Mir fehlt eigentlich nie etwas. Ich habe nur schwache Nerven. Oder ich bin verrückt, wie die meisten von uns. Immer wenn ich mich schlimm erschrecke, ist etwas mit einem Teil meines Körpers nicht in Ordnung, aber nur zeitweilig. Ich wäre vor einiger Zeit beinahe von einem Wagen überfahren worden und wurde auf dem Bürgersteig ohnmächtig. Die Spezialisten spielten Billard mit mir. Ich karambolierte mit jedem Krankenhaus und jeder Klinik in der Stadt. Am Ende kamen die Ärzte überein, daß ich vielleicht ein schwaches Herz habe und mich der nächste schwere Schock wieder umwirft. Aber die irrten sich, wie Sie sehen. Als die Konstabel mich schlugen und in die

Gracht stießen, wurde ich nicht einmal ohnmächtig. Der Schock glich die Wirkung der vorangegangenen unangenehmen Erfahrung aus, als ich heimkam und nichts mehr vorfand.» Er setzte sich hin. «Übrigens sind diese kleinen Konstabel gefährlich, man sollte sie in Schranken halten. Das gleiche gilt für den blöden Brigadier Jurriaans, der mich heute morgen gepiesackt hat. Und wenn ich daran denke, daß ich ihn seit Jahren kenne und irgendwie respektiere. Noch eine Tante Coba, äußere Erscheinung bedeutet nichts, eine schwarze Seele unter einem achtbaren Äußeren. Arrrch!» Er legte sich wieder hin.

«Tante Coba?»

«Sie wohnt jetzt seit Jahrhunderten an der Keizersgracht. Als Kind war ich oft in ihrem Haus, bei ihr und Onkel Hendrik. Ein würdevoll aussehendes Paar, aber ihre Bravheit ist schief. Nur Onkel Hendrik wird in den Himmel kommen.»

«Sie hielten sich bei ihnen auf? Sind sie nicht in Amsterdam geboren?»

«Selbstverständlich bin ich das, aber meine Eltern wohnten auf der anderen Seite des Flusses, und meine Mutter war kränklich. Ich wurde zu Tante Coba geschickt. Tante Cobas Einfluß auf meinen Geist war störend. Möchten Sie Kaffee?»

Sie gingen in die Küche und fanden Grijpstra, der ein leeres Regal betrachtete. Auf der steinernen Spüle stand eine Heizplatte und ein Karton mit Lebensmitteln.

Fortune redete, während er den Kaffee zubereitete. «Ich hätte nie gedacht, daß Rea so gründlich sein könnte. Sie hat sogar das Klopapier mitgenommen, sehr lästig, wenn man das Fehlen zu spät bemerkt. Ich mußte Papier aus meinem Taschennotizbuch nehmen, zu dünn und zu glatt.

Es ist jedoch so, daß diese Erfahrung zwei Seiten hat. Ohne Hindernis kann man weit sehen. Als die Benommenheit nachließ, ging ich einkaufen. Es war Donnerstag abend, und die Geschäfte hatten geöffnet. Ich konnte sogar eine Matratze kaufen und mich hinlegen und nachdenken. Die Gedanken gingen mir im Kreis herum, über das Geschäft, über Geld. Mehr von diesem, um das zu bekommen, mehr von dem, um dies zu bekommen.»

«Sie verlegen Bücher, wie wir hörten.»

«Gewiß tu ich das oder tat es zumindest. Eine gute Auswahl, wenn ich das sagen darf, nur was die Leute wollen. Bücher darüber, wie man im Wasser Tomaten züchtet und was die Gurus über Koitus und Meditation sagen, illustriert. Das Thema von heute für heute, für jene, die in der Sicherheit des Beisammenseins frei leben möchten. Die Sucher nach Behaglichkeit, Hollands Hoffnung.»

De Gier suchte ein Streichholz. Grijpstra runzelte die Stirn.

«Koitus?» fragte Grijpstra. «Meditation? Getrennt oder gleichzeitig?» Er nippte seinen Kaffee, mochte den Geschmack nicht, runzelte weiterhin die Stirn und betrachtete die Miniaturdünung in seinem Plastikbecher.

«Beides, das Buch hat zwei Teile, aber ich weiß nicht viel über die Qualität von dem, was ich verkaufe. Ein Verleger glaubt an den Verkauf und kalkuliert in Gewinn. Es gibt keine andere Wahl. Die Kosten steigen, und die Gewinne schwinden. Nur mehr von diesem ergibt mehr von dem, wie ich soeben erklärte.»

Grijpstras Stirnrunzeln verschwand.

Fortune lächelte. «Der endlose Kreis, aber nicht so ganz, wie ich auf der Matratze drüben im Zimmer herausfand. Wenn ich bedenke, daß ich mich mit Rea stritt, weil ich ablehnte, diesen Kreis zu verkaufen. Wenn ich überlege, daß jemand, ein Kollege, der an der nächsten Gracht wohnt, für sein Unternehmen – hundertmal größer als meins, es gehört ihm nicht, aber er ist Direktor – meinen Dreck kaufen wollte, er bot an, mich zu befreien, und ich lehnte tatsächlich ab.» Er schüttelte den Kopf.

«Zum angemessenen Preis?»

«Ein bißchen mehr.»

«Ihre Frau wollte, daß Sie verkaufen?»

«Ja, und ich willigte nicht ein. Mein Kollege lud mich zum Essen bei Beelema ein, Rea war ebenfalls gebeten worden zu kommen. Borry Beelema serviert gern Essen auf Bestellung. Er serviert selbst, und Xavier und Titania verkleiden sich als Köche. Beelema hält etwas von Perfektion. Kaviar und Champagner. Hyme, mein Kollege, muß jede Einzelheit der Party besprochen haben. Sie war als Falle gedacht, aber ich hatte noch nicht gelernt, wie man sich fangen läßt, um frei zu werden. FREI, verdammt! Die haben vielleicht nicht gewußt, wie sie an mich herankommen. Ich bin ein ruhiger Mensch oder war es. Ich arbeitete, und das war's. Hyme schlängelte sich auf die übliche Tour heran und bewirtete mich, um meinen Widerstand zu schwächen.»

«Der Preis?» fragte Grijpstra.

Fortune nannte ihn.

Grijpstra stieß einen Pfiff aus. «Sie könnten sich zur Ruhe setzen.»

«Und ich wollte nicht.»

Sie hatten die Küche verlassen und standen nebeneinander und schauten durch die Fenster nach draußen. Unter ihnen war ein Meer unregelmäßiger Häuserdächer eingefaßt von einer Reihe von Lagerhäusern. Eine Drossel, die oben auf einem Wasserspeicher saß, stimmte eine ziemlich komplizierte Aussage an. Der silberne Mercedes mit dem deutschen Nummernschild, den de Gier schon mal gesehen hatte, kam vor der gestreiften Markise des Hotels *Oberon* rutschend zum Halt, und derselbe fette Deutsche knallte die Wagentür zu und überquerte watschelnd die Straße.

«Sie haben geradeheraus abgelehnt?»

«Nein, ich bat um Bedenkzeit für das Angebot. Ich war allein, wurde angegriffen von einem boshaften Ungeheuer, das einzig darauf aus war, mich meiner sicheren Routine zu berauben, jedenfalls dachte ich das. Ich tat so, als fände ich das alles sehr komisch, wurde dann ärgerlich und ging nach Hause.»

«Mit Ihrer Frau?»

«Ja, dann stritten wir uns.»

«Haben Sie sie geschlagen?» fragte Grijpstra freundlich.

«Nein. Ich wiederholte mich. In jener Nacht haben wir nicht geschlafen. Sie wollte einen Wagen kaufen, ein Landhaus, es stilgerecht einrichten. Sie sagte, ich könne Bücher lesen. Ich sagte ihr, daß ich Bücher herstelle.»

«Lesen Sie nicht?»

«Doch, aber nicht oft. Ich sagte ihr, ich sei nützlich für die Gesellschaft. Sie machte Fetzen aus mir. Sie bewies, das sei ich nicht, das andere Unternehmen könne meinen Schund besser publizieren als ich.»

«Hatte sie recht?»

«Selbstverständlich.»

Fortune überlegte.
«Sie würden jetzt verkaufen?» fragte Grijpstra.
Fortune grinste. «Ja, ich werde. Ich hab mir meine Erzeugnisse noch mal angesehen. Socken aus Ziegenwolle, Pilze, die Halluzinationen auslösen, UFO-Weisheit. Mijnheer Hyme kann alles haben.»
«UFOs könnte es geben.»
«Gewiß, aber was wissen meine Autoren? Die wissen, wie man Unwissen auf zweihundert Seiten verbreitet. Die phantasieren oder lügen geradeheraus und verbinden Unsinn mit Fälschung.»
Die Drossel sang weiter.
«Rea hatte recht, aber aus den falschen Gründen», sagte Fortune. «Und ihr war alles egal. Mir jetzt nicht, und ich stimme ihrer Motivation nicht zu. Sie wollte nur Reichtum, Glück, irgend so ein kurzfristiges Ziel. Sie ist wirklich eine törichte Frau.»
«Sie wollen sie nicht zurückhaben?»
«Nein.»
«Scheidung?»
«Ja.»
«Was werden die Nachbarn sagen?» fragte Grijpstra ernst.
Fortune steckte sich eine neue Zigarette an und paffte gelassen.
«Mevrouw Kohlkopf-Tonto? Sie ist der einzige Nachbar, den ich kenne, und sie mochte Rea nie. Sicherlich lasse ich mich von Rea scheiden, aber dazu wird sie sich melden müssen oder mir durch ihren Anwalt schreiben lassen. Ihr Geld werde ich ihr zurückgeben; sie brachte eine ziemliche Summe mit in die Ehe. Ich investierte sie ins Geschäft. Ich zahle sie ihr mit Zinsen zurück.»
«Sind Sie böse auf sie?»
Fortune ließ sich auf die Matratze fallen.
«Nein.»
«Und was haben Sie vor?»
Fortune gähnte. «Nicht viel. Ich denke weiter im Innern des Kreises nach, hier. Dies ist ein guter Ort, um nachzudenken. Danach geh ich auf Reisen, suche mir einen ruhigen Ort, baue mir meine eigene Hütte. Das kann ich noch nicht, aber jemand könnte es mir beibringen.»
«Werden Sie einen Wagen anschaffen?»

«Ich muß erst wieder lernen zu fahren. Ich konnte es, als ich beim Militär war, das ist zwanzig Jahre her. Ich habe keinen Führerschein.»

«Kann Ihre Frau auch nicht fahren?»

«Nein.»

De Gier wirbelte seinen Kaffee herum. «Der Hund, glauben Sie, er wird zurückkommen?»

«Er ist zurückgekommen, und ich kann nicht verstehen, wohin er gegangen ist. Ich bin mir sicher, die Tür verschlossen zu haben. Heute ist Samstag, gestern lag ich in der Gracht, Rea verließ mich am Donnerstag. Ich komme nach Hause, alles ist weg. Ich falle, Mevrouw Kohlkopf bringt mich zum Arzt. Ich gehe ein wenig einkaufen. Babette ist an der Tür, als ich zurückkomme, freut sie sich, mich zu sehen, bellt, liebevoll. Ich gehe mit dem Hund hinein. Am Freitag lasse ich den Hund zu Hause. Er ist nicht dort, als ich heimkomme.»

«Der Hund konnte nur durch die Tür hinaus?»

«Tür, Treppenhaus, Haustür, einen anderen Weg gibt es nicht.»

De Gier zeigte auf eine Mauer aus rohen Ziegeln. «Solide Mauer.»

«Ja, das Gebäude war mal ein Lagerhaus, alles ist solide. Sehen Sie die Löcher in der Mauer? Ich habe sie gebohrt und eiserne Träger hineingetrieben, um die Bretter meiner Bücherregale zu halten. Sie hat sogar die Träger entfernt.»

«Vermissen Sie Ihre Bücher?»

«Eigentlich nicht. Vielleicht ein paar, aber die sind zu ersetzen. Bücher werden nach einer Weile langweilig, etwas zum Sammeln, wieder ein Kreis.»

«Welche Art von Büchern haben Sie gelesen?»

«Einige Romane, Reisebeschreibungen, Horrorgeschichten.»

«Bestimmte Horrorgeschichten?»

«Poe.»

«Poe», sagte Grijpstra hilfreich. «Von dem hab ich gehört. Wie ist er?»

De Gier preßte eine Hand an die Wand. «Ich werde dir eine Geschichte von Poe erzählen. Da war mal ein Ehepaar. Die beiden waren nicht glücklich. Sie lebten auf dem Lande auf einem Gut. Es kostete sie alles, was sie besaßen, das Gut in Betrieb zu halten. Das Gut war nicht profitabel, und die Frau konnte nicht kaufen, was sie wollte. Sie schrie ihren Mann an, und eines Abends griff er nach dem Feuerhaken und schlug ihr den Schädel ein.»

«Das war schlimm», sagte Grijpstra.

«Nicht zu schlimm. Es löste das Problem des Landedelmannes. Aber die Leiche war noch da, die mußte er beseitigen. Warte, fast hätte ich es vergessen, die beiden hatten auch eine Katze. Die lief herum. Gut. Der Mann war ein geschickter Bursche, und er nahm einige Werkzeuge und machte ein Loch in die Wand. Ein großes Loch, groß genug, um die Leiche aufzunehmen. Er steckte die Leiche in das Loch und machte es wieder zu.»

«Ich habe noch nie Maurerarbeiten gemacht», sagte Fortune.

«Aber der Landedelmann, wissen Sie, er war geschickt, wie ich schon sagte. Er machte die Arbeit ausgezeichnet. Und noch etwas war an diesem feinen Herrn, er hatte Sinn für Humor. Er wartete einige Tage, vielleicht eine Woche, und lud den Ortspolizisten zu einem Glas Wein ein. Warte mal, ich habe die Katze wieder vergessen. Die Katze verschwand. Der Landedelmann suchte die Katze, aber sie war weg. Gut. Der Konstabel kommt und kriegt seinen Wein, und der Landedelmann schenkt sich auch ein und erzählt Witze. Nach jedem Witz lacht er laut, *haha, hoho*, und schlägt mit dem Feuerhaken an die Wand. Stärker und stärker.» De Gier schlug mit der flachen Hand an die Ziegelmauer. «So. Der Landedelmann lachte weiter, *haha, hoho.*» De Gier rief es laut. Oben vom Dach war eine Reaktion zu hören. Da waren Schreie und Gekakel, ein Rascheln und Flattern.

«Möwen», sagte Grijpstra.

«Und Krähen», fügte Fortune hinzu. «Auf dem Dach sind immer Krähen, aber jetzt machen sie mehr Krach als sonst.»

«Schauen wir mal nach.»

Fortune zeigte die Gier eine Luke, und der Brigadier trat in Grijpstras verschränkte Hände und zog sich gewandt durch die Öffnung.

«Wie endet die Geschichte?» fragte Grijpstra Fortune. «Oder wissen Sie nicht, wie sie geht?»

«Doch, ich kenne die Erzählung gut. Als der Landedelmann mit dem Feuerhaken an die Wand donnerte, schrie ihn von innerhalb der Mauer etwas an. Ein ohrenzerreißender Schrei, der ihn und den Konstabel entnervte. Der Konstabel ließ die Wand öffnen und fand die aufrecht stehende Frau. Auf ihrem zerzausten Kopf saß die Katze, die Katze, die Ihr Kollege immer vergaß. Die Katze lebte und schrie.»

De Giers Kopf fuhr zurück. «Komm rauf, ich hab was gefunden.»

«Eine Leiche?» fragte Grijpstra.

Die Leiche war auf der anderen Seite des Dachs, zum Teil hinter einem Schornstein verborgen. Sie hatte weder Ohren noch Augen, und die Haut war arg zerrissen, aber sie war noch als Reste eines kleinen Pudels zu erkennen. Um den Hals hatte er die Überbleibsel eines roten Seidenhalsbands.

«Babette», flüsterte Fortune. «Armes kleines Ding. Was ist dir nur passiert?»

Grijpstra saß in der Hocke und betrachtete den Kopf des Hundes. «Er hat einen Schlag abgekriegt, der Schädel ist gebrochen. Die Vögel haben das nicht getan, die haben nur die weicheren Körperteile bearbeitet.

De Gier ging weg bis zum Dachrand. Er schaute nach unten und taumelte zurück.

«Mir ist übel», sagte er leise, «und schwindelig.» Er hielt sich den Magen. «Wenn mein Blut nicht schnell etwas Nikotin absorbiert, werde ich die Kontrolle verlieren. Ich werde mümmeln und nie mehr aufhören. Gestikulieren werde ich auch. Ich werde geisteskrank sein. Vielleicht lassen die mich in der Therapie etwas tun. Ich könnte den Weg harken, irgendwo hinter der Klapsmühle, auf dem Friedhof, zwischen den Grabsteinen und Geistesgestörten aus dem Mittelalter. Keiner wird kommen, um nach mir zu sehen.»

«Sprichst du mit mir?» fragte Grijpstra.

«Ja. Ich sage dir, daß ich als Polizist nicht gut bin.»

«Das warst du nie», sagte Grijpstra, «sonst hätte ich vor zehn Jahren nicht um deine Versetzung zum Morddezernat gebeten. Schau dir Fortune an.»

Frits Fortune hatte Babettes Kopf in seine Hände gebettet und blinzelte in die leeren Augenhöhlen. Mit gespitzten Lippen flüsterte er Koseworte. Außerdem weinte er.

5

«Was für ein Mensch ist dieser Frits Fortune nun?» fragte Grijpstra. «Wenn wir diese Frage nicht beantworten, dann beantworten wir nichts. Ist er ein Komödiant? Ist er ein netter Kerl? Ist er ein Mörder? Er könnte ein netter Kerl sein, aber ich halte ihn für einen Mörder.»

Grijpstra stützte sich auf das Brückengeländer. De Gier stützte sich neben ihm darauf. Ein städtischer Lastkahn, dessen einsamer Schiffer das Ruder als Halt für seinen Rücken benutzte, näherte sich langsam auf der Brouwersgracht. Der Schiffer hatte die Beine gespreizt, die Hände in den Taschen vergraben und starrte stur geradeaus. Die gebeugten Körper der beiden Kriminalbeamten verrieten eine leichte Spannung. Es könnte ja möglich sein, daß der Lastkahn abbog und unter der Brücke in die Keizersgracht fuhr. Falls er das tat, würde er gegen die Ulme fahren, die quer über dem Wasser lag. Der daraus resultierende Unfall würde beträchtlichen Schaden an den Hausbooten anrichten. Menschen würden ins Wasser fallen, es würde merkliche Verwirrung herrschen. Die alles durchdringende Stille an diesem späten Samstag nachmittag in der Innenstadt, unterstrichen durch das monotone Grollen des Lastkahns, würde in tausend Fetzen zerrissen werden.

Aber der Lastkahn bog nicht ab, und die Kriminalbeamten wandten sich wieder ihren ruhigen Fragen zu. Die rotschnabeligen Gänse erschienen majestätisch. Der haarige, gutgekleidete Radfahrer tauchte auf; sein Pedal schlug immer noch gegen den Kettenschutz. Der glänzende Mercedes stand vor dem Hotel *Oberon*, und der fette Deutsche stieg aus. Die Tür vom Café *Beelema* öffnete und schloß sich. Kiran, die deutsche Dogge, tollte auf der Uferstraße herum, verlangsamte das Tempo und hinterließ nasse Spuren an Bäumen und Laternenpfählen.

«Blöder Hund», sagte de Gier. «Hoffentlich sieht er mich nicht.»

Kiran sah ihn und bellte freudig.

«Was für ein Mensch ist Frits Fortune?» fragte de Gier. «Und was für eine Frage haben wir hier? Ist es die richtige Frage? Was für ein Mensch bist du? Was für ein Mensch bin ich? Manchmal bin ich dafür bekannt, dieses zu sein, bei anderen Gelegenheiten bin ich jedoch mehr jenes.»

«Dieses und jenes sind begrenzte Ideen», sagte Grijpstra. «Es sind die extremen Grenzen, innerhalb derer sich das gewohnheitsmäßige Verhalten eines Verdächtigen bewegt. Wenn er vorher etwas getan hat, wissen wir, er könnte es wieder tun. Wenn er gestern ein Komödiant war, besteht die Möglichkeit, daß er heute ein Komödiant ist.»

«Ich habe geraucht, aber ich rauche nicht mehr. Was macht das aus mir? Einen Nichtraucher, der geraucht hat? Einen früheren Raucher, der sich davon abgewandt hat? Einen nicht rauchenden früheren Raucher, der wieder rauchen wird? Einmal aufgegeben, erledigt für immer? Einmal angefangen, ewig weitermachen?»

«Du bist nikotinsüchtig», sagte Grijpstra, «und hast einen schwachen Charakter. Aber da du nicht verdächtigt wirst, ist es mir egal, was für ein Mensch du bist.»

«Nein?» fragte de Gier. Er hob dabei die Stimme. Der alte Mann, der auf dem Brett an seinem Hausboot die Gänse fütterte, schaute auf. «Pssst!»

«Was sind Sie für ein Mensch?» rief de Gier.

Der alte Mann zerkrümelte sein letztes Stück Brot.

«Was ich für ein Mensch bin?» fragte er mit klarer, hoher Stimme. «Ich bin Fütterer rotschnabeliger Gänse. Ich bin, was ich tue, und tue, was ich bin.» Er verteilte die Krumen wie ein geizender Bauer, der seinen Acker sät, nickte und schlurfte in sein Boot zurück.

Grijpstra lachte. «Er ist ein In-Boote-Schlurfer. Und ich bin ein Hungerhabender.»

Kiran trabte auf die Brücke.

«Und der Hund ist auch einer. Würdest du uns zu einem Besuch in einer Imbißstube begleiten? Oder traust du dich nicht?»

Kiran stand an der Tür und flehte de Gier an. Der Brigadier öffnete die Tür. Kiran fiel/sprang hinein. Der Hund legte die Vorderpfoten auf einen Hocker und schlabberte zwei Fleischrollen vom Teller eines Gastes. Dann fraß er noch eine Fleischrolle aus der Hand eines anderen Gastes. Die Gäste protestierten, der Hund knurrte. Er stellte das Knurren ein und umschlang eine junge Frau, die in den Imbißladen kam.

Die Kriminalbeamten fanden eine Nische. Geschützt, aber unsichtbar hinter der hohen Trennwand, rief de Gier nach Bedienung. Er rief noch zweimal, bevor eine breite Frau mit steinernem Gesicht, das aus einem gestärkten, blendend weißen Kittel wuchs, nach dem Zweck seiner lautstarken Rufe fragte.

«Ein Brötchen mit warmem Fleisch, eins mit Beefsteakhack, eins mit Rinderwurst und eins mit *zwei* Fleischrollen.»

«Das macht hundert», sagte die Frau. «Jetzt zahlen.»

«Wie bitte?»

«Sie haben den Hund hereingelassen. Der Hund hat für 20 Gulden Ware gestohlen und ist jetzt draußen und verschlingt Leber im Wert von achtzig, die ich ihm geben mußte, damit er rausging.»

«Haben Sie den Verstand verloren?»

«Raus», sagte die Frau.

Sie gingen eine gewisse Strecke und kehrten dann um.

«Wenn wir nur jemand finden könnten, der Fortune gut kennt», sagte Grijpstra. «Ich könnte Borry Beelema fragen und den Mann, der im Nachthemd an der Bar arbeitet, und Titania, aber ich glaube mit fast an Sicherheit grenzender Wahrscheinlichkeit, daß sie alle auswechselbare Teile der gleichen Sache sind und nicht auf meiner Seite stehen. Ich brauche einen Außenstehenden, was auch meine Position ist, jemand außerhalb der verschwundenen Frau und des toten Hundes, aber dennoch im Umfeld des Verdächtigen, falls es so eine Person gibt.»

«Ein Verwandter?» fragte de Gier.

Sie standen vor dem Schaufenster des Imbißladens. Kiran war zu seiner Eingangsposition zurückgekehrt und flehte den Kriminalbeamten über dessen Schulter an.

«Nochmals», sagte Grijpstra. «Soll ich ...?»

«Nein, er wird stehlen und vergewaltigen», sagte de Gier. «Das hat er bereits getan, wir sollten ihm nicht gestatten, zweimal in denselben Fluß zu gehen.»

Grijpstra blieb stehen. «Ich kann für ihn einen ähnlichen Fluß finden. Ein Verwandter, sagst du. Eine Tante oder einen Onkel?»

«Beides. Tante Coba und Onkel Hendrik.»

«Stimmt. Ich vergaß. Ich werde alt. Diese Leute wohnen in der Keizersgracht. Dies ist die Keizersgracht. Wir brauchen die Hausnummer. Weißt du was, ich glaube, ich werde dem Hund die Tür öffnen. So sieht er mitleiderregend aus. Dies ist keine normale Haltung für einen Hund, er wird einen Krampf in den Pfoten bekommen. Vielleicht ist er nicht so hungrig, weil er die Leber gefressen hat. Das Mädchen ist gegangen, also gibt's dort nichts zu vergewaltigen. Er könnte mit der Frau Verbindung aufnehmen, die unhöflich zu uns war, und mit den dicken Männern am Tresen. Was meinst du?»

«Die Entscheidung liegt bei dir. Dort drüben ist eine Telefonzelle. Ich werde Onkel Hendriks Hausnummer suchen. Hoffen wir, daß er ein Onkel väterlicherseits ist und ebenfalls Fortune heißt.» De Gier ging.

Grijpstra öffnete die Tür. Kiran bellte und fiel/sprang hinein. Grijpstra ging weiter. Ein langsam vorbeifahrender Bus voller japanischer Touristen, die über Lautsprecher belehrt wurden, übertönte die Disharmonie von Lauten, die aus dem Imbißladen herauskamen.

6

Tante Coba rauchte eine Zigarette, Onkel Hendrik rauchte eine Pfeife, Grijpstra rauchte einen Zigarillo, de Gier rauchte nicht. Die vier Protagonisten saßen auf Armstühlen, bezogen mit grünem Samt, auf der hinteren Veranda eines Herrenhauses, erbaut und unterhalten in einem Überfluß, der gewiß befreiend gewesen wäre, hätten der Kalvinismus und der Drang, sowohl geistige als auch materielle Gewinne zu erzielen, nicht gewisse Grenzen gesetzt. Die offenen Gartentüren gewährten einen Blick auf Rhododendren, die anmutig im Bogen um ein Meer niedriger Blumen standen. Ein Chor unsichtbarer Singvögel vereinte sich in einer ziemlich einförmigen Melodie, verziert durch Triller und Gezwitscher. Tante Coba und Onkel Hendrik waren stattliche Miniaturen und ihre Gesichter durch Alter und Entschlossenheit fein gemeißelt. Sie sahen gleich aus unter dem Silberhaar, das nach identischer Façon geschnitten und gekämmt war, und sie trugen fast die gleiche Kleidung. Antike Eingeschlechtigkeit, dachte der Brigadier, der ihre engen Hosen und fließenden Jacken aus altem schimmerndem Velours betrachtete und bewunderte.

Onkel Hendrik sprach um den Pfeifenstiel herum.

«Hat Neffe Frits etwas Unrechtes getan?»

«Nein, Mijnheer Fortune, nicht, soweit wir wissen. Aber wir suchen seine Frau, die anscheinend verschwunden ist. Alle Haushaltswaren, Verzeihung, der Inhalt des Hauses verschwand ebenfalls. Auch der Hund, der allerdings gefunden wurde; er war jedoch tot.»

«War der Kopf noch dran?» fragte Tante Coba.

Grijpstra starrte.

Tante Coba wiederholte ihre Frage laut, jede Silbe deutlich aussprechend.

«Ja, Mevrouw. Aber jemand hat ihm auf den Kopf geschlagen. Der Schädel war gebrochen. Der Hund war auf dem Dach.»

Tante Coba nickte glücklich.

«Er taugte nie viel.»

«Der Hund?»

«Neffe Frits. Wenn Sie *wüßten*, was wir mit ihm erlebt haben. Aber woher sollten Sie das wissen?»

Onkel Hendrik hustete mühsam. Tante Cobas glänzende Augen durchdrangen mit ihrem Blick die Stirn ihres Mannes. Er hustete noch einmal und klopfte sich an die Brust.

«Möchtest du ein Glas Wasser?»

«Nein. Ist denn noch nicht Kaffeezeit?»

«Noch lange nicht. Warum gehst du nicht und schreibst Schecks aus. Sammtags schreibst du immer Schecks aus. Ich werde mich um diese Herren kümmern.»

Onkel Hendrik rührte sich nicht. Tante Cobas fester Blick verstärkte sich. Er stand auf, entschuldigte sich und ging aus dem Zimmer.

Tante Coba seufzte. Sie konnte sich gerade noch zurückhalten, sich die Hände zu reiben.

«Rea ist also auf und davon, wie? Das überrascht mich nicht, nein, überhaupt nicht. Was nicht mehr gebraucht wird, das schafft man beiseite. So eine nette Frau außerdem, dienstbar, sogar unterwürfig. Und mit Frits verheiratet!» Sie seufzte noch einmal, traurig diesmal, auch ein wenig länger und tiefer. «Na ja.»

«Tja, Mevrouw.»

«Aber es mußte so kommen. Sein Vater war ein Fortune und seine Mutter ebenfalls verrückt. Wenn sie mal zu verrückt wurde, kam das Kind hierhier. *Der kleine Frits wird eine Weile bei Coba sein.* Sie sagte das immer mit solcher Überzeugung. Ich wurde nie gefragt, ob ich das Kind aufnehmen wollte, es kam einfach.»

Einfühlungsvermögen spiegelte sich auf Grijpstras Gesicht wider.

«Und was tat der kleine Frits, wenn er bei Ihnen war, Mevrouw?»

«Was wohl nicht?»

«Was stellte Ihr Neffe denn alles an, Mevrouw?»

«Er machte das Bett naß. Er wollte keinen Blumenkohl essen, ob mit oder ohne weiße Soße, die Soße war ihm egal. Er verbrauchte eine halbe Rolle Klopapier auf einmal. Wenn die Gartenpforte verschlossen war, sie war immer verschlossen, und er wollte mit seinem Roller in den Garten, machte er das Schloß kaputt, immer wieder. Er bohrte in der Nase, am liebsten beim Essen. Er machte sich nicht gut in der Schule. Er stahl Geld.»

«Ihr Geld, Mevrouw?»

«Nein. Er stahl zu Hause. Aber er war nicht viel zu Hause, meistens war er hier.»

Tante Coba starrte in den Garten. De Gier trat Grijpstra an den Knöchel, zu hart, weil sein Bein außer Kontrolle geriet. Grijpstra erhob sich, aber de Gier schob ihn zurück. De Giers Lippen bildeten die Wörter «zu Hause».

«Was tat er sonst noch zu Hause, Mevrouw?»

«Er las. Er durfte nicht lesen, der Arzt hatte gesagt, das solle er nicht. Er sollte spielen. Er bekam einen Baukasten, eine elektrische Eisenbahn und einen Teddybär. Er wollte nicht spielen, obwohl er so tat, als spiele er. Er machte Bindfäden an die Bausteine und trat gegen die Bindfäden, während er las, und inzwischen fuhr die Eisenbahn ihre Runden. Sie gaben ihm eine andere Eisenbahn mit Uhrwerk, das er hin und wieder aufziehen mußte, aber er dachte sich eine Abwehr aus. Wissen Sie, was er mit der Eisenbahn machte?»

«Was machte er, Mevrouw?»

«Meine Schwägerin kam eines Abends in das Zimmer, und es brannte kein Licht. Die Vorhänge waren zugezogen. Frits hatte Streichholzköpfe in die Lokomotive und die kleinen Wagen und Waggons gesteckt und sie angezündet. Eine große Flamme sauste über den Teppich. Das erschreckte seine Mutter, die über die Gleise stolperte. Das halbe Haus brannte ab.»

«War's das, Mevrouw?»

Tante Coba sank auf ihrem Armstuhl zusammen. Ihre Augen blitzten hinter den schimmernden Brillengläsern.

«Wissen Sie, was er mit seinem Teddybär gemacht hat?»

«Nein, Mevrouw.»

«Der Teddybär hieß Brumm. Es war ein großer Bär von guter Qualität und teuer. Eines Tages verschwand Brumm. Frits' Eltern konnten nicht verstehen, was damit passiert war, und sie trauten seinen eigentümlichen Antworten auf ihre einfachen Fragen nicht. Wissen Sie, wo Brumm gefunden wurde?»

«Nein, Mevrouw.»

«In einem nicht tiefen Loch im Garten vergraben. Und wissen Sie, was Frits noch getan hatte?»

«Nein, Mevrouw.»

«Er hatte Brumm geköpft.»

7

Grijpstra tanzte. Zwei kleine Schritte vor, ein kleiner Schritt nach rechts, dann nach links, zurück und von vorn wieder. Er sang bei den Seitschritten und beim Schritt zurück.

«*Widiho. Widiha.*»

«Hör auf», sagte de Gier, «oder willst du, daß ich ebenfalls tanze? Das werde ich, wenn du darauf bestehst, obwohl ich nichts als Elend sehe. Was *ist* los mit dir?»

«Das Glück kommt zu denen, die nicht aufgeben», sagte Grijpstra, wobei er sorgfältig eine neue Serie von Schritten vorführte, «und wer beharrlich ist, wird am Ende gewinnen. Ich habe mich lange bemüht. Und hier kommt es jetzt. Eine zufällige Begegnung, wirst du sagen, die beiläufig Informationen bot. Irgendwie hast du recht, aber ich sehe mehr. Das Schwarze der Zielscheibe sehe ich, wobei ich inzwischen dem Schicksal und auch dir danke. Hättest du gestern abend nicht angehalten ... ich mag gar nicht daran denken, was dann passiert wäre. Aber du hast den Wagen angehalten, dich aktiviert und mir den Mörder ausgehändigt, feierlich, auf deine unnachahmliche Art. Du hast ihn aus dem Wasser geholt, damit ich ihn in Empfang nehme und das mit Wasserpflanzen geschmückte Geschenk würdige. ‹Da, bitte›, sagtest du, und ‹freundlichen Dank›, antwortete ich. Und deine Geste kam so *natürlich* von dir.»

«Bist du fertig?»

«*Widiho. Widiha.*»

Ein Streifenwagen fuhr vorbei, ein großer männlicher Konstabel am Steuer, und eine junge Frau in tadelloser Uniform, den größten Teil ihres langen dunkelblonden Haars unter einer kleinen runden Mütze versteckt, auf dem Beifahrersitz. Sie sah Grijpstras Tanz und winkte. De Gier winkte zurück.

«Nettes Mädchen», sagte de Gier, «aber sehr jung, um Konstabel zu sein. Ich glaube, sie kennt dich.»

Grijpstra sang nicht mehr und ließ den Fuß sinken. Er stand.

«Asta heißt sie. So nett ist sie nicht. Sie verführt ältere Männer. Männer wie dich, Brigadier. Vierzigjährige und ältere. Sie wollte sogar mich verführen. Brigadier Jurriaans hat mir von ihr erzählt. Es gelang ihm, ihren Klauen zu entkommen, aber sie verletzte ihn, glaube ich.»

«Ah.»

«Wieso ah?»

«Interessant», sagte de Gier.

Grijpstra drückte seinen dicken Zeigefinger auf die Brust des Brigadiers.

«Für dich vielleicht, ich werde dich mit ihr bekannt machen. Wenn du schon nicht rauchst, kannst du wenigstens Asta haben. Sie wäre ein minimales Risiko für dich, und du könntest sie von anderen fernhalten.»

De Giers große braune Augen wurden verträumt.

«Funkelnde Augen», flüsterte er, «die ein intellektuelles Gesicht beherrschen, belebt von einem sinnlich unerfüllten Verlangen. Ein schöner Mund mit der Fülle der Unterlippe, die durch den straffen Bogen des oberen Randes beschränkt wird.»

Er zuckte die Achseln. «Zu jung.»

Grijpstra ließ den Finger sinken.

«Ich werde dir erzählen, was Jurriaans über sie zu sagen hatte.»

De Gier hörte zu, dann nickte er.

«Ja, ich verstehe. Trunkenheit am Steuer, Exhibitionismus, Ehebruch, lesbisches Getue. Nicht alles davon ist strafbar, aber er sollte sich dennoch in acht nehmen und es nicht dir erzählen. Dauert das Verhältnis noch an?»

«Nein», sagte Grijpstra. «Sie ist ganz dein.» Die Stimme des Adjudant verlor sich. Er scharrte mit den Füßen.

«Bitte», sagte de Gier, «nicht schon wieder.» Er zeigte in ein Schaufenster. «Sieh mal, Adjudant, genau der richtige Laden für dich, elegant und teuer. Siehst du die Mütze? Für zehn Gulden? Das ist geschenkt. Aber vielleicht ist dein Kopf zu dick. Glaubst du, dein Kopf ist zu dick für diese Klassemütze?»

Grijpstra tanzte in den Laden. Er probierte die Mütze aus. Sie saß etwas eng. Er legte einen Zehnguldenschein neben die Kasse und tanzte wieder aus dem Laden.

«*Widiho. Widiha.*»

«Bitte, Grijpstra, das reicht. Setzen wir uns auf den hübschen Baum dort drüben. Auf dem kannst du nicht tanzen, weil du sonst in die Gracht fällst. Gehen wir uns die Gänse angucken. Ein Moment der Ruhe und des Friedens, Grijpstra.»

De Gier geleitete den Adjudant zu dem umgefallenen Baum. Grijpstra balancierte vorsichtig auf dem ziemlich dicken Stamm. De Gier folgte. Sie setzten sich.

«Es ist klar, was passiert ist», sagte Grijpstra.

«Was ist passiert?»

«Du hast es selbst beschrieben, als wir den Verdächtigen aufgesucht haben. Frits und Rea sitzen beieinander, Mann und Frau. Zusammensein im Wohnzimmer, ohne Harmonie. Eine Konfliktsituation, die sich zum Tumult entwickelt. Rea Fortune ist eine Frau mit Phantasie. Sie sieht sich von einem Chauffeur gefahren in einem Mercedes, silberglänzend lackiert.»

De Gier schaute auf. «Der Fahrer ist deutsch.»

«Wenn du willst.»

«Fett? Kahlköpfig? Speckwülste als Nacken?»

«Wie du willst, ein Chauffeur, darf ich weitermachen?»

«Ja.»

«Rea Fortune möchte ausgehen. Sie möchte Schnecken in Weintunke essen, serviert von Kellnern mit byzantinischem Profil. Ein Zigeuner spielt Geige, ihr direkt ins Ohr. Hohe Töne, gläsern, eine Harfe im Hintergrund. Fortune selbst hat es gesagt. Eine Frau mit Phantasie, unerfüllter.»

«Er nannte keine Einzelheiten.»

«*Ich* nenne dir Einzelheiten, damit du erkennen kannst, wie es passierte. Unerfüllte Phantasie führt zu Enttäuschung, Enttäuschung führt zu Spannung. Spannung setzt sich in Taten um. Missetaten. Sie attackiert den Verdächtigen, saugt ihm das Blut unter den Fingernägeln weg, schnippelt am letzten Faden seiner Selbstbeherrschung. Ich verstehe beide Seiten. Einiges davon werde ich in meinen Bericht schreiben. Ein Teufelskreis: Frau ärgert Mann, der Mann versteckt sich hinter seinen Gewohnheiten, er arbeitet noch härter, liest noch mehr, spricht noch weniger, ärgert sie noch mehr. Sie fahren nie in Urlaub, haben nie Spaß. Sie wird aggressiver. Die Spannung wird stärker, wird unerträglich. Die Frau kreischt ihre Beleidigungen. Der Pudel bellt. Dem Mann reißen die Nerven. *Bamm!* Irgendwann am Anfang dieser Woche. Der Pudel entkommt auf die Straße, während Fortune sich der Haushaltswaren, Verzeihung, des Inhalts des Hauses in einem gemieteten Lieferwagen mit Hilfe einiger illegaler Einwanderer, vielleicht Pakistanis, vielleicht Türken, entledigt. Der Pudel kommt zurück. Fortune freut sich, nimmt das Tier mit ins Haus, möchte seine Gesellschaft genießen, aber der Hund winselt, er sucht Rea. Wiederum *bamm*! Babette wird aufs Dach geworfen, wird zum Fraß für die Vögel.

Der Bär Brumm wurde vergraben. Gewohnheitsmäßige Verhaltensmuster wiederholen sich. Aber wo ist Rea? Oh, *nein!*»

Grijpstra stöhnte. Er schaute sich um, schien aber den Brigadier oder die vertraute Umgebung nicht zu erkennen.

«Und jetzt?»

«Aber selbstverständlich weiß ich, wo sie ist. Wie dumm von mir. Und von dir auch. Wir hätten es von Anfang an wissen können. Amsterdam ist eine Stadt voller Löcher, abgesperrter Löcher. Immerzu arbeiten sie am Straßenpflaster, nehmen die Steine heraus, stapeln sie, graben, errichten Sperren, nehmen die Sperren weg, füllen die Löcher. Oder nicht?»

«Er hat sie in einem Loch in der Straße begraben?»

«Wo sonst. Er hatte keinen Wagen und konnte sie nicht den Pakistanis oder den Türken geben. Er mußte sie im Hause behalten. Er schaute aus dem Fenster und sah, daß die Straßenarbeiter wieder am Werk gewesen waren. Überall Löcher. Er nimmt die Leiche, schleicht sich hinaus, vergräbt sie, nimmt die Absperrung weg. Glaubst du, die Straßenarbeiter erinnern sich, wo ihre Löcher waren? Niemals. Die kommen einfach morgens und graben und sperren ab, was auch immer als erstes an die Reihe kommt. Ich muß die Leiche haben, Rinus, keine Leiche, kein Fall. Die werden alles wieder aufreißen müssen.»

«Du führst dich vielleicht auf.»

«Hä?»

«Du redest und quatschst. Wenn der Commissaris dich hören könnte, würde er dir mit seiner kleinen Plastikkanne den Nacken begießen.»

«Der Commissaris würde höflich zuhören», sagte Grijpstra. «Höflich und zustimmend.»

«Würde er? Denke an das Fundament, auf dem deine Konstruktion ruht. Du baust einen schwankenden Turm auf unbestätigten Klatsch, daß Frits Fortune in ferner Vergangenheit als kleines Kind einen Teddybär verprügelt hat. Er ist, behauptest du, ein Bärenverprügler. Ich war Raucher. Jetzt nicht mehr. Wenn mich jemand fragt, ob ich rauche, sage ich: ‹Nein, ich rauche nicht.› Und damit sage ich die Wahrheit. Wenn jemand Fortune fragt, ob er die Gewohnheit hat, Bären zu verprügeln, wird er antworten: ‹Nein, ich verprügele keine Bären.› Und das kann ebenfalls die Wahrheit sein. Es muß nicht, aber es könnte wahr sein.»

«*Du* führst dich auf», sagte Grijpstra. «Du leidest an Entziehungserscheinungen. Du hast ein wenig den Verstand verloren. Das macht nichts. Ich werde diese Arbeit allein machen. Bleib bei mir, dann bist du sicher. Ich werde dich ablenken, indem ich dich immerzu beschäftige.»

«Da ist Kiran.»

Der Hund stand am Ufer und kaute auf einer Mütze.

«Haha», sagte Grijpstra, «er hat jemandem die Mütze weggeschnappt. Vermutlich hat er sie einem der Kerle im Imbißladen weggenommen. Schau mal, er reißt den Rand ab.»

«Das ist deine Mütze.»

Grijpstra griff sich an den Kopf.

«Wo ist meine Mütze?»

«Vermutlich heruntergefallen, als du auf den Baum getanzt bist. Kiran hat sie gefunden. Er hat starke Zähne, nicht wahr?»

«Elender Hund! Höllenköter! Ist denn nichts heilig in Sodom? Geh weg, Rinus, ich muß an dir vorbei.»

De Gier stand auf. Er versuchte, an Grijpstras massigem Körper vorbeizukommen. Grijpstra hielt sich an ihm fest.

«Was ist da los?» fragten zwei barsche Stimmen. «Runter von dem Baum, ihr beiden.»

«Verzeihung, Adjudant», sagte Karate. «Ketchup dachte, daß Sie sich schlagen. Ich dachte das auch. Sie haben sich nicht geschlagen, nicht wahr?»

«Nein. Da läuft Kiran, Rinus. Er entkommt ins Café *Beelema*. Ich gehe auch hin, um sofortigen Schadenersatz zu verlangen. Kommst du mit?»

«Adjudant», fragte Karate, «haben wir recht mit der Annahme, daß Sie soeben aus dem Haus Keizersgracht 33 gekommen sind?»

«Ja», sagte Grijpstra.

«Haben Sie Mijnheer und Mevrouw Fortune besucht?»

«Hab ich.»

«Und der Mann, der gestern abend in die Gracht gefallen ist, zufällig sozusagen, hieß der nicht ebenfalls Fortune?»

«So ist es.»

«Merkwürdig», sagte Karate. «Die Welt ist klein. Vor einer Weile, vielleicht vor einem Jahr, haben Ketchup und ich die Fortunes ebenfalls besucht.»

«Liebenswürdige Leute», sagte Grijpstra, «und auch verläßliche. Sie haben mich mit willkommenen Informationen versorgt. Und jetzt werde ich ins Café *Beelema* gehen. Ich möchte, daß ihr den Hund festnehmt. Der Hund hat mir dic Mütze geraubt und sie danach zerstört.»

«Haben Sie gesagt verläßlich, Adjudant? Haben Sie gesagt, Mijnheer und Mevrouw Fortune hätten Sie mit verläßlichen Informationen versorgt?»

«Ja.»

«Das Paar ist nicht verläßlich, Adjudant. Das Paar ist verrückt.»

«Warum glaubst du das, Konstabel?» fragte de Gier. «Erläutere deine Beweisführung bitte dem Adjudanten. Bemühe dich nicht, es mir zu erklären, denn ich bin ebenfalls verrückt. Aber der Verstand vom Adjudant ist vollkommen in Ordnung, und er muß alles erfahren. Vor allem, weil er jetzt allein arbeitet.»

8

«Wir suchten die Adresse offiziell auf», sagte Karate, «folgten Befehlen, wie immer. Es war vor etwa einem Jahr; das genaue Datum kann ich nachsehen, wenn Sie wollen. Das Präsidium schickte uns, wegen irgendeines Streits, aber wir wußten nicht, was wir davon halten sollten, wegen der Adresse, die gut ist. Ketchup meinte, dort könne ein Sexclub sein, es gibt hier einige. Wir waren schon mal in einem, auch wegen eines Streits. Wir fanden nackte Frauen, die bis zu den Knöcheln in zerbrochenem Glas standen. Einige Gäste ebenfalls, und einer hatte sein Auge verloren. Ich fand es, aber er verlor es erneut. Irgendwie amüsant, das heißt in dem Augenblick. Später wird daraus Arbeit, wenn man den Bericht schreiben muß. Wir fanden verschiedenes in dem Club, und alles war schlimm. Da gab es Glücksspiel und Alkohol ohne Ausschankgenehmigung, etwas

Rauschgift, einige Waffen und eine Minderjährige. Alles mußte berichtet werden, aber das kam später, wie ich sagte. Da war ein Mann, der ohne seine Kleidung in einem Alfa Romeo entkam. Er war nervös und fuhr in die Gracht; zwar nicht sofort, denn der Wagen hing am Geländer. Wir schauten zu und dachten, vielleicht stürzt er nicht ganz ab, aber das geschah am Ende, und die Feuerwehr holte ihn heraus. Sehr hübsch.»

«Der Schaden», sagte Ketchup. «Wirklich unglaublich. Ein anderer Gast mit einem Porsche hatte es ebenfalls eilig und schaute nicht, wohin er fuhr. Er geriet in eine Straße mit Autos an beiden Seiten, gegen die er knallte, und die Besitzer strömten aus den Häusern. Sie sollten nicht lachen, ich tat es damals auch nicht. Ich zog mir einen Kieferbruch zu, was tagelang schmerzte. Unendlicher Schaden!»

«Gut», sagte Grijpstra. «Tja, wir wetzen jetzt los.»

«Warten Sie bitte, Adjudant, unterbrich mich nicht, Ketchup. Wie gesagt, wir standen auf den Stufen von Nummer 33, und der alte Mann öffnet und tut ganz erstaunt und sagt: ‹Guten Abend, Konstabel, stimmt etwas nicht, oder kommen Sie, um das Hausmädchen zu besuchen?› Und ich sage: ‹Nein, Mijnheer, wir kamen, um *Sie* zu fragen, was nicht stimmt, denn wie wir hören, gibt es hier Streit.› Und er sagt: ‹Nein, man muß Ihnen die falsche Hausnummer gegeben haben, weiter unten sind einige Neger, die Trompete blasen.› Er will die Tür schließen, aber seine Frau kommt und hält sie offen und sagt, sie habe uns erwartet, wir möchten bitte hereinkommen.»

«Es wird also schwierig», sagte Ketchup. «Sie zieht, und er schiebt. Es gab eine Auseinandersetzung, aber sie faßten nicht einander grob an, sondern uns. Was war zu tun? Wie sollte man das niederschreiben? Stellen widerstreitende Elemente ein zu verfolgendes, strafbares Vergehen dar, oder gibt es wieder einmal einen leichten Ausweg? Sind die Beamten belästigt worden?»

«Moment mal, Ketchup. Wie gesagt, Adjudant, die Frau hatte angerufen, aber es dauerte eine halbe Stunde, bevor wir den Grund erfuhren. Sie gaben uns Kaffee und einen Tropfen Cognac, obendrein Zigarren, obwohl er sagte, das solle sie nicht. Wir haben zu tun, sagte er und erwähnte wieder die trompetenden Neger. Dann am Ende erzählte sie uns, was war. Ob wir ihren Mann festnehmen und wegbringen würden, denn sie beschwere sich, mit beträchtlichen körperlichen Verletzungen bedroht zu werden. Von ihm.»

«Stimmt», sagte Ketchup, «und das ist ungesetzlich. Sie waren zwar verheiratet, aber dennoch. Vergewaltigung ist in Ordnung, aber dazu kam es bei ihnen nicht mehr so oft. Sie verlegten sich aufs Drohen, er bedrohte sie. Wir sollten etwas unternehmen. Ich verbrachte eine Weile im Bad und prüfte die Situation an Hand meiner Notizen; ich habe Notizen für Spezialfälle bei mir. Es stand darin, klar genug.»

«Moment, Ketchup. Wissen Sie, was passierte, Adjudant? Er bedrohte sie, und zwar seit Jahren jeden Abend. Dem Richter würde das gefallen, denn das macht es schlimmer. Er bat um Kaffee, und sie wollte keinen zubereiten. Er sagte dann: ‹Sofort, meine Liebe, ab mit dir in die Küche, sonst hau ich dich um. Ich dreh dir den Hals um. Ich prügele dich zu Tode. Auf, meine Liebe, ich zähle bis drei.› Und er habe es ernst gemeint, sagte sie. Er habe ein verzerrtes Gesicht gehabt, gezählt und sich aus dem Sessel gestemmt, und sie habe in die Küche eilen müssen, sonst hätte er ihr das alles angetan. Aber sie wolle ihm das nicht mehr gestatten, wegen der Gleichberechtigung, also habe sie das Präsidium angerufen, und da seien wir jetzt.»

«*Was?*» fragte Grijpstra.

«Ja, Adjudant. Ich dachte, Sie würden das vielleicht gern erfahren. Nicht ganz das, was man erwarten würde, obwohl sie irgendwie recht hatte. Sie kannte auch die richtigen Ausdrücke. Wenn Sie das nicht tun, *üben Sie Ihren Dienst nicht nach der Gesetzesvorschrift aus*, sagte sie. Ich frage mich, woher sie diesen Ausdruck hat, vielleicht hatte sie sich im Klassenzimmer versteckt, als ich die Polizeischule besuchte. Und das wäre zutreffend gewesen, wir hätten unseren Dienst nicht nach der Gesetzvorschrift ausgeübt, wenn wir ihre Anzeige ignoriert hätten.«

«Mach weiter, Konstabel», sagte de Gier.

«Wir arrangierten die Sache am Ende, Brigadier. Es gab keine Möglichkeit, den alten Mijnheer Fortune festzunehmen. Ich glaube nicht, daß Sie unseren Brigadier Jurriaans kennen. Hätten wir den alten Vogel angeschleppt, würde er uns an den Ohren ziehen, und es würde wieder *ii-ii* geben. Wir konnten uns auch nicht weigern, denn sie war auf sein Blut aus und hätte ans Präsidium geschrieben. Der Cognac und weitere zwei Stunden geduldigen Zuhörens retteten uns. Irgendwie schändlich, und Ketchup wurde besoffen.»

«Und du?»

«Nur ein bißchen», sagte Karate. «Ich fuhr ihn nach Hause. Ketchup war müde und konnte sich nicht erinnern, wo er wohnt.»

De Gier schaute Grijpstra an.

«Möchtest du gehen?»

Karate und Ketchup salutierten. Grijpstra sah, wie der Streifenwagen abfuhr. Er flüsterte, und de Gier beugte sich herüber, um die Worte mitzubekommen.

«Das Glück kommt zu denen, die nicht aufgeben», flüsterte Grijpstra. «Ein kleiner Rückschlag. Jetzt werde ich die Leiche finden.» Das Flüstern war grimmig, und de Gier trat einen Schritt zurück. «Ich werde die Leiche finden, Brigadier», rief Grijpstra, «selbst wenn ich den letzten Pflasterstein aus der letzten Gasse reißen muß!»

De Gier führte ihn weg.

«Dieser Brigadier Jurriaans», sagte de Gier, «vielleicht hast du recht. Ich halte nicht viel von ihm. Er mißhandelt seine Untergebenen und vergewaltigt sie, wenn sie weiblich sind. Hast du mir nicht erzählt, daß er diese reizende junge Polizistin gezwungen hat, sich auf einem Gartentisch auszuziehen und es mit einer anderen Frau auf dem Teppich zu treiben?»

«Das hast du falsch verstanden.»

«Dann erzähle es noch einmal.»

«Es war das Mädchen, diese Asta, die den Ärger machte, nicht Brigadier Jurriaans, der ein gereifter Mann ist und zufällig an dem Abend aus dem Gleichgewicht war, wegen seiner Frau, die unstet ist und immerzu fernsieht.»

«Asta», sagte de Gier sanft.

«Bleib weg von ihr, das Mädchen ist eine Pferdekur. Fang wieder an zu rauchen, und stirb in reifem Alter friedlich an Krebs. Das wäre besser.»

«Asta.»

«Du bist nicht alt genug für sie», rief Grijpstra. «Sie mag ältere Männer. Wie Brigadier Jurriaans. Wie *mich.*»

«Ja», sagte de Gier sanft. «Gewiß hast du recht, Adjudant. Vielleicht sollte ich mich nicht ins Mittel legen.»

9

De Gier stand vor dem Café *Beelema.* Er lehnte den Kopf an einen Laternenmast.

«Wie fühlst du dich?» fragte Grijpstra.

«Beengt. In der Kehle, es breitet sich auf die Lungen aus. Alles wird enger. Meine Adern verengen sich, das Blut fließt nicht mehr. Ich möchte schreien oder vielleicht gleichzeitig weinen, denke ich. Hast du Zigaretten bei dir?»

«Zigarren. Im Café wird es Zigaretten geben. Alle Marken. Soll ich dir welche holen?»

«Nein, ich dachte mir nur, ich würde es gern wissen. Ich rauche nicht mehr. Ich bleibe hier ein Weilchen stehen. Es wird vorübergehen und dann wiederkommen. Ich bin in einem Tunnel; ich bin ein Wurm, ein rosa Wurm, gestreckt, an beiden Enden langgezogen. Das Gefühl ist schmerzhaft und hoffnungslos. Ich leide, Grijpstra.»

«Armer Kerl.»

De Gier stieß sich vom Laternenmast ab.

«Stimmt. Die Hölle ist nicht ewig. Es gibt Pausen. Ohne Unterbrechungen wäre es keine Hölle. Wäre die Erfahrung andauernd, würde ich mich daran gewöhnen. So kann ich das nicht. Später leide ich wieder. Gehen wir.»

Sie gingen ins Café und grüßten Titania, die hinter der Bar stand, Xavier, der mit Kiran zwischen den Tischen spielte, und Borry, der am Tresen saß. Xavier zog an den Resten einer Mütze, und Kiran knurrte.

«Das ist meine Mütze», sagte Grijpstra. «Das ist ein boshafter Hund.»

Beelema sprang auf.

«Tut mir leid, Adjudant. Ich werde Sie entschädigen. Was hat Sie die Mütze gekostet?»

«Zehn Gulden, aber was ist schon Geld? Mit Zahlen bedrucktes Papier. Ich habe die Mütze gerade erst gekauft. Sie gefiel mir. Schauen Sie sich die jetzt an.»

Kiran ließ den schleimigen Fetzen fallen und grinste. Borry hob alle Finger und zeigte mit der Nasenspitze auf die Kasse. Titania nahm einen Zehnguldenschein heraus und gab ihn Grijpstra.

«Mit meiner Bitte um Entschuldigung, Adjudant», sagte Beelema, «aber der Hund ist noch jung. Ein bißchen verspielt, wie? Ich freue mich, daß Sie die Zeit hatten, mal vorbeizuschauen. Die Stadt ist heute leer, die sind alle am Strand, um die Touristen zu ärgern. Wer wie wir hiergeblieben ist, sollte einander Gesellschaft leisten. Darf ich Ihnen etwas zu trinken anbieten?»

«Ein Bier», sagte Grijpstra und ließ sich auf einen Barhocker sinken. Das Bier näßte seine gierig schluckende Kehle. Er stellte das Glas ab. Titania füllte es wieder. De Gier schlenderte umher. Ein gutgekleideter Mann in mittleren Jahren kam herein und setzte sich an einen Tisch. Er nahm die Zeitung und blickte Titania an. Xavier fragte den Gast, was er trinken möchte. Der Mann sah Xavier nicht, er starrte Titania an, Titania sah ihn, schien sich aber seiner Aufmerksamkeit nicht bewußt zu sein. Der Mann legte die Hände auf den Tisch und erhob sich langsam. Er taumelte zur Bar. «Hallo.» Seine Stimme krächzte. Er war bleich und hatte zitternde Hände.

«Mijnheer?» fragte Titania.

«Hallo.»

Titania schaute Xavier an.

Xavier fragte den Mann, ob ihm nicht wohl sei. Der Mann ließ die Barstange los und rieb sich den Magen.

«Nein», sagte er. «Doch. Entschuldigen Sie.» Er ging, wobei er etwas schwankte. Er hatte Mühe mit dem Türgriff.

Grijpstra war beeindruckt.

«Und Ihre Arme waren unten», sagte er zu Titania. «Sie sind wirklich schön. Sie haben den Mann entnervt.»

«Vielleicht war er betrunken», meinte Beelema beschwichtigend. «Das passiert manchmal. Wir sehen, wie es hin und wieder passiert.»

«Sie verlangen etwas zu trinken, und wir schenken aus», sagte Xavier. «Dann wollen sie noch einen. Jeden Tag geht das so. Langsam werden sie zu Alkoholikern. Traurig, aber so läuft es manchmal.»

De Gier stand am Fenster. «Er geht ins Hotel *Oberon.*»

«Dort gibt es auch eine Bar», sagte Titania.

«Er ist noch auf den Beinen, vielleicht ist mit ihm alles in Ordnung.»

Mehrere Touristen kamen ins Café, Südamerikaner mit Schnurrbart und blitzenden Zähnen; sie folgten einer Frau in tiefausgeschnittener Bluse, gefüllt mit bebendem, weichem, fruchtbarem Fleisch.

Der Bluseninhalt kam an den von Titania nicht heran. Titania machte nichts absichtlich; sie langte nach oben, sie mußte das tun, die Flaschen standen auf einem hohen Regal. Die Bewegung legte ihre Brüste frei; die Männer mit Schnurrbart konnten von der Seite alles sehen, und jene, die weiter hinten an der Bar saßen, von der anderen Seite. Ein Moment ist jetzt, und das Jetzt dauert ewig. Die Männer sahen, was sie sahen, mit verkniffenen, abschätzenden Blicken. Die Frau sah, was die Männer sahen. Ihre Unterlippe straffte sich, und ihre Oberlippe schob sich ein ganz kleines bißchen hoch, aber es veränderte ihr Gesicht. Sie zischte, wo sie hätte schlucken sollen. Der Schnaps brannte ihr in der Kehle. Die Männer klopften ihr auf den Rücken, während ihre Blicke auf Titania ruhten.

Andere Gäste kamen und wurden von Xavier bedient.

«Arbeiten Sie heute?» fragte Beelema.

Grijpstra schob sein Glas zu Titania hinüber. «Ein wenig, wir haben eine Frage. Eine einfache Frage. Wo ist Rea Fortune? Wenn Sie die Frage zufriedenstellend beantworten, haben wir Feierabend.»

«Sie ist fortgegangen.»

«Ja, ja.»

«Glauben Sie mir nicht?»

«Ich glaube, sie ist fortgegangen.»

Borry Beelema überlegte.

De Gier hörte mit dem Umherschlendern auf und lehnte sich an die Bar. Er betrachtete das bestickte Hemd des Cafébesitzers, die künstliche Farbe seiner dichten, föngewellten Koteletten, seine goldenen Arm- und Halsketten, die gutgeschnittene Hose, die die Rundung seines Bauches kaschierte und die Beine länger aussehen ließ. Er glaubte, das Foto des Mannes in den Polizeiakten finden zu können. Er schien sich zu erinnern, das Foto gesehen zu haben. Vielleicht in der Kartei der sexuellen Missetäter. Wie könnte die Beschuldigung gelautet haben? Geteiltes Vergnügen mit einer Minderjährigen? Belästigen von Passantinnen, indem er sich an diese unschuldigen und mit sich selbst beschäftigten Geschöpfe herangemacht und unaufgefordert gewisse vorstehende oder verborgene Körperteile berührt oder sogar geknetet hatte? Oder war es das übliche Zurschaustellen des rosa Schwänzchens?

«Rea Fortune ist fortgegangen», sagte Beelema, «was schade ist, oder ist es nicht schade? Was meinst du, Titania?»

Titania errötete.

«Sie werden rot», sagte de Gier. «Wie gut Ihnen das steht. Schau mal, Grijpstra, Titania wird rot.»

«Nicht», sagte Titania, «bitte.»

Was für ein reizend verschlossenes Gesicht das Mädchen hat, dachte de Gier. Jedes Merkmal ist vollkommen. Dann vergaß er, was er anschaute. Segmente eines anderen Gesichts fügten sich zusammen. Das andere Gesicht war das von Asta, aber er hatte sie nur kurz gesehen, als sie im Streifenwagen an ihm vorbeifuhr. Das Gesicht war jedoch klar, klarer als Titanias. Aber was war Asta, abgesehen davon, daß Grijpstra die Beobachtungen von Brigadier Jurriaans mißverstanden hatte? Er konzentrierte sich auf die Spitze von Grijpstras Zigarre. Sie glimmte wie der Abgrund einer Liliputanerhölle. In den mikroskopisch kleinen Flammen bildete Astas Gesicht sich wieder heraus. Er zwang sich, den Blick wieder auf Titania zu richten.

«Titania ist verliebt», sagte Beelema, «in Frits Fortune. Es ist ein Drama, mit dem wir jetzt seit einiger Zeit leben. Frits Fortune weiß nicht, was in Titanias Herz los ist, weil sie ein bescheidenes Mädchen ist und vor der Unmöglichkeit ihres Verlangens resigniert hat.

Der Mann war verheiratet, nicht wahr, und er ist es noch, aber nun ist Rea fort und die Luft damit rein.»

«Dem Himmel sei's gelobt und gedankt», sagte Xavier, «denn wir können ihr Elend nicht länger ertragen, obwohl wir unsererseits ...»

Titania brach in Tränen aus. «Du dreckiger ...» Sie beendete ihre Bemerkung nicht. Sie rannte weg. Eine Tür schlug zu. Ihre Schuhsohlen klapperten auf einer Holztreppe. Eine zweite Tür schlug zu.

«Das war nicht klug von dir, Xavier», sagte Beelema. «Jetzt mußt du für zwei arbeiten. Der Herr dort drüben wartet auf Bedienung. Warum fragst du ihn nicht, was er wünscht?»

Xavier nahm die Bestellung des fetten Deutschen entgegen. Der Gast wollte zwei Knackwürste auf Toast, dazu Mixed Pickles. Er bestellte außerdem Bier. Xavier warf die Würstchen in einen Topf. Xavier murrte.

«Was ist so dreckig daran, mit Rea ins Bett zu gehen? Hast du es für dreckig gehalten, Borry? Auch du hast es genossen.»

«Haben Sie mit Mevrouw Fortune geschlafen?» Grijpstra richtete die Frage an Beelema.

«Hin und wieder.»

«Hat Mijnheer Fortune das gewußt?»

«Ich hab's ihm nicht gesagt.»

«Abscheulich.»

«Wieso?» sagte Xavier. «Sie wollte es ja.»

«Sie war oft allein zu Hause», sagte Beelema. «So schlimm ist es ja wohl nicht, oder? Die Zeiten sind freier, wissen Sie, und die Polizei kriegt das nur langsam mit. Wir taten es, weil wir helfen wollten. Titania ist in Fortune verliebt. Titania gehört zu uns, und wir kämpfen auf ihrer Seite. Rea mochte ihren Mann nicht einmal. Das ist bewiesen, sie lief fort, nicht wahr?»

Der Deutsche beschwerte sich, laut und mit starkem Akzent. Er wollte sein Bier. Beelema brachte es ihm. Er wollte auch seine Knackwürste. Xavier fischte die Würstchen aus dem kochenden Wasser, ließ den Toast hochspringen, breitete die Mixed Pickles aus. Der Deutsche aß, wobei er heftig durch die geweiteten Nasenlöcher schnaufte.

Grijpstra hatte sich damit beschäftigt, sein Bier zu trinken, seine Zigarren und Streichhölzer auf dem Tresen zu arrangieren und seinen Barhocker zu rücken. Er fand Bierdeckel, die er zu einem Quadrat zusammenlegte. Er betrachtete eine Reihe von Flaschenetiketten. Er kratzte sich die Stoppeln am Kinn und betastete seinen Nabel. Zum Schluß klopfte er auf eine Seite seines Jacketts.

Das konkrete Vorhandensein seiner Pistole verschaffte ihm eine gewisse Seelenruhe. Sein Körper sank wieder in die hinnehmende Haltung, die er eingenommen hatte, bevor die Verwirrung durch neue Tatsachen sich störend in eine Theorie eingemischt hatte. Rea Fortune war verschwunden, dachte er noch einmal, wie er schon gedacht hatte, bevor er die Theorie entwickelte. Rea Fortunes Abwesenheit blieb das Fundament, auf dem alle Theorien ruhen würden. Wenn Rea da wäre, würde er, Grijpstra, nicht hier sein, sondern zu Hause bei Frau und Kindern in der Etagenwohnung an einer Gracht. Ausblick zur Straßenseite: Wasser mit schwimmenden Gegenständen, vor allem solchen aus Gummi; Ausblick zur Rückseite: Fensterbänke mit anderen Gegenständen, vor allem Tellern mit Essensresten.

Rea Fortune ist nicht da. Warum nicht? Weil ihr Mann sie umgebracht hat. Warum hat er sie umgebracht? Weil er die Beherrschung verlor, deshalb. Alles überlegt und gebilligt, sauber vollendet. Nächster Schritt: *die Leiche finden.*

Aber was ist, wenn sich alles ändert? Wenn neben zwei neuen Liebhabern (Reas) ein (in Frits) verliebtes Mädchen in seine Sammlung aufgenommen würde? Wie paßte das alles in die ursprüngliche und erprobte Theorie? Grijpstra schwitzte. Er ließ die Hand sinken und klopfte noch einmal auf die unter Textilien verborgene Pistole. Dieser Beistand hielt seine Stirn nicht vom Schwitzen ab. Alle bis jetzt erlangten Tatsachenbeweise umtanzten den Adjudant, einschließlich des kopflosen Bären Brumm und der ohren- und augenlosen Babette, dazu die Liebhaber und das verliebte Mädchen, nackt und pornographisch.

Er stieg von seinem Barhocker, schnappte sich den umherschlendernden de Gier und schob ihn zu einem Ecktisch.

«Ich werde nicht zahlen», sagte der Deutsche laut. «Das Bier war warm und die Knackwurst kalt.»

Seine Feststellung löste keinen Kommentar aus, aber der Brigadier erhob sich von seinem Stuhl und ging zum Telefon. Er wählte, sprach und kehrte zum Tisch zurück.

«Tut mir leid», sagte Grijpstra, «ich weiß, ich habe dich schlecht behandelt, herablassend, wegen deines gegenwärtigen Jammers.»

Die Tür öffnete und schloß sich. Zwei uniformierte Konstabel, der eine männlich und ältlich, der andere weiblich und jung, kamen ins Café. Sie schalteten ihre Sprechfunkgeräte aus und schauten Beelema an. Beelema zeigte auf den Deutschen, der seinen peinlich sauberen Teller und das leere Glas anstarrte. Der weibliche Konstabel marschierte zu ihm.

«Sie wollen nicht zahlen, Mijnheer?»

Der Deutsche bestätigte das und legte dar, warum er zu seinem Entschluß gekommen war.

«Sie müssen zahlen, Mijnheer.»

«Ich will nicht.»

Der ältere Konstabel stand vor der Tür, eine zurückgezogene, aber massige Erscheinung. Er betrachtete den Fußboden. Kiran bellte und umarmte das Mädchen. Als er wieder bellte, lag er auf dem Rücken hinten in einer Ecke des Raumes und schien Schmerzen zu haben. Das Mädchen nahm die vorherige Haltung wieder ein. Im Café wurde es ruhig wie zuvor.

Die Augen des Deutschen, eingebettet in bleiches Fett, glühten. Die Augen des Mädchens funkelten unter langen Wimpern. Der Deutsche zog seine Brieftasche, nahm einen Schein heraus und legte ihn auf den Tisch.

«Reicht das?» fragte das Mädchen Beelema.

Beelema nickte.

Der ältere Konstabel trat zur Seite. Der Deutsche watschelte durch die Tür. Der ältere Konstabel folgte ihm. Das Mädchen lächelte de Gier an. Sie salutierte. Sie folgte dem älteren Konstabel.

«Ich muß diese Leiche haben», sagte Grijpstra. «Und du solltest mir helfen. Ohne die Leiche gibt es nichts als Ungewißheit, nichts als ...»

«Aufgerissener Nebel am frühen Morgen.»

«Wie bitte?»

De Gier lächelte entgegenkommend.

«Aufgerissener Nebel am frühen Morgen. Ich sah das heute morgen über dem Fluß, als ich in die Stadt fuhr. Herrlich, aber du kannst es nicht festhalten. Ich verstehe, was du sagst, Grijpstra. Wie schön dies Café doch ist. Schau dir nur die Vertäfelung an, sie ist aus Rosenholz und sauber aneinandergefügt. Schau dir an, wie Xavier mit dem Hintergrund sich spiegelnder Flaschen kontrastiert. Betrachte Kiran, der auf sonnenbeschienenen Dielenbrettern liegt. Wenn ich jetzt rauchte, hätte ich dieses Bewußtsein nicht. Nikotin engt das Potential phantasievoller Aufnahmefähigkeit ein, indem es die Blutzufuhr zum Gehirn verlangsamt. Es begrenzt die Kapazität der Sinne. Ich bin dem Wesen der Schöpfung nahe. Ich sehe, daß tatsächlich alles herrlich ist. Irgendwie zu herrlich. Ich glaube nicht, daß ich es ertragen kann.»

«Hör auf.»

«Ich will sehen, was ich für dich tun kann, Grijpstra. Sag mir bitte, wie du die Leiche finden willst.»

«Gut. Die Leiche ist in der Nähe, unter Pflastersteinen. Aber wo genau? Ich habe mir eine Methode überlegt, ihren Ort zu bestimmen. Wir müssen Fortune verfolgen lassen. Ihn wird die Stelle anziehen, an der er seine Frau vergraben hat, denn die Ehe schafft eine Verbindung, die in seinem Fall durch ein Verbrechen gestärkt wird. Wir können ihn nicht verfolgen, weil er uns kennt, aber er kennt Cardozo nicht. Hör gut zu, während ich auf Einzelheiten eingehe, und sag mir, was du davon hältst.»

«Nein», sagte de Gier nach einigen Minuten und blickte lächelnd über Grijpstras Schultern hinweg auf die Fläche der Brouwersgracht, die sich im trübgelben Licht des späten Nachmittags erstreckte.

«Ich tu's trotzdem.»

«Das wirst du nicht», sagte de Gier, «aber wie ist dir das überhaupt eingefallen? Wie wundervoll.»

Grijpstra holte tief Luft. De Gier schnitt den Protest des Adjudants mit einer liebevollen Armbewegung ab.

«Jetzt nicht, Grijpstra, ich möchte es noch einmal sehen.» Sein Blick ruhte auf dem Wasser der Gracht, während er die Phantome sah, die Grijpstra hervorgerufen hatte. Als erster geht dort der verdächtige Fortune, der einsam dahinwandert, ein Opfer seines schlechten Gewissens und der sich selbst auferlegten Dämonen. Seine unterdrückten Flüche wechseln sich ab mit Zähneknirschen. Ihm folgt in sicherer Entfernung ein Kriminalbeamter Cardozo, eerste Konstabel, ein Mitglied des Morddezernats, von kleiner Gestalt, unordentlich und langhaarig, passend zur Stadt. Er trägt ein Bündel roter Fähnchen. Jedesmal wenn der Verdächtige sein Verhalten ändert, wenn Fortune lauter flucht oder knirscht, merkt Cardozo sich, wo die Veränderung eintrat, und steckt ein Fähnchen zwischen die Pflastersteine. Die Fähnchen sind klein, aber von leuchtender Farbe, und sie werden gesehen von dem Arbeiter, der dem Kriminalbeamten folgt. Der Arbeiter fährt eine gelbe, auf breiten, knirschenden Raupen dahinratternde Maschine mit einer Schaufel, die Löcher gräbt. Aber jedes Loch ist leer.

«Jedes Loch ist leer.»

«Aber wo könnte die Leiche sein?»

«Jedes Loch ist leer, und wie willst du deine Entscheidung verteidigen, wenn du aufgefordert wirst, die Löcher zu erklären?»

«Ich habe ernste Verdachtsgründe», sagte Grijpstra traurig.

«Hast du nicht. Du hast eine bizarre Konstruktion, die auf etwas ruht, das es nicht gibt. Du hast Fehlanzeigen und addierst sie. Kein Hausrat, keine Frau, kein Hund, zumindest kein lebender. Zusammengezählte Negativa ergeben kein Positivum. Du hast einen nicht vorhandenen Kopf an einem Teddybär, den es angeblich mal gegeben hat. Du hast eine Unzulänglichkeit, Adjudant, du hast ein Nichts, verdunkelt von Umrissen.»

«Was darf ich den Herren bringen?» fragte Beelema. «Sie sitzen nur so da. Sie bestellen nichts. Es ist Essenszeit. Soll ich Ihnen was sagen? Ich lade Sie ein in die Imbißstube, denn meine Küche ist geschlossen, weil Titania oben ist und weint.»

«Nein, nein», sagte Grijpstra. «Können Sie nicht etwas zu essen holen lassen? Es ist nett hier, warum gehen?»

«Ja», sagte Beelema, «was soll's sein?»

«Ein Brötchen mit warmem Fleisch, eins mit Beefsteakhack, eins mit Rinderwurst und eins mit *zwei* Fleischrollen.»

«Ja», sagte Beelema, «und der Brigadier?»

«Ein Brötchen mit Fleischsalat, eins mit Krabbensalat, eins mit Hummersalat und eins mit *zwei* Fleischrollen.»

«Das sind vier Fleischrollen», sagte Grijpstra geplagt, «zwei für ihn und zwei für mich, das macht vier. Nicht zwei, nicht eine für ihn und eine für mich, sondern zwei für jeden, das sind vier, aber nur mit zwei Brötchen, eins für ihn und eins für mich. Können Sie sich das merken?»

«Vier für jeden?» fragte Beelema. «Ist das nicht etwas viel? Er raucht nicht mehr und sollte sich in acht nehmen, und Sie sind schon schwer genug. Das ist selbstverständlich nicht meine Sache. Ich werde acht oder sechzehn holen, aber ...»

«Zwei für jeden», sagte Grijpstra.

«Laß Mijnheer Beelema gehen», sagte de Gier, «er hat verstanden.»

Beelema kam zurück. Xavier hatte den Tisch gedeckt. Beelema setzte sich zu seinen Gästen und beobachtete sie beim Essen.

«Ich bin stolz auf Sie», sagte Beelema, als sie fertig waren. «Sie haben nicht gekleckert. Was machen wir jetzt?»

Grijpstra drehte sich langsam um. Er beobachtete die Menge an der Bar. Die tiefausgeschnittene Südamerikanerin ermahnte die schnurrbärtigen Südamerikaner. Zwei Gruppen Einheimischer mit dem Glas in der Hand flankierten das ausländische Element.

«Stellen Sie mich jemand vor, der die Fortunes kennt, jemand, der zuverlässig ist. Können Sie das?»

«Ja», sagte Beelema. Er ging zu den Einheimischen und musterte einen nach dem andern. Er traf seine Wahl. «Mijnheer Hyme», flüsterte Beelema, «sehen Sie die beiden Männer am Ecktisch? Es sind Polizeibeamte. Die möchten Sie kennenlernen. Gehen Sie bitte hinüber, um mit ihnen zu sprechen.»

10

«Mijnheer», sagte Hyme und betrachtete den Schaum auf seinem Bier. «Mijnheer, Ihre Frage fasziniert mich. Dieselbe Frage habe ich mir gestellt, gestern abend, um genau zu sein, als Beelema mir erzählte, daß Rea fortgegangen ist und eine leere Wohnung hinterlassen hat. Eine höchst interessante Frage. Wo ist Rea Fortune. Oder dürfen wir es anders formulieren? Ist Rea Fortune noch *da*? Das *Wo* könnte unwesentlich sein, und wenn wir diese Seite weiterverfolgen, könnten wir uns im jenseitigen Leben der Parapsychologie oder des Bardo tibetanischer Nomaden wiederfinden. Ich glaube, ich verstehe die Richtung Ihrer Argumentation, und stimme ihr im voraus zu. Vor allem, da ich Fortune getroffen habe, übrigens soeben erst, auf meinem Weg hierher. Die Stimmung des Mannes ist eigentümlich, sieghaft nervös, wie mir schien. Und die Geschichte, die er mir erzählte, stimmt nicht überein mit der Vergangenheit, falls diese anständig war, was wir bezweifeln, nicht wahr? Er sagte, er sei jetzt darauf erpicht, sein Geschäft zu verkaufen, während er diese Möglichkeit erst vor einer Woche empört abgelehnt hatte.»

Grijpstra lächelte freundlich. Hyme lächelte zurück. De Gier schaute zum Fenster hinaus. Hyme – der wie ein britischer Sportsmann aus dem Anfang der zwanziger Jahre gekleidet war und den weinerlichen Ton bevorzugte, der in einigen Provinzen als smart gilt, den Bewohnern der Hauptstadt aber zuwider ist – ärgerte den Brigadier. Der Ausblick, den das Fenster bot, ärgerte ihn ebenfalls. Er hatte den eleganten, haarigen Radfahrer schon mal gesehen, er hatte das Klappern der Pedale schon mal gehört. Er zwang sich, Hyme zuzuhören und Grijpstra weder zu treten noch zu schlagen. Schade, daß Grijpstra so wenig Intelligenz besitzt, dachte de Gier. Er fand im Aschbecher ein angebranntes Streichholz, steckte es in den Mund und begann langsam und rhythmisch zu kauen.

«Sieghaft nervös», wiederholte Grijpstra, «genau, Mijnheer. Eben diesen Eindruck machte der Verdächtige auf mich, als wir ihn im Laufe des Tages verhörten.»

«Als sei ihm ein wichtiger Coup gelungen», fuhr Hyme fort, «als habe er gewisse Risiken überwunden. Wissen Sie, was ich dachte, als ich mir unsere jüngste Begegnung wieder in den Sinn rief?» («Nein?» fragte Grijpstra eifrig.) «Ich dachte an die Möglichkeit, ob Frits Fortune vielleicht beim Großreinemachen ist. Er entledigt sich aller Dinge. Zuerst seines Zuhauses, dann seiner Arbeit. Besteht das Leben nicht daraus? Aus dem Zuhause und der Arbeit? Sind nicht beides Stress-Situationen. Ist das Zuhause nicht das schlimmere von beiden? Sollte das Zuhause nicht zuerst kommen? Wenn es in unserem Leben zuviel Mühsal gibt, wenn das Leid gegenüber der Freude überwiegt, werden wir dann nicht zuerst das eine und dann das andere zerstören?»

«*Stimmt!*» rief Grijpstra. «Eine Art von Selbstmord?» fragte Grijpstra demütig.

«Und der Wiedergeburt. Aber nicht im Jenseits, nein, *hier*. Das war der Eindruck, den Fortune auf mich machte. Alles geht fort, aber er bleibt. Bemerkenswert, meinen Sie nicht auch?»

Warum trägt er eine Krawatte? dachte der Brigadier. Der Mann ist ein Arschloch. Warum trägt er einen Blazer? Warum ist er so glücklich? De Giers Gedanken beeinflußten die Atmosphäre, lasteten auf ihr, aber Hyme machte weiter. Vielleicht empfand er die Drohung, denn er sprach lauter und schneller, und seine Hände, die zuvor nach Grijpstras Zigarrenrauch gehascht hatten, fanden eine nützlichere Beschäftigung, indem sie geschickt eine Zeitung zu einem dreieckigen Hut von der Art falteten, wie Kinder sie früher gemacht haben.

«Ja, Adjudant, das Verschwinden von Rea Fortune, einer charmanten Frau, die in ihrem kurzen und unglücklichen Leben – sie kann nicht älter als fünfunddreißig gewesen sein, als ich sie zuletzt sah –» («Ja?» fragte Grijpstra mitfühlend) «schlecht wegkam, ist vom Zweifel umgeben.» Hyme konzentrierte triumphierend seinen Blick. «Vom Zweifel!»

De Giers Kauen veränderte sich. Er gab die Methode des einfachen Zubeißens auf und ersetzte sie durch sich wiederholendes Saugen und Flachdrücken.

Xavier brachte, auf Grijpstras Wunsch, mehr Bier.

Hyme klopfte seine papierene Kopfbedeckung in Form und legte sie auf den Tisch. Er reckte beide Arme und nickte freundlich.

«Vom Zweifel. Und warum bezweifle ich Reas sogenannten freiwilligen Weggang, gefolgt von Frits' völligem Versagen, ihre Anwesenheit wiederzuerlangen? Ich bezweifle dies aus einem Grund unter anderen Gründen, denn dieselbe Rea umarmte mich praktisch, als ich Frits Fortune vor einer Woche an diesem Tisch eine kühle Million für seinen zusammengetragenen Schund anbot, gegen meine persönliche Neigung, obwohl die Dringlichkeit des

Wunsches meiner Geschäftspartner, die Firma zu übernehmen, einen solchen Preis gerechtfertigt haben könnte.» Hyme seufzte kurz. «Hat Frits akzeptiert? Das hat er nicht. Tat es ihm leid? Nein, er war verärgert. War er sehr verärgert? Er war wütend. Eine Emotion dieses Ausmaßes ist nicht ohne tiefere Bedeutung. Es ist nicht nötig, Psychologie studiert zu haben wie ich ...»

«Wirklich?» fragte Grijpstra bewundernd.

«... um daraus zu schließen, daß sich Frits' Persönlichkeit in diesem Augenblick zu spalten begann. Eine neue Persönlichkeit bemühte sich, hervorzukommen: der neue Fritz zertrampelte den alten Frits und konfrontierte mich, einen einst vertrauten Freund.»

Xavier brachte mehr Bier, auf Hymes Wunsch.

Hyme brach zusammen. Das Bier gab neue Energie. Seine Stimme wurde leiser. Seine Hand berührte Grijpstras Knie. «Wir hatten getrunken, meine Gäste und ich. Die Umgebung war richtig, und ich wollte Freude schenken. Hat man es mir gedankt? Nein. Frits stolzierte hinaus, Rea traurig hinterher. Was geschah dann? Können wir es vermuten?» Hyme nahm die Hand von Grijpstras Knie. «War Rea ein Drache, und wurde der neue Frits ein Ritter ohne Furcht?»

«Oder Tadel», sagte de Gier.

«Mit Tadel», flüsterte Hyme.

De Gier stand auf. Sein Stuhl kreischte auf den Fußbodendielen. Hyme hustete und hielt sich die Hand höflich vor den Mund. «Selbstmord und Wiedergeburt, letztere finanziert mit einer Million Gulden, um dem schwarzen Ritter den künftigen Weg zu ebnen.»

Grijpstra bestellte eine Kiste teurer Zigarren. Hyme akzeptierte eine Zigarre, griff noch einmal zu und steckte eine Handvoll in die Brusttasche.

De Gier kämmte sich in der Toilette das Haar. Bis auf die Kriminalbeamten und Hyme waren keine Gäste im Café.

Beelema kam mit Kiran zurück, den er auf der Straße ausgeführt hatte. «Ist Titania noch nicht wieder da?»

«Noch nicht», sagte Xavier. «Ich hätte über ihre mißliche Lage nicht witzeln dürfen. Wahre Liebe ist bewundernswert. Sie liebt Fortune, seit er ihr die Blumen geschenkt hat.»

De Gier kam zurück. «Blumen?»

«Zwei Dutzend Rosen. Beelema und ich hatten Titanias Geburtstag vergessen, obwohl wir im Vorjahr daran gedacht hatten, und sie beklagte sich darüber. Sie weinte. Frits Fortune war hier, und zufällig kam ein Blumenkarren vorbei. Er lief hinaus und kaufte die Rosen. Eine sentimentale Geste und Titanias Unglück.»

«Weil Fortune ein ernsthafter Mensch ist», sagte Beelema. «Titania ist an einen Typ wie ihn nicht gewöhnt, sondern an die anderen.»

«An Hurenböcke», sagte Xavier, «wie wir es sind.»

«Denen sie auszuweichen versucht.»

«Nicht zu erfolgreich», sagte Xavier.

«Wodurch sie sich noch schlechter fühlt», sagte Beelema.

Xavier lächelte. «Frits Fortune ist ein ernsthafter Mensch, verlassen von seiner Frau, ein stattlicher Mann, noch immer mit der Kraft seiner späten Jugend und einem reichlichen Einkommen gesegnet. Titania ist eine einsame und schöne Frau, die Wertschätzung und Zuverlässigkeit sucht. Wenn die beiden einander begegnen könnten, sei es auch nur für einen Moment, würde sich daraus gewiß immerwährende Freude ergeben. Solch eine Wonne würde ich gern sehen. Wahre Liebe, harmonisch und andauernd. Es würde mich ermutigen. Warum arrangierst du das nicht, Borry? Du beanspruchst, von göttlicher Herkunft zu sein, es wäre eine Sache für dich.»

Beelema nickte, rückte auf seinem Hocker, stützte die Ellbogen auf den Tresen, legte den Kopf in die Hände und schloß die Augen.

Grijpstra und de Gier betrachteten Beelema.

Hyme verabschiedete sich und ging ruhig hinaus.

Xavier legte die Hand auf den Mund und ging ans hintere Ende der Bar. Die beiden Kriminalbeamten folgten ihm.

«Pssst», flüsterte Xavier, «er denkt nach, was eine Weile dauern kann. Was steht zu Diensten?»

«Kaffee», sagte Grijpstra, «für mich und meinen Brigadier.» Er lächelte. «Es hat mich gefreut, Mijnheer Hyme kennenzulernen. Er argumentiert in vernünftiger Richtung und ist ein glaubwürdiger Mann.» Er wandte sich an de Gier. «Ich verstehe deine negative

Haltung nicht, Rinus. Ich werde Cardozo und die Baubehörde anrufen. Die soll einen Schaufelbagger bereitstellen, und zwar schnell. Wochenendarbeit ist gesund und wird doppelt bezahlt.»

«Bitte, Grijpstra.»

«Ich verstehe nicht so ganz, wovon Sie reden», sagte Xavier, «aber Mijnheer Hyme ist kein zuverlässiger Mann.»

«Nein?» fragte Grijpstra. «Nein? Ein Direktor des bekanntesten Verlagshauses in diesem Land? Ein Gentleman, der sich wie ein Gentleman kleidet, der sich wie ein Gentleman benimmt?»

«Rede nicht wie diese amerikanische Autorin in Paris», sagte de Gier. «Ein Gentleman ist ein Gentleman ist ein Gentleman.»

«Rose», sagte Xavier. «Rose, um Gertrude Stein richtig zu zitieren. Nicht Gentleman. Tun Sie mir den Gefallen, schauen Sie bitte mal zum Fenster hinaus, damit Sie mein Leid mit mir teilen. Die Woche über nimmt er sich zusammen, aber die Wochenenden sind zuviel, so wie jetzt. Immer wieder. Ist so ein Verhalten nicht degeneriert? Oder bin ich altmodisch? Ich halte es für degeneriert.»

Hyme saß breitbeinig und mühsam das Gleichgewicht haltend auf dem Brückengeländer. Der dreieckige Papierhut saß auf seinem länglichen Schädel. Sein Penis lag auf zwei Fingerspitzen. Ein dikker, schäumender Strahl sonnenbeschienener Flüssigkeit schoß himmelwärts, bevor er sich – geziemend gezwungen durch die Schwerkraft – im Bogen senkte, um sich mit dem passiven und schimmernden Wasser der Gracht zu vereinigen.

«Nein», sagte Grijpstra.

«Doch», sagte de Gier. «Als hättest du das nicht wissen können. Weshalb mußtest du es erzwingen? Vergiß deine Einbildungen und feiere mit uns. Es ist überhaupt nichts los. Wir sind in einem Café in der Innenstadt von Amsterdam. Das Leben ist schlimm, aber wir können es hier ertragen. Und wenn wir fertig sind, machen wir einen hübschen kleinen Spaziergang und schauen uns die Gänse an, wenn du willst. Ein Thema von Hondecoeter, erinnerst du dich?» Er ballte die Faust und schüttelte sie vor Grijpstras Gesicht. «Kopf hoch. Es ist alles in Ordnung.»

Beelema öffnete die Augen.

«Es ist nicht alles in Ordnung, aber wir können die Lage verbessern. Xavier, es wird nicht leicht sein, aber ich kann es schaffen, wie du sagst. Hole Titania und sag ihr, sie soll die neue Jacke und den Rock anziehen.»

«Bei dieser Hitze?»

Beelema seufzte. «Willst du, daß ich es tue oder nicht? Willst du mich behindern oder mir helfen? Ist es dein Schicksal oder Titanias?»

«Das *wär's*», sagte Grijpstra. «Das wär's für immer. Ich mach diese Arbeit nicht mehr. Jedermann in dieser Stadt ist einfach anomal. Hiermit gestatte ich ihnen, sich gegenseitig zu vernichten. Ich werde von jetzt an den Verkehr regeln. Nein, denn dann werde ich sie immer noch sehen. Ich werde in der Kleiderkammer im Präsidium arbeiten. Nicht vorn, sondern hinten, wo nie einer kommt.»

«Ich möchte helfen, damit Titania glücklich wird», sagte Xavier. «Tut mir leid, Beelema.»

«Dann geh und hol sie. Sie muß den langen Rock tragen, nicht den Minifetzen. Ihre Knie müssen zunächst mal bedeckt sein, sonst lasse ich mich auf nichts ein. Und eine einfache schwarze Bluse und etwas Leichtes um den Hals, diese Seidenschnur mit dem Knochenring, den sie mal getragen hat. Sie muß ordentlich aussehen.»

«Ordentlich», sagte Xavier.

«Ordentlich. Und lange Seidenstrümpfe, keine Strumpfhose, richtige Strümpfe mit richtigen Strumpfhaltern, irgendwo wird sie so was haben, und kein Höschen.»

Xavier war an der Tür, aber er blieb stehen und drehte sich um.

«Ist das ordentlich?»

«Ordentlich? Wieso ordentlich? Was kümmert mich *ordentlich*? Wir befassen uns mit Fortunes Geisteszustand und mit Kontrast. Weswegen hältst du die Aktion auf, Xavier?»

«Bin schon weg, Borry.»

Sie hörten, wie Xavier die Treppe hinaufstürmte.

«Und ich brauche ihre Make-up-Sachen und Kamm und Bürste.»

Sie hörten, wie Xavier die Treppe hinaufstürmte.

Beelema verschloß die Eingangstür. Er zog die Vorhänge zu und stellte einen Stuhl mitten in den Raum. Er arrangierte die Lampen.

Titania kam herein und wurde zum Stuhl geführt. Sie schluchzte kläglich. «Ich kann nichts dafür, daß ich mich verliebt hab. Und daß er mich nie beachtet. Mich nie beachten *will*. Weil ich ein Straßenmädchen bin. Hihihi.»

«Nicht weinen, Titania.»

«Hihihi.»

Beelema sagte ihr etwas ins Ohr.

«Heute ist dein großer Tag, Titania. Der Prinz kommt.»

«Welcher Prinz? Hihihi.»

«Prinz Frits der Erste. Er liebt dich, aber er weiß es noch nicht, weil er deine wahre Gestalt nicht kennt. Wir werden deine wahre Gestalt herausarbeiten. Du bist nicht, wofür du dich hältst. Du bist eine Prinzessin.»

«Ja?»

«Ja, ungezwungen jetzt. Du bist eine ungezwungene Prinzessin. Liebenswert auf hohem Niveau, wie ich jetzt zeigen werde. Hier, ein bißchen hier und auch ein bißchen hier, mach die Augen zu, sonst klebe ich dir die Wimpern zusammen, dieses Scheißzeug ist klebrig, und ein bißchen da, hoppla, reib es ein wenig ein. Bist du jetzt nicht phantastisch? Und du wirst einen kleinen Unfall haben, und der Prinz wird dasein, um dich zu retten und in seine Burg zu bringen. Seine Burg wird etwas leer sein, aber das macht nichts, es gibt dort eine Matratze, wie ich höre, und mehr brauchst du nicht. Ein Runde Tralala, zusammen duschen, eine Schüssel Suppe und ein Butterbrot miteinander geteilt im Hauptgemach oder vielleicht in der königlichen Küche, und ihr werdet eure Seelen vereinigen. Du wirst nie mehr arbeiten, Titania. Wir werden dich vielleicht vermissen, aber niemand ist unersetzlich, wir werden eine andere finden, damit die Gäste einen neuen Anblick haben, zwei neue Anblicke, haha. Nicht das Gesicht verziehen, Titania, sonst kann ich an deinem Mund nichts machen.»

Borry Beelema arbeitete weiter und setzte seinen Monolog fort. Er rieb ihr Farbe auf die Wangen und wischte das meiste davon wieder ab. Er trat einen Schritt zurück.

«Du mußt tragisch sein, Titania, und anständig, aber sinnlich.» Er beugte sich vor und trug Lippenstift auf. «Sitz still, ich muß mich konzentrieren, sonst kommen wir zu nichts.»

«Schwachsinnig», sagte Grijpstra, «alle, ohne Ausnahme. Wenn sie in Amsterdam sind, dann sind sie schwachsinnig. Manchmal glaube ich, eine normale Person zu sehen, aber der Fehler liegt bei mir. Ich habe mich aus Schwäche, aus ungesundem Idealismus verleiten lassen, aber das kommt nicht wieder vor.»

«Mir ist etwas übel», sagte de Gier. «Vielleicht kommt das von den Streichhölzern. Haben Sie Kaugummi, Xavier? Wer hätte je gedacht, daß ich das mal kauen würde? Und wenn ich daran denke, daß ich Sientje deswegen mal auf dem Korridor angehalten und angefahren habe, und jetzt tue ich es selbst.»

«Hier für Sie», sagte Xavier. «Dies soll wie saure Äpfel schmekken. Wer ist Sientje?»

«Ein Konstabel aus der Funkzentrale», sagte Grijpstra, «ein gutgebautes Mädchen, aber nachdem er sie bei der Kehle ergriffen, mit Gewalt ihr den Mund geöffnet und das Kaugummi hinter den Bakkenzähnen herausgeholt hatte, mochte sie ihn nicht mehr.»

«Ruhe!» sagte Beelema. «Ich hab's geschafft, Titania. Jetzt können wir weitermachen. Der Anfang ist leicht genug, du gehst nach draußen, wir auch, um auf dich aufzupassen, denn du bist zu reizend, um jetzt allein zu sein. Alle möglichen Typen gibt es hier, und alle haben lockere Hände, meine Arbeit darf nicht verpfuscht werden. Wir werden bei dir sein, wenn auch nicht in Sicht, und Xavier wird Frits anrufen. Er hat doch hoffentlich Telefon, oder hat sie das auch mitgenommen?»

«Da war ein Telefon an der Wand», sagte de Gier.

«Hervorragend, mehr brauchen wir nicht. Xavier ruft an und sagt, er hat, was haben wir? Knackwurst? Daß er ein paar gute Knackwürste für ihn hat, wir gleich schließen wollen, er aber noch für einen Augenblick hereinkommen kann. Er ist zu Hause, siehst du?» Beelema hob einen Vorhang an. «Das Licht brennt.» Er ließ den Vorhang fallen. «Frits kommt herein, und Xavier serviert ihm die Wurst. Dann sagt Xavier, der Tag sei lang gewesen. Frits geht wieder. Und dann läufst du ihm in den Weg, Titania, und hast deinen Unfall.»

Das Mädchen lächelte. «Sofort?»

Beelema ordnete ein Haar, das sich aus seinem sorgfältigen Arrangement befreit hatte.

«Nein, nein, nein. Bitte keine Eile. Zuerst ein wenig Unterhaltung. Er hat dich in dieser Aufmachung noch nie gesehen, er wird dich nicht mal erkennen. Ich habe verändert und übertrieben, deine Augen sind größer und deine Ohren frei. Du sagst also, ‹hallo, Frits›, weich und nett, irgendwie höflich, legst aber ein bißchen mehr hinein. Sag's mal, Titania.»

«Hallo, Frits.»

«Gut. Das wird ihn veranlassen, stehenzubleiben, aber das genügt nicht. Er muß *bei* dir sein, also berührst du seinen Arm. Wollen mal sehen, ich bin Frits, ich komme an dir vorbei; sag's ...»

«Hallo, Frits.»

«Perfekt, halte meinen Arm jetzt, siehst du? Er ist gefangen und kann sich nie mehr befreien. Und jetzt, ein paar Schritte weiter ragt ein Pflasterstein heraus, und du stolperst und fällst. Paß auf, jetzt, Titania, wie es geht, du mußt ihn mit Sex packen, das ist am Ende deine einzige Waffe. Er muß daran denken, wie er tatsächlich in dich eindringt, er muß sich wirklich den äußersten Kontakt wünschen. Verstehst du mich?»

«Können wir uns nicht küssen? Ich küsse auch gern.»

«Je, gewiß. Das wird ein Anfang sein, das könnt ihr meinetwegen auch tun. Du fällst also und *ziehst dein Kleid hoch*, ganz nach oben, er schaut direkt in dich hinein, *aber nur einen Augenblick lang*, denn dann ist es vorbei. Du ziehst dein Kleid wieder nach unten, wenn du in deiner ganzen Herrlichkeit so bleibst, übertreibst du es, das wäre das Ende davon. Kapiert? Versuchen wir's. Hoch, meine Herren, auf die Hocker. Setzen Sie sich gerade hin, Ihre Köpfe müssen ebenso hoch sein, als wenn Sie stehen würden. Sie sind das Komitee. Alles bereit?»

«Wir sind das Komitee», sagte Grijpstra.

Titania stolperte und fiel. Kleid hoch, Kleid runter.

«Nein», sagte Grijpstra. «Ich habe nichts gesehen. Zu schnell.»

Beelema stimmte zu. «Wir werden es noch einmal versuchen.»

Später.

«Seid ihr verrückt?» sagte Titania. «Ich will nicht den ganzen Abend lang hinfallen. Und ich bin nicht gratis zu besichtigen, schon gar nicht da unten. Habt ihr alle den Verstand verloren?» Sie holte tief Atem.

«Sprich's nicht aus!» Beelema hatte die Arme gehoben. «Das wär's. Du bist jetzt in der richtigen Geistesverfassung. Gehen wir.»

II

Es war Samstag abend, die üppige Sommerhitze hing unter einem sternklaren Himmel. Zwei rotschnabelige Gänse schwammen in der Keizersgracht und hatten fast die Brücke an der Ecke der Einmündung in die Brouwersgracht erreicht. Die Heringsbude auf der Brücke war geschlossen.

Grijpstra und de Gier standen an der Bude und blinzelten vorsichtig um die Ecke. Kiran beschnüffelte einen Baum. Beelema und Xavier waren anwesend, aber nicht zu sehen. Ein Paar kam Arm in Arm langsam näher. Die Frau, klar erkennbar im Licht der Laternen auf der Brücke, strahlte aus jedem Partikel des Körpers und der Kleidung gelassene Schönheit aus. Sie sprach leise mit dem Mann. Sie stolperte und fiel. Frits Fortune reagierte in Furcht und Sorge, er bückte sich und streckte die Arme aus. Titania stöhnte. Ihr Rock aus reiner und zarter Wolle, passend zur langen und eleganten Jacke, glitt nach oben, die Grenzen des Anstands nicht beachtend.

Ein Mann in dreiteiligem Sommeranzug und mit altmodischem, teurem Filzhut, radelte in Richtung Brücke. Ein Pedal seines Fahrrads klapperte gegen das Kettenschutzblech. Die Gänse erschienen auf der anderen Seite der Brücke und begrüßten ihren neuen Anblick mit leisem Schrei. Titania brachte ihren widerspenstigen Rock in Ordnung. Frits Fortune hob mit abnehmender Furcht und wachsender Sorge die gefallene Frau auf und erinnerte sich, mit klarer und fast berührbarer Genauigkeit, daß ihre Schenkel weich und rosa waren und ein Versprechen lockiger Daunen enthielten und weiter enthalten würden, die wiederum behüteten eine feuchte NEIN, weiter wollte er nicht denken. Er fragte, ob sie sich verletzt habe. Sie sagte, ja, arme Titania.

Als sie auf den Beinen war, kuschelte sie sich in seine Arme. Die Gänse schrien laut, der Radfahrer war nahe. Beelema und Xavier traten wieder in den Schatten zwischen einem Lieferwagen und einem Laster, Grijpstra und de Gier hielten einander fest. Titania schob die Lippen vor, leicht geöffnet, die langen Wimpern verhüllten teilweise die sanften und einladenden Augen. Frits' Mund kam Titanias näher, der Radfahrer bremste, das Rad fiel um, der Gegenstand, mit dem der Radfahrer zielte, war aus blauem Stahl.

«HO!» rief Grijpstra.

De Gier rannte, nein, sprang. Der Radfahrer flog seitwärts, umgestoßen vom plötzlichen Kontakt mit dem letzten und weiten Sprung des Brigadiers. Der Schuß ertönte. Die Kugel pfiff und klatschte auf. Die rotschnabeligen Gänse flatterten und trompeteten vor Zorn. Der Hut des Radfahrers fiel herab, seine Perücke, der Bart und Schnurrbart schoben sich auf eine Seite ihres Gesichts.

Titania, plötzlich losgelassen von Frits Fortune, taumelte, stolperte und fiel. Ihr Rock, viel höher jetzt, übersetzte das Angedeutete ins Offensichtliche, bis er erneut in Ordnung gebracht wurde, als Titania, ohne Hilfe, mühsam auf die Beine kam. Beelema und Xavier kamen heran. Kiran wedelte mit der langen Rute. Fortune, Titania, Xavier und Beelema starrten die Radfahrerin an.

«Hallo, Rea», sagte Fortune.

«Mevrouw Fortune», sagte Grijpstra höflich, «ich nehme Sie fest unter dem Verdacht des wiederholt versuchten Mordes oder Totschlags – was ebenfalls sein könnte – an ihrem Mann und der Mißhandlung Ihrer Hündin Babette, die zum Tode führte.»

De Gier kniete nieder und schaute Beelema in die Augen.

«Sind Sie der andere Sohn Gottes?»

«Es war gut gemeint», flüsterte Beelema heiser.

«Das ist es gewöhnlich», sagte de Gier.

«Kommen Sie mit?» fragte Grijpstra befehlend Rea Fortune.

«Kommen Sie mit?» fragte de Gier freundlich Beelema.

«Kommst du?» fragte Fortune schüchtern Titania.

Kiran umarmte Xavier, fröhlich bellend.

12

«Tja, tja», sagte der Commissaris, «und das auch noch am Wochenende, am freien Wochenende! Werde ich je verstehen, was zur Tätigkeit motiviert? Ich hoffe jedoch, daß eure Berichte kurz und dem Spott des Staatsanwalts Grenzen gesetzt sein werden. In der Tat ein lustiges Schauspiel. Wirst du Rea Fortune festhalten, Adjudant?»

«Das könnte ich den Behörden empfehlen, Mijnheer», sagte Grijpstra. «Ich habe die Verdächtige des illegalen Besitzes einer Schußwaffe beschuldigt.»

«Und des versuchten Totschlags, wenn nicht gar Mordes?»

«Wir könnten diesen Teil der Beschuldigung fallenlassen, Mijnheer. Die Verdächtige befindet sich in einem Zustand des Schocks; das Material, das wir haben, ist irgendwie frisiert; und der Anwalt, den sie genommen hat, ist anscheinend stark und, äh, intelligent, Mijnheer. Wie es scheint, wollte Mevrouw Fortune ihren Mann lediglich überzeugen, sein Geschäft zu verkaufen, indem sie sozusagen die Umstände manipulierte. Ich nehme an, sie dachte, die plötzliche Leere ihrer Wohnung, gekoppelt mit ihrem Verschwinden und dem des Hundes, würde ihn veranlassen, es sich anders zu überlegen. Durch Schwächung seines Widerstandes mit, wie ihr Anwalt es ausdrückt, nicht illegalen Mitteln wollte sie ihr Opfer von der Furcht vor dem Ruhestand befreien.»

Der Commissaris räusperte sich wütend.

«Und die Beweise, die ihr gefunden habt? Fortunes schwaches Herz? Seine Anfälligkeit bei plötzlichen Schocks? Der tatsächliche Tod des armen kleinen Pudels? Können wir keinen finsteren Hintergrund aufzeigen? Und was ist mit Beelema, dem göttlichen Unternehmer, dem kann doch gewiß Beihilfe vorgeworfen werden?»

«Die Beweise könnten ziemlich mager sein, Mijnheer.»

«Und der Graf? Dieser Xavier? Er war ihr Liebhaber, nicht wahr?»

«Das war Beelema auch, Mijnheer, aber beide hätten daraus keinen Gewinn schlagen können. Sie wurden weder bezahlt noch war ihnen Bezahlung versprochen worden. Keiner wollte Mevrouw

Fortune heiraten oder mit ihr leben. Die Beziehung war rein körperlich, wie es scheint.»

«Was waren sie also? Freunde? Halfen sie der Frau, ihre Wohnung leer zu räumen?»

«Nein, Mijnheer.»

«Wer *hat* ihr denn geholfen?»

«Illegale Einwanderer, Mijnheer, Türken und Pakistani. Von denen gibt es in der Gegend nicht wenige. Die suchen immer Arbeit.»

«Bist du dir sicher?»

«Ich habe keinen Grund, der Verdächtigen nicht zu glauben, Mijnheer, aber der Brigadier und ich können den Punkt prüfen, wenn Sie wollen.»

Der Commissaris nahm die Brille ab und putzte sie mit seinem Taschentuch.

«Ha! Nein. Ich stelle mich nicht gegen dein Urteil. Du könntest jedoch erklären, warum die Frau sich als Mann verkleidete und mit dem Fahrrad in der Gegend herumfuhr.»

«Um zu sehen, wie es ihrem Mann ging.»

«Ah. Und der Hund?»

«Rea wohnte in einem Hotel, Mijnheer. Der Hund war verwirrt. Er entkam ihr und lief nach Hause. Sie holte ihn am nächsten Tag; selbstverständlich hatte sie den Schlüssel noch. Aber er war nervös, lief über die Straße und wurde von einem Wagen überfahren.»

Der Commissaris hauchte die Brillengläser an.

«Moment mal, Adjudant, wie kam der tote Hund aufs Dach?»

Grijpstra kratzte sich das Kinn.

«Sie hat ihn dort hingebracht, nicht wahr?» fragte der Commissaris. «Warum hat sie das wohl getan? Sie hätte ihn in einen Mülleimer werfen können, aber sie machte sich viel Mühe, um ihn an einer unwahrscheinlichen Stelle zu verstecken. Hoffte sie vielleicht, daß Fortune, dem es immer noch gutging und der vermutlich nicht genug litt, durch die Möwen und Krähen gestört würde, aufs Dach kletterte und den zerfetzten Körper eines Tiers finde, das er gern hatte? Vielleicht noch ein Schock, um den Verstand des armen Kerls zu erschüttern?»

Grijpstra kratzte sich das Kinn etwas kräftiger.

«Das könnte sein, Mijnheer.»

Der Commissaris runzelte die Stirn.

«Schlecht, Adjudant, schlecht. Liebe zu mißbrauchen. Sie hatte das schließlich schon mal gemacht, indem sie weglief und dachte, Frits werde sie vermissen. Folgerichtiges Verhalten. Hältst du die Frau für boshaft?»

Grijpstra seufzte.

Der Commissaris setzte die Brille wieder auf und schaffte es, zu lächeln.

«Bah. Aber du hast recht, diesen Punkt nicht zu verfolgen. Ihr Anwalt würde dem Gericht sagen, daß die Mittel irgendwie durch den Zweck gerechtfertigt sind, und der Zweck war, zu helfen. Es wird erwartet, daß Frauen ihren Männern helfen. Das tun sie selten. Und der Zweck, aber das ist unter uns gesagt, heiligt die Mittel. Der Anwalt wird auch erwähnen, daß der Hund bereits tot war. Worauf läuft das also alles hinaus?»

Grijpstra brummte. Der Commissaris stand auf, verließ den Schreibtisch und fand die Mitte seines Teppichs.

«Nun, was hat euch beide veranlaßt, zwei freie Tage an einen so windigen Fall zu verschwenden, hä? Und warum habt ihr die Verdächtige nicht entdeckt? Ist es nicht schwierig für eine Frau, sich als Mann auszugeben? Wenn ich die Situation richtig verstehe, muß sie sich euch bei mehreren Gelegenheiten gezeigt haben.»

Die orientalischen Pfeile erstreckten sich von seinen Schuhen. Der eine Pfeil zeigte auf Grijpstra, der andere auf de Gier.

De Gier erkannte die Pfeilrichtung. Als ihm die Gefahr bewußt wurde, sprach er.

«Die Verdächtige war mal Schauspielerin, Mijnheer, möglicherweise eine gute. Ich glaube, sie war es von Beruf. Ich sah sie auch und merkte nie etwas. Mir fiel nur auf, daß der Radfahrer schlank, gut gekleidet und übermäßig behaart war. Ich habe in der Stadt Schlimmeres gesehen, vielleicht registriert mein Verstand keine Abnormitäten mehr. Alle Arten von Erscheinungen tauchen heutzutage auf. Da war beispielsweise ein Zwerg, gekleidet in ein gelbes Cape. Er fuhr einen Roller, auf dessen Lenker ein Affe saß.»

Der Commissaris öffnete den Mund, als er versuchte, sich den Zwerg im gelben Cape vorzustellen.

«Wirklich? Was für ein Roller, ein Motorroller?»

«Nein, Mijnheer, ein Kinderroller.»

«Und er war kein Kind?»

«Nein, Mijnheer, er hatte auch Bart und Schnurrbart.»

«Um Himmels willen.»

Grijpstra gestikulierte. «Amsterdam, Mijnheer!»

Grijpstra bot eine Zigarre an. Der Commissaris beruhigte sich bei der plötzlichen Einnahme von Nikotin.

«Zwerg! Na. Ah. Da ist noch etwas. Die Frau zog eine Waffe. Sie hat sie sogar abgefeuert. Hat sie auf das küssende Paar gezielt?»

«Dazu hatte sie keine Zeit, Mijnheer, der Brigadier stieß sie von den Beinen.»

«Aber der Schuß ging los, also hatte sie entsichert. Habt ihr sie über diesen Punkt verhört?»

«Ja, Mijnheer, sie sagte, sie hätte über die Köpfe hinweg schießen wollen. Sie gesteht, eifersüchtig zu sein, aber sie habe keine mörderische Absicht gehabt.»

«Ist sie ein guter Schütze?»

«Nein, Mijnheer, sie hat noch nie mit einer Waffe geschossen, außer auf der Bühne, wo Platzpatronen verwendet werden.»

Der Commissaris zog an seiner Zigarre.

«Ja. Hmpf. Sie hätte sie also irrtümlich erschießen oder jemand anders erwischen können, vielleicht war es also gut, daß ihr dort wart, um ein Unglück zu verhüten. Wißt ihr ...»

Eine Straßenbahn fuhr draußen die Marnixstraat hinunter, und der Commissaris mußte warten, bis der Lärm sich legte.

«Ihr beide erinnert mich an die Abschiedsrede meines ersten Chefs, der in den Ruhestand ging. Das ist lange her, aber die Wahrheit bleibt. Ich trug damals einen Säbel am Koppel und versah Dienst auf der Straße.»

«Was hat Ihr Chef gesagt, Mijnheer?»

«Wollt ihr das wirklich wissen? Also gut. Er behauptete, ein Polizist sei per Definition dumm, weil intelligente Menschen sich nicht um langweilige und schlecht bezahlte Arbeit bewerben würden. Er sagte auch, daß Dummheit in unserem Beruf kaum eine Rolle spiele, vorausgesetzt, unsere Hirnlosigkeit werde durch Eifer ausgeglichen.»

«Eifer ...» murmelte Grijpstra.

«War das kein Eifer, daß du und der Brigadier gearbeitet habt, ohne es zu müssen?»

De Gier stand auf.

«Darf ich Sie um ein Streichholz bitten, Mijnheer?»

Der Commissaris knipste sein goldenes Feuerzeug an.

«Nein, ein Streichholz. Um darauf zu kauen, Mjinheer.»

«Kauen? Oh, ich verstehe. Du rauchst noch immer nicht. Nein, ich habe kein Streichholz, Brigadier. Grijpstra?»

Der Adjudant reichte eine Streichholzschachtel hinüber. De Gier begann hungrig zu kauen. Grijpstra rückte seinen Sessel. Der Pfeil zeigte nicht mehr auf seine Füße. Der Commissaris ging vom Teppich und zog mit einem Ruck an einer Ecke. Der Pfeil folgte Grijpstra. Der Commissaris ging zurück.

«Vielleicht war die Feststellung des Chefs zu abstrakt, aber er begleitete sie mit einer Geschichte. Möchtet ihr die Geschichte auch hören?»

«Ja», sagte de Gier.

«Du ebenfalls, Adjudant?»

«Ja.»

«Gut, weil ich sie sowieso erzählt hätte. Hört zu.»

Grijpstra stöhnte.

«Adjudant?»

«Ich *hatte* ernste Verdachtsgründe, Mijnheer. Der Brigadier lächelt, und es stimmt, er ist mir darin nicht sehr gefolgt, aber ich weigere mich zu glauben, daß meine Theorie töricht war. Rea Fortune war mit ihrem Hund und dem Inhalt des Hauses verschwunden. Ein ungewöhnlicher Verlauf von Ereignissen hat mir schon oft einen Fall verschafft. Wir fanden in der Wohnung nichts als Staubpartikel. Ungewöhnlich, Mijnheer, sehr.»

«Ja?»

«Es gab Zeugen, die etwas über den Charakter aussagten», sagte Grijpstra traurig. «Sogar mehrere. Sie bestätigten die Neigung des Verdächtigen, ich meine jetzt Mijnheer Fortune, zu zerstören, was er nicht mochte. Ist ein Charakter nicht die Summe gewisser Gewohnheiten, und behalten wir die Gewohnheiten nicht immer bei?»

«Ich habe geraucht», sagte de Gier, «aber jetzt nicht mehr.»

«Arrch!»

«Ich dachte nur, ich sollte es erwähnen.»

«Nicht noch einmal!»

«Der Mensch ist also ein Sklave», sagte de Gier, «der Sklave dessen, was er tat. Denn was er tat, sagst du, tut er, und was er tut, wird er immer tun. Es gibt auch Freiheit. Ich dachte nur, ich sollte Freiheit erwähnen.»

Der Commissaris verließ seinen Teppich und betrachtete eine Geranie.

Grijpstra starrte wütend.

De Gier lächelte. «Ich *habe* aufgehört zu rauchen, weißt du. Ich kaue jetzt Streichhölzer, eine ganz andere Gewohnheit.»

«Wissen wir, wissen wir», sagte der Commissaris zur Geranie. «Er hat das Rauchen aufgegeben. Warum hat er das wohl getan?»

«Wegen Grijpstra, Mijnheer.»

Grijpstra sprang auf.

«Wirst du denn nie aufhören, das zu sagen? Was hab ich davon, ob du rauchst oder nicht?»

De Gier bewegte das Streichholz mit der Zunge.

«Um dir zu zeigen, daß es noch Hoffnung gibt.»

«Hoffnung. Für wen?»

«Für dich.»

«Nicht für mich. Ich stecke fest. Ich verschwende meine Zeit, indem ich Schwachsinnige beobachte, weil das alles besser ist, als zu Hause zu sitzen. Eine Situation, die nicht zu ändern ist.»

«Wenn ich mich ändern kann, dann kannst du es auch. Das Rauchen ist eine Sucht. Ich habe meine Ketten gesprengt. Ich bin frei.» De Gier stand auf und faßte sich an den Gürtel. «Würden Sie mich für einen Moment entschuldigen? Das Streichholzkauen bekommt mir nicht. Ich bin gleich wieder da.»

Er sah bleich aus, als er wiederkam, und es stank sauer.

«Willst du nicht wieder anfangen zu rauchen?» fragte der Commissaris.

«Jetzt noch nicht, Mijnheer.»

«Dann werde ich dir die Geschichte erzählen, um dich abzulenken. *Ein Hase rennt über ein Feld. Er paßt nicht auf. Er rennt gegen einen*

Zaun. Der Aufprall betäubt ihn einen Augenblick lang. Er taumelt ein wenig herum. Einige Kühe sind da. Der Hase bumst gegen eine Kuh. Das zweite Mißgeschick ist zuviel für ihn. Der Hase wird ohnmächtig. Er liegt unter der Kuh. ‹Schaut mal›, sagt die Kuh zu den anderen Kühen, ›es ist mir doch tatsächlich gelungen, einen Hasen zu fangen.›»

«Ungefähr so war's», sagte de Gier.

«Stimmst du dem zu, Adjudant?»

«Ja, Mijnheer.»

«Ich freue mich, das zu hören, und ich bin froh, daß ihr so gut wart, mich über eure Aktivitäten auf dem laufenden zu halten. Ihr wißt, ich übe hier kaum noch ein Amt aus, worauf der Journalist vom *Koerier* freundlicherweise hingewiesen hat.»

Weitere Straßenbahnen fuhren die Marnixstraat entlang. Der Commissaris verbrachte wieder eine Minute bei seiner Geranie.

«Und was hältst du von unseren Liebenden, Grijpstra, glaubst du, die Beziehung wird dauerhaft sein?»

«Frits Fortune und Titania?»

«Ja.»

«Das glaube ich, Mijnheer. Titania ist ein liebes Mädchen, und in bezug auf Mijnheer Fortune habe ich mich geirrt, ich glaube, er ist ein guter Mensch. Sie hat es zweifellos geschafft, ihn im richtigen Augenblick zu beeindrucken.»

«In diesem Fall müßt ihr einen geeigneten Partner für Rea finden, wir können sie jetzt nicht im Stich lassen. Sie wird deprimiert sein und auf noch schlimmere Gedanken kommen. Vielleicht sollte Beelema seine Macht noch einmal ausüben, wobei er die extravaganten Wünsche der Dame im Sinn behält. Wie wär's, wenn sie Xavier Michel d'Aiblaing de Battaglia an die Seite gegeben wird? Das Kapital, das Frits Fortune ihr zurückgeben wird, könnte ihr den Weg zu ihm erleichtern. Xavier hat sich lange Zeit nichts zuschulden kommen lassen; vielleicht könnten die beiden ein Luxusrestaurant eröffnen.»

«Ja, Mijnheer.»

Der Commissaris rieb sich die Beine. Seine Lippen wurden schmal.

«Das Wetter ändert sich, meine Herren, ich spüre es in den Knochen. Vielleicht sollten wir zur Abwechslung mal richtige Arbeit verrichten. Ich erhielt einen Anruf, kurz bevor ihr hereingekommen seid. Eine gutgekleidete männliche Leiche wurde im Kofferraum eines gestohlenen Mercedes gefunden.» Er riß ein Blatt aus seinem Notizbuch und gab es Grijpstra. Der Brigadier las die Notiz über die Schulter des Adjudant hinweg.

«Eine Leiche!» sagte de Gier. «Genau was wir jetzt gebrauchen können.»

Als die Kriminalbeamten durch den Korridor auf dem Weg zum Fahrstuhl waren, hielt Grijpstra de Giers Arm fest.

«Hast du nicht vorhin einen Zwerg in gelbem Cape auf einem Roller erwähnt?»

«Ich rauche nicht mehr», sagte de Gier.

«Mit einem Affen auf dem Lenker?»

«Ein Widerrufsaffe», sagte de Gier, «und ein Widerrufszwerg.»

«So was siehst du? Aber das ist schrecklich. Ich werde nie aufhören zu rauchen.»

«Was hat das damit zu tun?» fragte de Gier. «Rauchen macht Spaß.»

«Du wirst also damit wieder anfangen?»

«Ich? Nein. Ich rauche nicht. Nicht zu rauchen ist eine Gewohnheit, und Gewohnheiten behält man bei.»

De Gier ging weiter. Grijpstra folgte ihm. De Gier runzelte die Stirn. Grijpstra grinste.

Teil II

I

De Gier ging über den Hof. Federnder Schritt, schwingende Arme, vorgestrecktes Kinn, Sonnenlicht auf dem welligen Haar. Grijpstra folgte schwerfällig, als klebe der Asphalt an seinen Sohlen, als sei die Luft dickflüssig, als sei sein Blut Leim und gerinne in jeder Arterie und Vene. De Gier setzte sich in den Volkswagen, er wartete und trommelte mit den Fingerspitzen auf dem Lenkrad. Er ließ den Motor an, als Grijpstra seinen massigen Körper auf das knarrende Plastik neben ihm senkte. Grijpstra murmelte.

Der Wagen fuhr vom Hof in Richtung Innenstadt, er beachtete keine Verkehrsampeln und umkurvte achtlose Fußgänger.

«Ich weiß nicht, was du sagst», sagte de Gier, «aber hier hast du deine Leiche. Du hast das ganze Wochenende über danach gesucht. Schließlich hattest du ja recht; alles, was du dir wünschst, wird dich zu gegebener Zeit finden.» Er klopfte Grijpstras Schulter. Eine solide Leiche, Adjudant, nur für uns. Kein fabrizierter Fall diesmal. Wir brauchen uns nicht gegenseitig zu entschuldigen und auch nicht bei den guten Bürgern, die sich uns in den Weg stellen. Wir können nach dem Lehrbuch arbeiten. Wir folgen Befehlen. Vorwärts.»

«Wie vorwärts?» fragte Grijpstra und nickte in Richtung einer gestikulierenden übergewichtigen Frau auf einem Fahrrad, als der Wagen eine rote Ampel überrollte.

«Aus der Zeit des Träumens in die Aktualität», rief de Gier, als er den Volkswagen nach vorn schießen ließ. «Eine wirkliche Leiche, durchaus tot, aber in der Lage, unserem Drängen zu widerstehen. Tatsachen statt eines Vakuums. Ursache und Wirkung statt Vermutungen auf einem transparenten Hochseil. Verbindung von Ereignissen statt Zusammenstecken schwacher Spielkarten!»

Grijpstra murmelte weiter.

De Gier parkte.

«Von hier aus können wir zu Fuß gehen. Wir haben sogar eine Adresse. Herenmarkt. Auf der anderen Seite der Gracht, siehst du? Da ist der Mercedes, da ist ein Streifenwagen. Wir haben alle möglichen Einzelheiten. Ein silberner Mercedes mit deutscher Zulassung. Leiche eines fünfundvierzig Jahre alten Mannes, gutgekleidet. Ist es nicht unglaublich, Grijpstra, nach allem, was wir durchgemacht haben?»

Grijpstra brummte, sagte etwas und brummte wieder.

«Wie bitte?»

«Ich sage», sagte Grijpstra mit unnötig lauter Stimme, «daß wir wieder da sind, wo wir angefangen haben, an der Brouwersgracht und nichts in den Händen. Wieder einmal werden wir entstellte Beweise verbiegen und uns selbst zur Last fallen und all jenen, die das Unglück haben, uns zu begegnen. Was haben wir?» Er hielt einen Finger hoch. «Eine Leiche, da hast du recht. Von dann an hast du unrecht. Der Mann ist nicht ermordet worden, weder durch sich selbst noch durch andere. Es gibt, den Notizen des Commissaris zufolge, keine Wunden. Sehr wahrscheinlich ist unser Mann eines natürlichen Todes gestorben. Wenn wir da hineingeraten, werden wir ewig stolpern, und am Ende wird nichts sein.»

De Gier stieg aus dem Wagen, ging um ihn herum und öffnete die Beifahrertür. Er langte hinein, ergriff Grijpstras Unterarm und zog.

«Nein. Ich habe recht. Wir haben einen Fall. Die Leiche wurde im Kofferraum eines Wagens gefunden. Wie kam sie da hinein?»

Sie gingen über die nächste Brücke. Ein männlicher und ein weiblicher Konstabel kamen den Kriminalbeamten entgegen.

«Ich werde dir sagen, wie sie da hineingekommen ist», sagte Grijpstra. «Sie ist hineingefallen. Da lebte der Mann noch. Ihm wurde übel, der Kofferraum war offen, er stürzte auf den Wagen zu, um Halt zu finden, ihm war schwindelig, er wurde ohnmächtig, er taumelte in die gähnende Öffnung.»

«Und jemand machte den Kofferraumdeckel zu», sagte de Gier. «Nein, nein. Mord. Ich sage dir, es war Mord. Wir arbeiten im Morddezernat. Dies ist unsere Sache. Die Jagd geht los. Hallo, Asta, hallo, Karate, wo ist Ketchup?»

«Sie kennen meinen Namen?» fragte Asta.

«Ketchup hat Urlaub», sagte Karate. «Das Wochenende war zuviel für ihn. Er hat sich ein paar freie Tage zusammengekratzt und Brigadier Jurriaans beschimpft. Der Brigadier sprang über den Tresen, aber da war Ketchup schon draußen auf der Straße. Er ist ein guter Läufer. Schauen Sie, was ich an seiner Stelle habe.»

«Ich bin kein Was», sagte Asta. «Ich bin eine Wen. Ich habe meine Rechte. Ich wußte nicht, daß Sie meinen Namen kennen, Brigadier.»

«Halten Sie sich von ihm fern», sagte Grijpstra. «Er arbeitet, aber nicht mehr lange. Diese Leiche ist nichts, wir werden etwas anderes zu tun finden. Wir könnten ein spätes Frühstück oder ein frühes Mittagessen einnehmen. Wo ist der Tote, Konstabel?»

Asta hörte auf, de Gier anzulächeln. «Weggebracht, Adjudant, es waren zu viele Leute da, er stellte eine Behinderung dar. Er wurde fotografiert, und der Arzt war hier. Die Ambulanz hat ihn ins Leichenschauhaus gebracht. Der Arzt meinte, er könne eines natürlichen Todes gestorben sein. Er vermutete, ein aufgebrochenes Magengeschwür, das eine Blutung verursacht hat.»

«Verstehst du?» fragte Grijpstra. «*Verstehe!*» schrie Grijpstra. «Habe ich das nicht soeben gesagt? Gehen wir, Brigadier. Wir werden das Leichenschauhaus aufsuchen, mit dem Arzt reden und zum Essen gehen. Ich werde nicht eine Minute mehr als nötig an diesen Routinefall verschwenden.»

«Schauen wir uns den Wagen an», sagte de Gier.

«Der Kofferraumdeckel war zu», sagte Karate, «aber nicht ganz. Das Schloß ist aufgebrochen worden, wissen Sie. Wir haben den Wagen auf der Liste der gestohlenen Fahrzeuge, er ist irgendwann während der Nacht verschwunden. Er hatte vor dem Hotel *Oberon* gestanden. Der Besitzer des Wagens ist dort abgestiegen. Ich traf ihn heute morgen, bevor wir auf Streife fuhren. Ein fetter Deutscher, schnaufend und aufbrausend. Er sagte uns, der Wagen habe viel Geld gekostet, und wir sollten alles stehen- und liegenlassen und ihn suchen.»

De Gier wandte sich an Asta. «Waren Sie auch da?»

«Ja», sagte Asta, «es war derselbe Mann, der bei Beelema seine Rechnung nicht bezahlen wollte. Haben wir die kleine Aufgabe nicht gut erledigt, Brigadier? Es können nicht mehr als zwei Minuten zwischen Ihrem Anruf und unserem Eintreffen verstrichen sein. War das nicht großartig?»

«Nein», sagte Grijpstra.

«Was war falsch an der Art und Weise, wie wir den Vorfall angefaßt haben, Adjudant?» fragte Asta.

«Was? Oh, nichts. Sie werden dafür bezahlt, daß Sie Ihre Arbeit gut machen, nicht wahr? Ich will diesen Fall nicht, Brigadier. Es ist wieder das gleiche. Ich war von der Sache ab, und jetzt sind wir wieder hier. Beelema, ich will den Namen nicht mehr hören. Und der Deutsche war unangenehm, er wird immer noch unangenehm sein. Ich freue mich, daß sein Wagen gestohlen wurde.» Er schlug mit der flachen Hand auf den Kofferraumdeckel. «Ist das der einzige Schaden, Konstabel? Nur ein aufgebrochenes Schloß?»

«Ja.»

«Schade. Diebe haben den Wagen genommen und den Kofferraum aufgebrochen. Dann gingen sie, nachdem sie entweder nichts gefunden oder alles mitgenommen haben. Der Wagen blieb stehen. Unser Kerl schwankt vorbei und fällt hinein. Er stirbt.»

«Wer machte den Deckel zu?»

Grijpstra zuckte die Achseln.

«Wen kümmert's? Irgendeine Person, die am Wagen vorbeikam und der der offene Kofferraum nicht gefiel. Sie zog den Deckel runter, ohne den möglichen Inhalt des Kofferraums zu prüfen. Sie sah etwas, das nicht sein durfte, und brachte die Sache in Ordnung. Ich bin auch so. Gestern abend sah ich auf dem Nachhauseweg das Rad eines Fahrrads auf der Straße liegen. Es sollte nicht dort sein, es könnte einen Unfall verursachen. Ich hob es auf und stellte es an einige Mülleimer, damit die Müllmänner es heute morgen mitnehmen konnten. Es gibt viele Leute wie mich. Ein Vorbeikommender, der den Deckel zumachte. Es war dunkel, die Straßenlaternen stehen in einiger Entfernung. Hat das Schloß funktioniert, als der Deckel zu war?»

«Es hielt», sagte Karate, «aber es war daran herumgepfuscht worden.»

«Wie kam der Wagen hierher? Hatten die Diebe einen Schlüssel?»

«Nein, sie haben die Zündung kurzgeschlossen.»

«Wie hast du die Leiche gefunden?»

Karate nahm die Mütze ab und kratzte sich am Kopf.

«Nun?»

«Ich möchte Sie nicht aus der Fassung bringen, Adjudant.»

De Gier schob Grijpstra sanft zur Seite. «Sag's mir, Karate. Mir geht's heute morgen gut. Der Tag ist wunderschön. Dies ist ein hübscher Fall. Ich freue mich, daß wir wieder einmal zusammenarbeiten. Sag mir alles, was du weißt, Karate.»

Karate setzte die Mütze wieder auf. «Also gut, Brigadier. Mevrouw Kohlkopf-Tonto kam heute morgen zu uns. Sie hat einen kleinen Hund, einen sehr kleinen, Chihuahua heißt die Sorte, glaube ich. Sieht aus wie eine falsche Art von Maus. Der Hund mußte pinkeln, sie führte ihn an der Leine aus. Der Hund zog sie zum Mercedes, pinkelte ein wenig und fing an zu schreien oder zu quieken. Solche Hunde bellen nicht, glaube ich. Sie zog ihn weg, und er pinkelte weiter und machte auch das andere, vielleicht hat er sich sogar übergeben, der war ganz schön aufgeregt, Brigadier. Er wollte wieder zum Wagen und kriegte einen neuen Anfall. Mevrouw Kohlkopf-Tonto, sie behauptete, sie kenne den Adjudant – Brigadier Jurriaans wollte ihr zuerst nicht zuhören –, sagte, sie kenne jemanden von wirklich ganz oben bei der Polizei und werde sich beschweren, und sie beschrieb den Adjudant, fetter Mann mit Nadelstreifenanzug und dicken Wangen, sagte sie, also wußten wir, es ist Adjudant Grijpstra ...»

«Ho!» sagte Grijpstra.

«Ja?» fragte Karate.

«Schon gut.»

«Ja», sagte Karate. «Also Mevrouw Kohlkopf-Tonto sagte, sie habe den Toten gefunden. Sie hatte in den Kofferraum geguckt. Das Schloß war eingerastet, aber nicht verschlossen, wenn Sie wissen, was ich meine, weil es aufgebrochen worden war. Die Zeugin rannte den ganzen Weg bis zur Revierwache und zog den Hund mit. Er hatte wunde Pfoten, als er ankam, und er weinte irgendwie. Er mußte eine Weile auf einem mit Wasser gefüllten Tablett stehen, um seine Füße zu kühlen.»

«Weiter.»

«Die Frau kam uns nicht wie eine zuverlässige Zeugin vor, aber da sie den Adjudant kannte und unsere Wache schon mal Ärger mit ihm gehabt hatte, meinte Brigadier Jurriaans, wir könnten uns das mal anschauen. Wir fanden die Leiche auch. Sie sah friedlich aus, war zusammengeklappt, aber mit Blut bedeckt.»

«Konntest du seine Identität feststellen?»

«Ja, Brigadier. Der Arzt gab uns die Brieftasche, die er in der Jakke gefunden hatte. Der Mann heißt Jim Boronski.»

«Ein Ausländer», sagte Grijpstra, «so was wollen wir nicht, mit einer ausländischen Leiche wird man nicht so leicht fertig.»

Karate lächelte behilflich. «Er war Niederländer, Adjudant. In der Brieftasche war ein Paß. Geboren in Rotterdam, jetzt wohnhaft in Kolumbien, Südamerika. Ein Geschäftsmann. Er hatte auch einen Hotelschlüssel vom *Oberon.*»

Grijpstra stöhnte.

«Schön», sagte de Gier. «Wie ich mir dachte. Wir können bereits Tatsachen aneinanderreihen. Unser Mann fällt also tot in den Wagen eines anderen Hotelgastes. Mach weiter, Konstabel.»

Karate spreizte die kleinen Hände. «Das wäre so ziemlich alles, Brigadier. Die Leiche war mit einem maßgeschneiderten Anzug aus gutem Material bekleidet. Abgesehen vom Blut sah er gepflegt aus. Ich kann mich nicht erinnern, den Mann in dieser Gegend schon mal gesehen zu haben.»

Grijpstra überquerte die Uferstraße, betrachtete eine Weile das grüne Wasser und kam zurück. «Also gut, wir kümmern uns darum. Wann hast du die Leiche gefunden?»

Karate zog sein Notizbuch und blätterte darin. «Hier, Adjudant, heute morgen um zehn Uhr vier. Der Arzt hat sie um halb elf weggebracht, es ist jetzt halb eins, wir haben auf Sie gewartet.»

Grijpstra kritzelte etwas in sein Notizbuch. De Gier schaute Asta an. Er erinnerte sich an Brigadier Jurriaans' Geschichte, die Grijpstra weitererzählt hatte. Er versuchte sich vorzustellen, wie sie während der abenteuerlichen Nacht gewesen sein mußte, aber er konnte nur einen ordentlich gekleideten Konstabel mit übermäßig funkelnden Augen sehen, jetzt höflich lächelnd. «Ich wollte, ich wäre bei der Kripo», sagte sie. «Diese Arbeit ist langweilig, bah, stinkend.»

De Gier warf einen Blick in den blutbefleckten Kofferraum des Mercedes. «Stinkend? Aber dies hier ist frisch.»

Asta schaute ebenfalls kurz hinein. «Die Leiche war in Ordnung. Ich meinte die Hühnerabfälle zuvor. Eine andere Beschwerde, um die wir uns heute morgen gekümmert haben. Dort drüben in der Nebenstraße ist ein Chinese, der Hühner schlachtet und die Abfälle auf die Straße wirft. Die Müllmänner wollen sie nicht einsammeln, und das Zeug verfault. Der Chinese will sie nicht in Beutel stecken, weil die zu teuer sind, sagt er. Oder so was Ähnliches scheint er zu sagen. Ich spreche nicht Chinesisch.»

«Ja», sagte de Gier.

Das Mädchen kam einen Schritt näher. «Was werden Sie jetzt tun, Brigadier? Ist dies ein Mord? Läuft ein Mörder herum? Werden Sie ihn finden?»

«Vielleicht.»

«Sie werden, nicht wahr? Wie ich höre, finden Sie den Mörder immer.»

De Gier erwiderte ihr Lächeln. «Ihre Informanten übertreiben.» Er schaute Grijpstra an. «Es ist bekannt, daß wir auch schon versagt haben.» Er berührte seine Brust, klopfte dann auf seine anderen Taschen.

Das Mädchen nahm ein Päckchen Zigaretten aus der Handtasche. «Möchten Sie eine?»

«Nein, danke. Ich rauche nicht.»

Sie mußten beiseite treten. Städtische Arbeiter versuchten, Straßenbaugerät abzustellen, und ein rußiger Tank auf Rädern kam gefährlich näher. Ein Motor ohne Schalldämpfer sprang an, und schwere Bohrer fraßen sich in den Asphalt.

Grijpstra schrie in de Giers Ohr. «Fahren wir zur Leichenhalle und machen dann Cardozo Beine. Wenn es Arbeit gibt, kann er sie erledigen.»

De Gier schrie zurück. «Cardozo ist krank, hast du vorhin die Notiz auf deinem Schreibtisch nicht gesehen?»

Grijpstra ging zum Wagen, mußte aber zurückkommen, um de Gier von Astas Lächeln zu erlösen. Er schob den Brigadier langsam vor sich her. «Wie krank ist Cardozo?»

«Grippe, es kann einige Tage dauern.»

«Nichtsnutziger Kerl. Wer erledigt die Routinearbeit? Dieser Boronski hat hier keine Adresse, vermutlich hat er nicht einmal Verwandte in der Stadt. Falls er welche hätte, würde er nicht im Hotel wohnen. Wir müssen sein Foto in Umlauf bringen, sehen, was wir über ihn herausfinden können. Wir haben möglicherweise zeitraubende Ermittlungsarbeiten vor uns.»

«Ja», sagte de Gier, «aber es gibt keine Hoffnung auf Hilfe im Dezernat; wir haben Urlaubszeit und sind personell unterbesetzt.»

«Besorge Hilfe.»

«Ja, Adjudant. Ist es dir egal, woher ich sie bekomme?»

«Ja.»

«Warte im Wagen auf mich.»

Grijpstra lächelte, als er sah, daß de Gier in einen Tabakwarenladen ging. Es dauerte eine Weile, ehe der Brigadier zurückkam, aber er rauchte nicht.

«Was hast du da drinnen gemacht?»

«Selbstverständlich telefoniert. Ich habe mit Brigadier Jurriaans gesprochen. Wir haben Hilfe. Er leiht uns Asta. Er wird ihr sagen, sie soll nach Hause gehen und Zivil anziehen. Wir sollen sie nachher abholen; die Adresse habe ich.»

Grijpstra schnaubte. «*Du* holst sie ab. Du bist ein Idiot, Rinus, ich habe dich gewarnt. Das Mädchen kann nicht älter als fünfundzwanzig sein, und Jurriaans ist in meinem Alter, in den Fünfzigern. Sie ist nicht richtig im Kopf, ebenso wie du gegenwärtig. Bist du sicher, daß du in dem Laden keine Zigaretten gekauft hast?»

«Ja. Zur Leichenhalle?»

«Zur Leichenhalle», sagte Grijpstra fröhlich und grinste bei seinen Gedanken. Sie waren farbig und dreidimensional. Seine Eifersucht verschwand, als er seine Vision betrachtete. Der Mittelpunkt war Asta ohne jede Kleidung, kniend, ihre linke Hand hielt Grijpstra, der eine lange Seidenrobe trug. Mit der freien Hand segnete er das Mädchen, das mit niedergeschlagenem Blick den Segen zurückhaltend entgegennahm. Ihre rechte Hand war ausgestreckt in Richtung auf eine liegende, nackte männliche Gestalt, die friedlich auf einem gut gepflegten Rasen schlief. Die Gestalt hatte ein edles Gesicht mit vollem Schnurrbart und schimmerndem Lockenhaar.

Ich gebe sie ihm, dachte Grijpstra, während er weitere Einzelheiten der Vision erfaßte. Die kleine Gruppe war umgeben von Orangenbäumen in der Nähe eines Teiches, in dessen sauberem Wasser sich schwer zu bestimmende Tiere tummelten. Der Himmel war bewölkt, aber er hatte sich geöffnet und rahmte in weiter Entfernung eine geheimnisvolle, in Licht gehüllte Gestalt ein. Das muß Gott sein, dachte Grijpstra. Das ist gut, das macht mich zu einem Engel. Gott möchte ich nicht sein, aber wenn ich ein Engel bin, muß das in Ordnung sein. Die kommen dazu, etwas auszurichten.

Etwa etwas zu verschenken, dachte er bald darauf, als der Volkswagen einen Parkplatz auf dem kleinen Hof neben der städtischen Leichenhalle fand, einem niedrigen Gebäude, errichtet aus leuchtendroten Ziegeln, welche die kalte Endgültigkeit ihres Inhalts Lügen straften. Geben ist seliger denn Nehmen. Außerdem, dachte er, als er sich aus dem kleinen Wagen zwängte, will ich mich nicht von Weibern belästigen lassen, ganz gleich, wie hochklassig sie sein mögen. De Gier gefällt so was noch. Ich möchte nur ...

Da er nicht ganz wußte, was er möchte, führte er den Gedanken nicht zu Ende.

2

«Meine Herren», sagte der kleine Mann, «Ihr Kunde erwartet Sie. Er ist erst seit fünf Minuten gelagert. Der Arzt ist mit ihm fertig und wäscht sich jetzt die Hände.»

Er hielt Grijpstra davon ab, sich eine Zigarre anzustecken. Grijpstra runzelte die Stirn.

Der Wärter hob in hilfloser Verteidigung die Hände.

«Vorschriften, Adjudant. Für die Lebenden gelten sie noch. Die Toten sind frei, sie können in Frieden tun, was sie wollen. Sie dürfen gern in meinem Büro rauchen.» Er öffnete eine Tür und zeigte auf einen Tisch, auf dem eine Sammlung von Pfeifen um einen vollen Aschenbecher lag.

De Gier betrachtete die ordentlich etikettierten Schubladen der massigen Kühlanlage hinten im Raum.

«Boronski. Hier haben wir ihn.» Er zog. Die Schublade kam schneller heraus als erwartet, und das Gesicht der Leiche, etwas zur Seite gedreht, schaute mit einem Ausdruck wütender Kapitulation zu ihm auf.

«Langsam», sagte Grijpstra und legte einen Arm um die Schultern des Brigadiers. «Du solltest daran denken, daß Nikotin deine Ängste nicht mehr beschwichtigt.» Er drehte den Brigadier herum und führte ihn von der herausgezogenen Lade fort.

«Das kann er nicht ertragen, wie?» fragte der Wärter. «Ich kann es ihm nicht verdenken. Ich habe auch eine Weile gebraucht, um mich an sie zu gewöhnen, und ich lebe jetzt schon lange Zeit mit ihnen. Aber selbstverständlich sind sie nicht hier. Einige möchten ein Weilchen bleiben, das spüre ich, aber ich spreche sie an, irgendwie höflich, und dann verschwinden sie. Hier ist es nichts für sie, und die meisten sollten einen besseren Ort haben, wohin sie gehen können. Ich erzähle ihnen, daß ich nur ein verrückter Kerl bin, der hier arbeitet, und ich ihnen nichts Böses antun will. Die sind ängstlich, wissen Sie, alles bisher Gewohnte ist nicht mehr da. Gestern lebendig, heute tot, das muß ein ziemlicher Schock sein.»

De Giers Übelkeit verging, während er der ruhigen Stimme des Wärters zuhörte. Die kleinen Augen des Mannes hinter den runden kleinen Brillengläsern schienen ohne Fokus zu sein. Die Hose war so kurz, daß die weiße Haut über den faltigen Socken zum Vorschein kam. Der grüne Kittel war nicht ganz zugeknöpft. Er trug eine Schädelkappe.

«Jacobs heiße ich», sagte der kleine Mann. «Sie werden sich nicht an mich erinnern, Brigadier, aber ich habe Sie hier schon mal gesehen. Sie brauchen sich Ihrer Schwäche nicht zu schämen. Mit dem Mann, der jederzeit seine Selbstkontrolle zeigen muß, stimmt etwas nicht. Wenn Sie wissen möchten, woran der Mann gestorben ist, dann sprechen Sie wohl besser mit dem Arzt, bevor er geht.»

Sie wurden in einen anderen Raum geführt, in dem der Arzt in sein Notizbuch schaute und mit einem Bleistift Wörter umkringelte.

«Sie sind wegen Boronski hier? Irgendwie ein interessanter Fall, ebenso wie der andere, den Ihre Kollegen gestern gebracht haben. Werfen Sie einen Blick auf sie, bevor Sie gehen. Attraktives junges Mädchen, wurde ebenfalls in einem Kofferraum gefunden. Ist eine Weile darin gewesen, aber nicht lange genug, um die Spuren von Heroin verschwinden zu lassen. Die weißen Dinger in ihren Mundwinkeln sind übrigens kleine Maden. Ich hielt sie zuerst für Speichel, aber das war es nicht. Die Maden entwickeln sich schnell bei diesem heißen Wetter aus den Fliegeneiern.»

«Ermordet?» fragte Grijpstra.

Der Arzt lachte. «Nein, nein, ihr Burschen denkt immer nur daran. Mord. Totschlag. Gewalt. Die meisten Leute sterben durch Zufall, wissen Sie, aus Dummheit. Ich glaube, es gab da in irgendeiner Villa eine Party; junge Leute amüsierten sich. Dies Mädchen nahm eine Überdosis, Heroin muß sorgfältig dosiert werden, aber sie war jung, da waren Leute, die tanzten, miteinander schliefen. Sie gab nicht acht, verpaßte sich in Eile eine Injektion und kratzte ab. Eine Zeitlang bemerkte niemand ihren Tod, dann fand man sie. Außerdem wußte keiner, wer sie war. Sie wurde aufgelesen, zur Party mitgenommen, und da war sie jetzt, tot. Die wollten sie irgendwo abladen, steckten sie in den Wagen und vergaßen die ganze Angelegenheit. Die Leiche begann nach einigen Tagen zu stinken, der Wagen stand in der Sonne. Jemand merkte es und hielt einen Streifenwagen an. Der Besitzer des Wagens wurde gefunden, und er sagte zunächst, er wisse von nichts. Später erinnerte er sich, vage. Es stimmte alles. Ihre Kollegen waren verstört, weil sie keinen Fall hatten, nicht einmal fahrlässige Tötung. Das Mädchen war über einundzwanzig, gab sich die Spritze selbst, wurde in den Wagen gesteckt ohne Zustimmung des Besitzers, der nicht wußte, was man von ihm verlangte, da er selbst stinkbesoffen war. Und dann vergaß er es. Er fuhr sie tagelang in seinem nagelneuen Superschlitten herum. Anscheinend ein angenehmer junger Bursche. Hat etwas von einem Süchtigen. Wird auch nicht lange leben. Tja, meine Herren, was kann ich für Sie tun?»

«Boronski, Mijnheer», sagte Grijpstra.

«Boronski. Was kann ich Ihnen da sagen. Er starb etwa um Mitternacht. Meine erste Diagnose wurde durch die folgenden Untersuchungen bestätigt: Der Mann litt an einem duodenalen Ulcus, wirklich schlimm, enorm. Muß sich schnell gebildet haben, begann zu eitern, perforierte den Magen, der Fluß von Blut und Eiter brachte sein Inneres durcheinander. Er ist irgendwie innerlich erstickt. Schwere Krämpfe, muß sich gekrümmt und buchstäblich die Eingeweide ausgebrochen haben und kollabiert sein, stelle ich mir vor. In der Tat ein extremer Fall. Vielleicht wäre er gerettet worden, wenn man ihn gleich ins Krankenhaus gebracht hätte. Zudem noch ein ziemlich junger Kerl und keine Spur von anderen Ulcera, sein erstes und letztes. Wissen Sie etwas über Ulcera?»

«Nein», sagte Grijpstra.

«Wirklich nicht? Hatte selbst mal eins, ist jetzt lange her. Ich bin nur Leichenschnipsler, aber noch nicht ganz außer Kontakt mit dem, was die anderen Zweige des Berufs herausbringen. Ulcera sind psychosomatisch, sagt man. Wissen Sie, was das bedeutet?»

«Verursacht durch eine Funktionsstörung des Geistes, Mijnheer?» fragte de Gier.

«Ja. Emotionale Funktionsstörung. Der Geist ist emotional, der Rest des Körpers ebenfalls. Ich müßte das Lehrbuch hervorsuchen, aber ich glaube, ich erinnere mich, daß Ulcera, vor allem duodenale, durch einen plötzlichen Verlust des Vertrauens an einen anderen Menschen verursacht werden oder vielleicht an eine Idee, eine tröstliche Idee, die fortfällt und nicht mehr tröstlich ist. Eine erschreckende Einsicht, verursacht von etwas nicht Vorhandenem, das vorhanden sein sollte. Das würde in meinem Fall stimmen. Ich dachte, ich hätte eine Frau, und ich hatte keine; sie war damals noch da, aber nicht in der Art, wie sie nach meiner Meinung da sein sollte. Sie hatte einen Geliebten.» Er kicherte. «Ich war damals noch jung und dachte, ich hätte Rechte. Niemand hat Rechte. Wir haben, was uns zukommt. Ich jedoch in meiner Unschuld, oder besser gesagt in meiner Unwissenheit, beharrte darauf, daß die Dinge anders sind, als sie waren. Also wurde ich mit einem Ulcus bestraft. Einem kleinen, aber es schmerzte, und ich mußte eine Zeitlang Haferbrei essen, bah, Haferbrei und Pudding. Die Puddings waren nicht schlecht. Meine Frau machte sie und legte Kirschen obendrauf. Sehr nett von ihr. Dann verließ sie mich. Eine Zeitlang gab es ein anderes weibliches Wesen, das mich tröstete, und das Ulcus heilte. Hat mich seitdem nicht belästigt.»

«Dieser Boronski, Mijnheer.»

«Ja?»

«Irgendwelche Verletzungen am Körper?»

«Nein. Die Hände sind zerkratzt; er muß umgefallen sein und sie sich an den Pflastersteinen verletzt haben. Ich fand Spuren von Straßenschmutz; es wird in meinem Bericht stehen.»

«Aber er wurde nicht auf der Straße gefunden, er war im Kofferraum eines Wagens.»

Der Arzt warf das Notizbuch in seine Aktentasche. Das kleine Schloß der Tasche schnappte zu.

«Wirklich? Tja, wie ist er da wohl hineingekommen. Nun, ich habe meine Arbeit gemacht, Ihnen viel Glück. Werfen Sie einen Blick auf das Mädchen, ehe Sie gehen. Nur interessehalber. Maden, erstaunlich.»

Der Arzt ging, und der Wärter kam herein und übergab Grijpstra eine sorgfältig getippte Liste.

«Die Sachen sind im Präsidium, Adjudant, aber dies haben wir bei ihm gefunden. Brieftasche, Taschenmesser, sauberes Taschentuch und so weiter.»

«War Geld in der Brieftasche?»

«O ja, viel. Scheine, Münzen, Kreditkarten, Scheckbuch, ein ausländisches Scheckbuch, glaube ich.»

Grijpstra nickte de Gier zu. «Hörst du, Brigadier? Er wurde nicht mal ausgeraubt. Ich sag dir, er *fiel* in den Wagen. Niemand hat sich an ihm vergriffen.»

«Ja», sagte de Gier tonlos.

«Du bist nicht der Meinung?»

«Nein. Schau dir die Leiche noch einmal an, aus der Nähe.»

Grijpstra ging zurück in den Kühlraum. Der Wärter zog die große Metallade heraus. Grijpstra schauderte es.

«Kalt, wie?» fragte der Wärter. «Ich bin daran gewöhnt, und im Sommer ist es angenehm.»

«Mir ist nicht kalt.»

«Erkennst du ihn?» fragte de Gier aus der hinteren Ecke des Raums.

Grijpstra rieb sich das Kinn. «Ja, jetzt ja. Das ist der Mann, der am Samstag ins Café *Beelema* kam. Wir hielten ihn für betrunken. Vielleicht machte ihm das Magengeschwür schon zu schaffen.»

«Ich sah, wie er ins Hotel *Oberon* ging, nachdem er aus dem Café gewankt war.»

«Ah», sagte Grijpstra und rieb sich weiterhin das Kinn. «Ich verstehe. Der fette Deutsche, dem der Mercedes gehört, wohnt im *Oberon*. Jim Boronski ebenfalls. Mijnheer Boronski liegt tot im Wagen des fetten Deutschen. Es ist wohl besser, wir unternehmen etwas. *Du* solltest besser etwas unternehmen. Finde den Deutschen. Stelle ihm Fragen. Er ist Ausländer ohne festen Wohnsitz hier, und wenn er dir nicht zufriedenstellend antworten will, kannst du ihn festnehmen. Warum tust du das nicht? Bringe ihn ins Präsidium. Bis dann werde ich die Papiere des Toten durchgesehen haben. Möchtest du die Maden sehen?»

«Bitte!» sagte de Gier und zog sich noch weiter in seine Ecke zurück.

Grijpstra zog an der nächsten Schublade. Er schaute nicht lange hin. Als er wegging, schob der Wärter die Lade in die Wand zurück.

«Hast du sie gesehen?»

«Nur die Fliegeneier, Klümpchen in den Mundwinkeln, wie es der Arzt gesagt hat. Hübsch ist sie ja, obwohl Leichen es eigentlich nie sind. Sie sind zu tot.»

«Wie alt?»

«Schwer zu sagen. Eher wie jung. Neunzehn, fünfundzwanzig, irgendwo dazwischen.»

«Der Tod», sagte der Wärter. «Ich habe etwas über Kalkutta gelesen. Dort haben sie Männer wie mich, die sich um die Toten kümmern. Sie haben einen Namen, den ich vergessen hab. Sie haben langes Haar und tragen ein Lendentuch, und wenn sie nicht arbeiten, dann meditieren sie. Sie sitzen ruhig da und denken über den

Unsinn von allem nach. Wenn sie arbeiten, dann brennen sie Feuer ab und legen die Toten auf den Feuerstoß, sorgfältig, es ist eine Zeremonie, jede Bewegung muß richtig sein. Um den Männern zu helfen, sind Geier da, die gibt es dort auch immer. Sie bekommen, was vielleicht aus dem Feuer fällt, und sie picken in der Asche. Es ist ein besseres System als das, was wir haben. Hier ist alles mechanisch. Wenn die Leichen eine Weile hier sind und keiner kommt und die Polizei sich nicht darum kümmert, werden sie weggebracht und in einem riesigen Ofen unter Feuerdruck vernichtet. Es sollte langsam geschehen, mit Sorgfalt, und es sollten Vögel dabei sein.»

«Krähen und Möwen», sagte Grijpstra. «Wir haben vor einigen Tagen gesehen, was die anrichten können. Du nimmst den Wagen, Brigadier, ich gehe zu Fuß. Beeile dich ein bißchen.»

Grijpstra dachte beim Gehen nach. Er wußte jetzt, daß die Magenkrämpfe, an denen er litt, nicht durch Magengeschwüre verursacht wurden. Mevrouw Grijpstra war nun mal, wie sie war, und zwar seit vielen Jahren. Er zog den Schluß, daß man Magengeschwüre vermeiden konnte, wenn man sich auf nichts verließ. Wenn es keine Bezugspunkte gibt, kann das Gerüst, auf dem der Verstand ruht, nicht zerstört werden, weil es kein Gerüst gibt. Er wußte auch, daß Jim Boronski aus natürlichen Gründen gestorben war; es sollte also keinen Anlaß geben, die Suche fortzusetzen oder auch nur aufzunehmen. Der Deutsche und Boronski wohnten jedoch im selben Hotel, und sie benutzten denselben Wagen, sei es auch für unterschiedliche Zwecke. Grijpstra sah eine Terrasse mit Blick auf eine verkehrsreiche Durchfahrtsstraße. Er fand einen Stuhl und bestellte Kaffee. Er versprach sich zehn Minuten Pause, während der vertrauenswerte Brigadier arbeitete.

Aber man kann ihm nicht trauen, dachte er, weil er ohne seine Droge ist. Vielleicht würde Asta sich um ihn kümmern. Ihm fiel ein, daß Asta ebenfalls nicht zu trauen war. Er vergaß seine Befürchtungen, während er beobachtete, wie junge Mädchen die Straße überquerten, scharf sich abhebende Körper in stramm sitzenden Jeans oder engen Röcken, jedoch nicht eng genug, um den Wind davon abzuhalten, damit zu spielen.

Der Adjudant hatte sich entweder den falschen Ort oder den falschen Zeitpunkt ausgesucht, denn plötzlich waren die Mädchen auf der Straße alle dick. Er schaute auf die umliegenden Gebäude und mochte sie auch nicht, sie waren viereckig und grau. Auch der Himmel war grau. Er nippte an seinem Kaffee, setzte die Tasse ab und schloß die Augen. Wieder sah er sich, wie er de Gier das göttliche Geschenk überreicht. Er fragte sich, wie der Brigadier auf seine neue Gefährtin reagieren würde.

Die Vision verblich, und er stand auf und fand Grachten und enge Straßen, gesäumt mit alten und stattlichen Giebelhäusern, die seinen Geist beruhigten. Er blieb stehen, um eine Katze zu kraulen, er sprach zu einem Hund, dessen Knurren sich in ein klägliches Grinsen verwandelte, und er hob eine Einkaufstasche auf, die eine alte Dame hatte fallen lassen. Während er sich ihr Klagen über die steigenden Preise anhörte, sah er Jim Boronskis totes Gesicht wieder. Es war kein angenehmes Gesicht gewesen, obwohl der Mann zweifellos einmal gut ausgesehen hatte. Ein Schurke, dachte Grijpstra und vergaß die Definition, als er um sein Leben springen mußte, um einem Lastwagen mit Schlagseite auszuweichen.

3

Die Adresse, wo Asta wohnte, erwies sich als Pension. Die Wirtin verwies ihn an die oberste Etage, aber als er dort war, hatte er vergessen, an welche Tür er klopfen sollte. Die zweite, glaubte er. Niemand antwortete, er öffnete die Tür. Er war in einem großen Bad und Asta auf den Knien in der Wanne, wo sie die Wasserhähne regulierte, den kleinen, runden Hintern ihm zugekehrt. Sie schaute über die Schulter.

«Entschuldigung», sagte de Gier, «ich werde unten warten.»

Er ging hinunter und wartete eine Weile, wobei er Theorien konstruierte, um sich die Zeit zu vertreiben. Keine der Möglichkeiten konnte sich behaupten. Warum sollte der fette Deutsche den Auswanderer Boronski umbringen, der sich vorübergehend in der alten Heimat aufhielt? Waren sie Kaufleute, die sich wegen eines Geschäfts gestritten hatten? Was für ein Geschäft rechtfertigt einen gewaltsamen Tod? Waren sie Liebhaber derselben Frau? Warum sollte der Deutsche die Leiche des Gegners in seinen eigenen Mercedes stecken und den Wagen dann als gestohlen melden? Das Magengeschwür schien jeden Gedanken an Mord auszuschließen, aber es gab dennoch mysteriöse und anklagende Tatsachen. Er verließ das Haus, kaufte Kaugummi, kaute eine Zeitlang, spie das Gummi aus und klingelte noch einmal.

«Dritte Tür links, Mijnheer, aber die Damen in diesem Haus dürfen keinen Herrenbesuch empfangen.»

«Ja», sagte de Gier und lief die Treppe hinauf. Das zwingende Bedürfnis nach Nikotin ließ ihn das Anklopfen vergessen. Er sah Asta mitten im Zimmer. Sie hatte noch immer nichts an. Sie war wieder auf den Knien und schaute über die Schulter hinweg in einen Spiegel.

«Entschuldigung», sagte de Gier.

Das Mädchen sprang auf, schnappte sich ein Badetuch vom Bett und hüllte den schlanken Körper darin ein.

«Du lieber Himmel, klopfen Sie denn nie an?»

«Das erste Mal hab ich, aber im Bad lief das Wasser.»

«Wundern Sie sich über meine seltsame Position?»

«Ja.»

«Ich wollte wissen, wie ich aussehe, wenn jemand mich von hinten betrachtet.»

«Oh.»

«Wie sehe ich aus von hinten?»

«Hübsch.»

Sie seufzte. «Hübsch? Ist das alles?»

«Sehr hübsch», sagte de Gier geduldig. «Appetitlich. Unwiderstehlich. Ziehen Sie sich bitte an. Der Adjudant wartet im Präsidium auf seine neue Kriminalbeamtin, und wir müssen den Deutschen aufsuchen. Ich werde draußen warten.»

«Sie warten hier. Sie haben schon alles gesehen, aber es wäre mir lieber, wenn Sie zum Fenster hinausschauten, während ich mich ankleide. Was soll ich anziehen? Ich habe noch nie ohne Uniform gearbeitet. Ein Kleid? Jeans und Bluse?»

«Ein Kleid. Das Hotel *Oberon* ist ein erstklassiges Haus.»

«Sollten Sie dann nicht eine Krawatte tragen?»

«Ich trage nie Krawatten. Beeilen Sie sich.»

«Mir gefällt die Art, wie Sie sich kleiden», sagte Asta, während ihr Baumwollkleid raschelte. «Ein Schal ist elegant. Sie sind ein eleganter Mann; die sind rar bei der Polizei. Ich habe noch keinen darunter gesehen, bis auf Sie. Nicht einmal Brigadier Jurriaans ist elegant.»

«Sie mögen ihn, nicht wahr?»

«Ja.»

«Stimmt es, daß Sie beide abends mal ausgegangen sind und sich betrunken haben, daß Sie sich auf einem Tisch ausgezogen und es auf einem Orientteppich mit einer Freundin getrieben haben?»

«*Wie?*»

«Stimmt es?»

«Wer hat Ihnen das erzählt?»

«Ich hab's gehört», sagte de Gier.

«Ich und Brigadier Jurriaans?»

«Stimmt.»

«Ich habe mal ein Glas mit ihm getrunken; er kam zu Beelema und war bekümmert. Er hatte Streit mit seiner Frau gehabt. Ich kenne seine Frau, sie ist reizend. Jurriaans kann manchmal mürrisch sein. Er sollte über sein Privatleben nicht mit einer anderen Frau sprechen, aber mir machte es nichts aus.»

«Sie sind nicht irgendwo mit ihm hingegangen?»

«Nein.»

«Wären Sie gern mit ihm gegangen?»

Sie packte seine Schultern und drehte ihn herum. «Selbstverständlich. Ich liebe ihn. Ich würde alles für ihn tun. Sogar auf Tischen tanzen und es auf einem Teppich treiben.»

«Mit einer anderen Frau?»

«Wenn er es möchte. Wollen wir gehen? Ich bin bereit.»

De Gier fühlte sich unbehaglich, aber die Fahrt dauerte nicht lange. Der Deutsche war nicht im Hotel, aber er schob seine Körpermassen durch die gläserne Drehtür, als sie gerade eine Einladung für ihn hinterlassen wollten, ins Präsidium zu kommen.

«Polizei? Ich will nicht mit der Polizei sprechen. Oder ist es wegen meines Wagens? Haben Sie meinen Wagen gefunden?»

De Giers Deutsch war langsam und mühsam; der fette Mann verstand nicht, bis Asta half. Ihr Deutsch war nicht viel besser als das des Brigadiers, aber sie hatte eine bessere Aussprache.

«Wir haben den Wagen gefunden, aber wir müssen mit Ihnen reden. Führen Sie uns in Ihr Zimmer.»

Das Zimmer war geräumig und gut eingerichtet. Der Deutsche bot ihnen keinen Stuhl an, obwohl er selbst sich setzte. Er öffnete eine Thermosflasche und füllte den Becher mit Limonade.

«Sie haben meinen Wagen gefunden, wo ist er?»

«Kennen Sie Mijnheer Boronski, Jim Boronski?»

«Ja. Nein. Was geht das Sie an?»

«Wie ist Ihr Name? Zeigen Sie uns Ihren Paß.» Für de Gier war es unmöglich, höflich zu diesem Mann zu sein. Er fing den Paß auf, den der Deutsche ihm zuwarf, und öffnete ihn. «Karl Müller. Was machen Sie beruflich?»

«Meine Firma importiert Holz. Ich kaufe es von Herrn Boronski. Er verschifft Holz aus Kolumbien und Peru an mich. Wir sind Männer, die miteinander Geschäfte machen, mehr nicht.»

«Mijnheer Boronski wurde heute morgen dood in Ihrem Wagen gevonden.»

«Was?»

De Gier schaute Asta an.

«*Tot*», sagte Asta, «in Ihrem Wagen.»

Müllers dicke rote Hände zitterten. Er stellte Thermosflasche und Becher wieder auf den Tisch.

«Tot, Herr Boronski ist tot?»

«Mausetot.»

«Wie ist er gestorben? Ist er ermordet worden?»

«Das wissen wir noch nicht. Wir sind gekommen, um Sie zu fragen, ob Sie etwas wissen.»

Müllers Wangen bebten. Schweiß lief ihm über das Gesicht. Er wollte etwas sagen, aber die Worte blieben ihm im Hals stecken. De Gier rückte seinen Stuhl näher heran.

«Er starb in der Nacht. Wo waren Sie in der vergangenen Nacht?»

«Ich war aus. In einer Bar und einem Club. Ich kam spät zurück.»

«Wie spät?»

«Vielleicht um zwei oder etwas später.»

«Erinnern Sie sich, wo Sie gewesen sind?»

«Ja.»

«Schreiben Sie die Namen der Etablissements auf und die Uhrzeiten, an denen Sie dort waren.»

Während Müller schrieb, überlegte de Gier den nächsten Schritt. Die Antworten des Mannes waren bis jetzt akzeptabel. Es gab keine Beschuldigung, denn wenn der Arzt recht hatte, wurde Boronski nicht ermordet. Müllers Paß schien in Ordnung zu sein. Der Versuch, den Mann festzunehmen, könnte alle möglichen Unannehmlichkeiten nach sich ziehen. Er schaute noch einmal in den Paß. Der Mann kam aus Hamburg. Man könnte sich bei der Hamburger Polizei erkundigen.

Er nahm den Zettel vom Tisch und las die Namen der Bar und des Clubs. Er kannte die Bar, ein ziemlich achtbares Lokal. Das andere war ein Sexclub, teuer und angeblich erstklassig. Er war noch nie dort gewesen und konnte sich nicht erinnern, ob das Lokal je in einem Polizeibericht aufgetaucht war. Wenn Müller angab, er sei dort gewesen, sagte er vermutlich die Wahrheit.

«Ich muß diesen Paß einbehalten und Sie bitten, dies Hotel nicht zu verlassen, bis Sie von uns hören. Sagen Sie uns alles, was Sie über Mijnheer Boronski wissen.»

«Soll ich Notizen machen?» fragte Asta.

«Ja, bitte.»

Das Mädchen schlug die Beine übereinander und richtete den Kugelschreiber auf ein neues Notizbuch. De Gier lächelte und schaute weg. Sie hatte schlanke Beine und Fesseln.

Müller hatte seine Krise anscheinend überwunden und sprach ungezwungen. Er habe mit Boronskis Firma in Bogota, Kolumbien, seit Jahren korrespondiert und mit ihm regelmäßig Geschäfte gemacht, seit er mit dem Holzimport aus jenem Teil der Welt begann. Nach und nach hätten die Lieferungen beträchtliche Proportionen angenommen, und da noch größere in Aussicht stünden, habe er gedacht, er solle seinen Lieferanten treffen. Boronski habe gesagt, er werde nach Amsterdam reisen, und sie hätten sich verständigt, im selben Hotel abzusteigen.

«Sie sind also speziell gekommen, um ihn zu treffen?»

Nein, Müller habe auch noch andere Geschäfte in Amsterdam zu erledigen.

«Was wissen Sie über Boronskis Privatleben?»

Nicht viel. Boronski sei nicht verheiratet, habe keine Verwandten in Holland und sei seit vielen Jahren nicht mehr hier gewesen. Er fahre einen Porsche, den er jetzt erst gekauft hatte und mit nach Kolumbien nehmen wollte.

«Fehlte ihm gesundheitlich etwas?»

Ja, er habe über Magenschmerzen geklagt.

«Hat er viel getrunken?»

Ja, aber nicht bis zu dem Punkt, daß er sehr betrunken geworden sei.

«Frauen?»

Nicht, daß Müller wüßte.

«Besuche in Sexclubs?»

Ja.

«Hat er einen Arzt aufgesucht?»

Müller wußte es nicht.

«Können Sie uns irgendwelche Korrespondenz mit Boronskis Firma zeigen?»

Nein, nicht hier. Müller behauptete, die Korrespondenz sei in seinem Büro in Hamburg abgelegt.

«Wo ist mein Wagen?»

De Gier sagte, wo der Wagen stand. «Sie können ihn zurückhaben. Die Zündung war kurzgeschlossen und das Schloß vom Kofferraum aufgebrochen, aber das Türschloß nicht. Haben Sie es vergessen?»

Müller nickte. «Ich habe vergessen, die Tür abzuschließen. In Amsterdam stehlen sie alles. Schlimme Stadt, schlechtes Essen, zu teuer.»

«Sie hätten zu Hause bleiben sollen.»

«Kann ich gehen und meinen Wagen holen?»

«Ja, Sie können sich in der Stadt frei bewegen, solange Sie beim Hotelempfang eine Nachricht hinterlassen, wo Sie zu finden sind.»

«Wann bekomme ich meinen Paß zurück?»

«Bald.»

«Ich wollte abreisen. Sie werden für die Zeit, die ich zusätzlich im Hotel verbringen muß, bezahlen müssen.»

«Gehen wir», sagte de Gier und hielt Asta die Tür offen. Er ging ohne Abschiedswort und schloß die Tür hinter sich mit etwas zuviel Kraft.

«Ein Schwein», sagte Asta. «Sollen wir uns beim Empfangstisch nach Boronski erkundigen?»

Der Hotelmanager bat sie in sein Privatbüro und bestellte Kaffee. Er war sowohl höflich als auch präzise.

«Mijnheer Boronski? Tot? Wie bedauerlich.»

«Sehr. Er lebte in Kolumbien und hatte keine Verwandten. Es könnte schwierig für Sie werden, seine Rechnung einzutreiben.»

«Vielleicht, aber das ist ein Berufsrisiko.»

«Hat er irgend etwas gemacht, das besondere Aufmerksamkeit erregte?»

«Ja», sagte der Manager, «er hat uns bei mehreren Gelegenheiten Scherereien gemacht, und ich habe mir überlegt, ob ich ihn bitten soll zu gehen. Da war die Sache mit dem Mädchen und der Ärger mit seinem Wagen. Er war anscheinend sehr verstört und hatte außerdem Schmerzen. Ich schlug vor, er solle einen Arzt aufsuchen. Mit seinem Magen war etwas nicht in Ordnung.»

De Gier richtete sich auf. «Ärger mit einer Dame? Würden Sie das erläutern?»

«Selbstverständlich. Wann war es? Am vergangenen Donnerstag, glaube ich, oder Mittwoch. Es wird im Anmeldungsbuch stehen. Eine Dame trug sich ein. Ich war an dem Abend im Empfang. Ich erinnere mich gut an sie, eine ziemlich attraktive Frau. Wollte nur eine Nacht bleiben, gutgekleidet, Koffer von guter Qualität, zurückhaltend, sagte nicht viel, hatte keine Kreditkarte, zahlte also bar im voraus. In der Nacht war ich nicht im Hotel, ich ging bald nach ihrer Ankunft. Das Nachtpersonal berichtete morgens, es habe Ärger mit Mijnheer Boronski gegeben. Wirklich eine seltsame Geschichte. Anscheinend hat er versucht, in ihr Zimmer zu gelangen, ist tatsächlich auch hineingekommen und hat sie belästigt.»

«Versuchte Notzucht?» fragte de Gier.

«Nein, nein. Ich sage Ihnen, es ist eine seltsame Geschichte. Er behauptete, sie sei in seinem Zimmer, er kenne sie, er habe mit ihr verabredet, daß sie die Nacht bei ihm verbringen werde, und die Dame behauptete, sie habe den Mann noch nie gesehen. Sie rief im Empfang an, mein Assistent ging hinauf. Boronski hatte jede Selbstbeherrschung verloren, der Mann hatte Schaum vor dem Mund, glaube ich, und dann stellte mein Assistent fest, daß Boronskis Zimmer nebenan war. Eine ganz schöne Aufregung. Die Dame war so verstört, daß sie ihren Koffer packte und ging. Mein Assistent versuchte, sie zu beruhigen, er entschuldigte sich, bot Frühstück und so weiter gratis an, Getränke, alles was sie wollte, aber sie war beharrlich.»

«Hat sie ihr Geld zurückerhalten?»

«Oh, ja.»

«Und Boronski?»

«Er suchte mich am nächsten Morgen auf und sagte, sein Zimmer sei auf teuflische Weise vertauscht worden, denn seine Sachen seien alle genauso arrangiert gewesen, wie er sie verlassen habe, aber sie seien im anderen Zimmer. Ich glaubte ihm selbstverständlich nicht. Ich zeigte ihm sogar das Anmeldebuch. Er hatte Zimmer 14, nicht 12, von Anfang an hatte er Zimmer 14. Boronski sagte mir auch, die Frau sei nachmittags in seinem Zimmer gewesen. Er habe sie irgendwo auf der Straße getroffen, sie sei eine Prostituierte. Die, äh, Begegnung sei höchst zufriedenstellend gewesen, und sie habe versprochen, abends um zehn wiederzukommen. Er sei vor zehn in sein Zimmer gegangen, und sie sei auch dort gewesen, habe ihn jedoch nicht erkannt.»

«Würde es nicht jemand hier beobachtet haben, wenn sie in Begleitung von Mijnheer Boronski gewesen wäre?»

Der Mananger verbarg ein Gähnen hinter einer zierlichen Hand. De Gier stellte fest, daß er polierte Fingernägel hatte.

«Entschuldigen Sie, nein, niemand hat etwas gesehen; wir haben hier vierundsechzig Zimmer, da herrscht ein ständiges Kommen und Gehen.»

«Wie hätte sie in sein Zimmer gelangen können? Boronski hatte den Schlüssel, nicht wahr?»

Der Manager gähnte noch einmal. «Entschuldigen Sie mich bitte, ich habe in letzter Zeit nicht viel Schlaf gehabt. Ich weiß es nicht.»

«Erstaunlich», sagte de Gier. «Sie erwähnten auch noch anderen Ärger, irgendwas mit einem Wagen?»

«Ja, noch so eine unglaubliche Geschichte. Er kam zu mir und sagte, sein Wagen, ein nagelneuer Porsche, gerade erst gekauft, steuerfrei, um ihn mit nach Südamerika zu nehmen, habe plötzlich das Lenkrad *an der falschen Seite* gehabt. Ich bitte Sie. Glücklicherweise wußte ich da schon, daß der Mann nicht richtig im Kopf ist; das war nach der Sache mit der Dame, wissen Sie. Ich wollte ihm nicht zuhören, aber er zog mich praktisch auf die Straße. Der Wagen war da, ein herrliches Stück, silberfarben, rotes Lederpolster, muß ihn ein Vermögen gekostet haben. Die Zulassungsschilder waren speziell, kolumbianische, muß sie durch das Konsulat hier bekommen haben. Das Lenkrad war auf der rechten Seite, und er sagte, es sei auf der linken gewesen, als er den Wagen am Vortag gekauft habe. Ganz unmöglich. Ein Lenkrad zu versetzen ist ein größerer Arbeitsgang, nicht eine Sache, die jemand mit einem Schraubenzieher und ein paar Schraubenschlüsseln innerhalb weniger Minuten erledigt. Das war morgens. Er sagte, er habe den Wagen vor dem Hotel geparkt, habe eine Stunde in seinem Zimmer gearbeitet, sei herausgekommen und habe die Veränderung gesehen. Er rief die Niederlassung an, bei der er den Wagen gekauft hatte, und der Mann dort bestätigte, daß das Lenkrad auf der linken Seite sei. Boronski sagte also, ich solle die Niederlassung anrufen, aber ich weigerte mich. Ich wollte ihm nicht zuhören. Es war sein Wagen und sein Verstand. Wir stellen nur Zimmer und Essen zur Verfügung.» Der Manager lachte. «Jedenfalls war das Lenkrad am nächsten Tag wieder an der richtigen Stelle, also hatte man den Schaden beseitigt.»

De Gier glotzte. Asta hörte auf zu schreiben.

«Habe ich richtig gehört?» frage de Gier. «Oder werde ich auch verrückt?»

«Sie haben richtig gehört, aber der Mann war verrückt.»

«Haben Sie den Wagen noch einmal gesehen?»

«Nein. Er wollte ihn mir zeigen, aber ich weigerte mich, den

Empfangstisch zu verlassen. Verdammt noch mal, ich bin kein Psychiater, ich bin Hotelmanager. Es hatte da noch all den anderen Unsinn gegeben. Seine Uhr verschwand aus seinem Badezimmer und tauchte eine Stunde später an der Stelle wieder auf, an der sie die ganze Zeit hätte sein sollen. Er schickte seine Kleidung in die Reinigung, und zurück in sein Zimmer kamen die falschen Sachen. Eins der Mädchen prüfte das nach, aber da hatte sie sich schon wieder in die richtige Kleidung verwandelt. Mijnheer Boronski litt an irgendeiner Form von Paranoia. Er halluzinierte. Körperlich war er ebenfalls krank, er klagte über Magenkrämpfe, und wir mußten ihm zum Abendessen Haferbrei servieren; er machte den Zimmerkellner fertig, weil er alle halbe Stunde wegen eines Glases Milch anrief. Ich bin froh, daß er uns verlassen hat.»

«Ja», sagte de Gier.

«Selbstverständlich tut es mir leid, daß er gestorben ist, Brigadier. Tja, wenn es noch etwas gibt, womit ich Ihnen helfen kann.» Der Manager schaute auf seine Uhr. «Ich fürchte, ich ...»

De Gier stand auf. «Ich danke Ihnen.»

Asta stolperte im Korridor, der Brigadier beugte sich vor, um sie am Arm aufzufangen, und sie drehte sich um und küßte ihn auf den Mund.

«He!»

«Ich habe mir das gewünscht, etwas dagegen?»

«Nein.»

«Küß mich noch einmal.»

«Du hast mich geküßt. Ich küsse keine Kolleginnen während der Arbeitszeit. Möchtest du Kaffee?»

Sie setzten sich für eine Weile ins Café des Hotels. Asta bediente den Brigadier, sie rührte sogar den Kaffee für ihn um. Er grinste.

«Du bist eine Sklavin. Ich dachte, junge Frauen sind so etwas nicht mehr.»

«Was nicht?»

«Unterwürfig.»

«Ich bin gern unterwürfig», flüsterte Asta. «Ich bin altmodisch. Es gefällt mir, wenn ich auf dem Rücken liege und der Mann auf mir liegt. Ich bin gern gefällig. Es ist schade, daß du nichts zu tragen hast. Ich würde es für dich tragen, selbst wenn es sehr schwer wäre.»

«Hast du viele Männer gehabt?»

Sie schob die volle Unterlippe vor, und ein winziges Runzeln kräuselte die glatte Stirn. Sie blies eine Locke an, die ihr in die Augen hing.

«Hmm. Nicht zu viele. Ich habe einige junge Männer ausprobiert, aber die waren nicht gut, zu schnell. Die älteren Männer sind meistens verheiratet, und wenn sie mich umarmen, weiß ich, daß sie hinter meinem Nacken auf die Uhr schauen. Ich kann es in ihren Augen sehen. Sie sind langsam und höflich, aber sie gehen, wenn es vorbei ist. Du wirst doch wohl nicht so sein, oder?»

«Vielleicht doch. Wem hast du geglaubt, dem Manager oder Boronski?»

«Boronski.»

«Warum?»

«Erinnere dich, daß ich seine Leiche gesehen habe», sagte Asta. «Ich mochte ihn überhaupt nicht mit dieser niedrigen Stirn und den zu eng beieinanderstehenden Augen. Ich habe Männer mit niedriger Stirn und eng beieinanderstehenden Augen gekannt, die mir gefielen, aber Boronski hatte etwas Widerliches an sich. Aber er würde nicht so lügen. Und der Manager existierte nicht wirklich, ist dir das aufgefallen?»

«Wie meinst du das?»

«Er war wie das Hotel. Es sieht ganz gut aus, aber ist man erst einmal darinnen, kann man erkennen, daß alles hohl ist. Man hat versucht, die Würde der Vergangenheit wiederzuerlangen; das Hotel hat die richtige Architektur und die richtige Verbrämung, aber es steckt nichts darin. Alles ist hohl, voller Luft. Das war er auch. Er ist wie eine Puppe, die ich mal hatte. Ich warf sie weg. Selbst wenn ich ihr Gesicht kratzte oder ihre Kleider zerriß, war sie nicht da.»

«Wie stellen wir fest, wer uns die Wahrheit gesagt hat?»

Sie kicherte. De Gier schaute auf. Das Kichern war vulgär. Es erinnerte ihn an den Schrei eines zerzausten Papageis im städtischen Zoo. Er verbrachte immer ein paar Augenblicke bei ihm, wenn er sich in den Zoo verirrte. Der Papagei war ein reizend ordinärer

Vogel, ganz anders als seine prächtigen Artgenossen, die von ihren hohen Sitzstangen aus arrogant die vorbeiziehende Menge beäugten. Bis jetzt hatte er von Asta den Eindruck gehabt, sie sei gebildet, anders als die übrigen Polizistinnen, mit denen er zusammengearbeitet hatte.

«Prüfst du mich, oder weißt du nicht, wie festzustellen ist, ob Boronski Dinge gesehen hat, die nicht da waren?»

«Sagen wir, ich prüfe dich», sagte de Gier.

Sie langte in ihre Handtasche und gab ihm Notizbuch und Kugelschreiber. «Nein. Schreib die Lösung auf, und falte den Zettel, dann werde ich dir sagen, was zu tun ich vorschlage, und wir werden sehen, ob wir das gleiche wollen.»

Er schrieb, während sie in die andere Richtung schaute. «Gut. Sag mir, was wir tun.»

«Boronski muß seinen Porsche in der Nähe des Hotels geparkt haben. Wir werden ihn finden und sehen, auf welcher Seite das Lenkrad ist. Wir wissen, es war auf der rechten Seite, als der Manager den Wagen sah. Falls es jetzt auf der anderen Seite ist, hat Boronski die Wahrheit gesagt.»

«Stimmt», sagte de Gier.

«Darf ich sehen, was du geschrieben hast?»

«Nein.» Er zerknüllte den Zettel und steckte ihn in die Tasche.

«Habe ich recht?»

«Suchen wir den Wagen.»

Sie fanden den Wagen ein paar Häuserblocks weiter an der Prinsengracht. Unter dem Scheibenwischer steckten zwei Bußgeldzettel. De Gier merkte sich die Stelle, rief von der nächsten Telefonzelle aus das Präsidium an und sagte denen, sie sollten den Wagen abschleppen. Das Lenkrad des Wagens befand sich auf der linken Seite.

4

Sie haben die gleiche Augenfarbe, dachte Grijpstra, als er die Kommunikation zwischen dem Commissaris und dem Mädchen beobachtete. Er nannte sie immer noch das Mädchen, und die Erinnerung an die göttliche Vision, als er sie de Gier geschenkt hatte, war klar in seinem Verstand. Das sonnenhelle antike Zimmer, das der Commissaris als Büro benutzte, hätte ihn erfreuen sollen, wie so oft, wenn die Kriminalbeamten unter der wohlwollenden Leitung ihres Chefs einen Fall erörterten, aber diesmal war es nicht so. Er fühlte sich zuerst wieder gut und fiel leicht in seine Rolle als Erzengel, der einem besonderen Sterblichen, seinem geschätzten Freund, ein vollendet schönes Mädchen übergibt. Der Adjudant sann nach und zog an seiner Zigarre, die schlecht schmeckte, aber zuviel kostete, um sie wegzuwerfen. Das Scheinwerferlicht der Vision schwenkte weg von Asta – ihre übereinandergeschlagenen Beine ließen genug von den Schenkeln sehen, um Grijpstras fleischliche Lust zu erregen, die er so erfolgreich auf den Brigadier übertragen hatte – auf den Teich, der Teil seiner ursprünglichen Phantasie gewesen war. Damals war der Teich voller verschiedener tierischer Gestalten gewesen, die vergnügt im Spiel beschäftigt waren. Er konnte sie jetzt deutlicher sehen. Es waren Ungeheuer. Ein reptilartiger Vogel hatte etwas gefangen, das ein Eichhörnchen sein könnte, aber Froschbeine hatte. Die Vogelaugen hatten einen bösartigen Glanz, er genoß die verzweifelten Bewegungen seines Opfers. Ein geflügelter Fisch war dabei, den Teich zu verlassen, um einen Prachtvogel anzugreifen, der von dem Wasser trinken wollte, das nicht mehr klar war. Eine andere Gestalt, halb Fisch, halb Landtier, schwamm herum und las ein kleines Buch, ein Buch voller Zauberformeln und Verwünschungen, nahm Grijpstra an, als er versuchte, den Text zu lesen. Er schüttelte sich und stimmte sich auf das Gespräch ein.

«Wir haben also einen Hinweis», sagte der Commissaris, «wir könnten es eine konkrete Tatsache nennen. Sehr gut, Asta, wir sollten Brigadier Jurriaans dankbar sein, daß er dich an uns ausgeborgt hat. Du hast uns einige Arbeit erspart, obwohl ich glaube, daß der Wert von Boronskis anderen Beschuldigungen ebenfalls ermittelt werden sollte. Vielleicht kann der Brigadier heute abend noch einmal zum Hotel gehen und feststellen, welchen Namen die Dame benutzte, als sie sich eintrug. Es könnte ihr richtiger Name und jener Teil von Boronskis Geschichte unwahr sein, wenn sich allerdings ein Teil seines Alptraums mit der Wirklichkeit verbindet, könnten die anderen ... Du hast vorgeschlagen, den Wagen zu suchen, nicht wahr, Asta?»

«Entschuldigung, Brigadier», sagte Asta und stand auf. Sie ging hinüber zu ihm, griff in die Seitentasche seiner Jacke und holte einen zerknüllten Zettel heraus. Sie las ihn und lachte.

«Der Brigadier hat mir etwas beigebracht, Mijnheer. Wir machten ein Spiel. Ich wollte sagen, was wir nach meiner Meinung tun sollten, und er wollte seine Idee aufschreiben. Hier bitte.»

Der Commissaris las die Notiz. «*Finde den Wagen, den Boronski erwähnt hat.*»

«Aha.» Der Commissaris nahm die Brille ab, hauchte sie an und rieb sie leicht mit seinem Taschentuch. «Aber du solltest ihn nicht in Schutz nehmen, meine Liebe.» Er wandte sich an de Gier. «Und du solltest nicht lächeln. Du bist schon lange in diesem Spiel. Glaubwürdigkeit ist ... Grijpstra, du hattest einen guten Ausdruck für Glaubwürdigkeit, wie war das noch?»

«Ein Furz in einer braunen Papiertüte, Mijnheer.»

«Genau. Wir haben jedoch den Porsche und die Aussage des Hotelmanagers. Wir haben auch eine Leiche, an einer Krankheit gestorben, aber im Kofferraum eines Wagens mit heruntergeklapptem Deckel gefunden. Was noch?»

«Einen widerwärtigen Deutschen», sagte de Gier.

«Ah, ja. Es freut mich, daß du ihn näher bestimmst, denn es gibt auch gute Deutsche. Ich erwähne den Punkt, weil ich lange brauchte, um einzugestehen, daß es intelligente, feinfühlige und hoch kultivierte Deutsche gibt. Während des Krieges neigte ich dazu, es zu vergessen, zu meinem Schaden, darf ich sagen. Aber wir *haben* den Mann nicht. Es gibt keine Beschuldigung. Hast du vor, nach einer Bestätigung dafür zu suchen, wo er sich gestern abend aufgehalten hat?»

«Ich dachte, ich könnte in den Nachtclub und in die Bar gehen?»

«Darf ich gehen, Mijnheer?» fragte Asta.

Der Commissaris betrachtete die leichte Gestalt des Mädchens. Er zögerte. Asta machte einen Schmollmund. «Ich bin nicht so schwach, wie ich aussehe.»

Er nickte. «Ich weiß. Brigadier Jurriaans hat es mir gesagt, und ich habe gehört, was du dem Hund bei Beelema angetan hast. Also gut, du kannst gehen, wenn du willst. In diesem Fall kann Grijpstra das Hotel noch einmal aufsuchen, und de Gier kann hierbleiben. Da soll ein Fernschreiben von der Hamburger Polizei kommen. Ich habe sie gebeten, uns jede Information zu geben, die sie möglicherweise über Herrn Müller hat. Sollte nichts Ungewöhnliches dabei sein, Brigadier, mußt du ihm den Paß zurückgeben. Ich halte nichts davon, unnötig Zivilisten zu verärgern, vor allem nicht, wenn sie unsere Gäste sind. Ich soll heute abend früh Schluß machen, sagte mir meine Frau. Du kannst hier auf die Antwort aus Deutschland warten, und deine Kollegen können sich bei dir melden, wenn etwas auftaucht, damit ihr eure weiteren Aktionen planen könnt. Nun.» Er öffnete eine Schublade seines Schreibtisches und hielt eine Brieftasche hoch.

«Ich habe mir den Inhalt von Boronskis Brieftasche angeschaut. Da ist ein ziemlich hoher Betrag an Bargeld. Hier sind seine Kreditkarten und eine alphabetische Aufstellung von Namen mit Telefonnummern, die meisten in Kolumbien und Peru, wie mir scheint, und einige hier in Europa. Herr Müller ist auch dabei – eine Büro- und eine Privatnummer, wir können also annehmen, daß die beiden Männer einen ziemlich vertrauten Umgang miteinander hatten. Fotos sind nicht dabei, bis auf eins, das mir der Fotoraum freundlicherweise kopiert hat. Es ist ziemlich klein und schwarzweiß, aber ich möchte, daß ihr es genau betrachtet. Der Fotoraum hat mir davon ein Dia gemacht, das ich jetzt projizieren werde; würde Asta vielleicht die Vorhänge zuziehen?»

Der Commissaris machte sich an einem Projektor zu schaffen, und Grijpstra stellte eine Leinwand auf. Das Bild war in Lebensgröße. Es zeigte eine baumlose, verkehrsreiche Straße mit breiten Bürgersteigen. Boronski und eine Begleiterin gingen Arm in Arm auf die Kamera zu; um sie herum waren einige Männer im schwarzen Anzug und mit dunklem Gesicht. Straßenhändler verkauften ihren

Kram aus schäbigen Koffern. Schmutzige Kinder liefen vor dem Paar her.

«Aufgenommen von einem Straßenfotografen», sagte de Gier.

«Das dachte ich auch, Brigadier. Es muß in Südamerika sein. Bedenkt bitte, es war das einzige Foto in der Brieftasche, Boronski muß es also sehr geschätzt haben. Was haltet ihr von der Frau? Laßt euch Zeit mit dem Betrachten.»

Im Raum wurde es eine ganze Minute lang still.

«Was meint ihr? Die Dame zuerst. Asta?»

«Die Frau ist Niederländerin, Mijnheer. Dessen bin ich mir sicher. Der Rock, den sie trägt, ist teuer, aber er wurde vor zwei Monaten in Amsterdam angeboten. Es ist Tweed, ich erinnere mich, daß C&A dafür Reklame gemacht hat. Seltsam, daß sie in Südamerika Tweed trägt; ist Kolumbien nicht ein warmes Land?»

«Doch, aber Bogota hat ein kühles Klima. Die Stadt liegt über zweitausendsechshundert Meter hoch und ist gewöhnlich eisig. Ich habe heute nachmittag in meiner Enzyklopädie nachgeschaut. Bist du dir sicher mit dem Rock, Konstabel?»

«Absolut, Mijnheer, die Frau trägt die komplette Kombination, die C&A inseriert hat. Die Weste paßt zum Rock und hat einen besonderen Schnitt, den sogenannten Groninger Stil. Ursprünglich war es nur ein Stil für Männer, aber C&A brachte ihn für Frauen heraus. Sogar die Bluse paßt zu der beschriebenen Kombination.»

«Ich würde auch sagen, daß die Frau Niederländerin ist, Mijnheer», sagte de Gier. «Sie ist etwa dreißig Jahre alt und noch schlank, aber sie wird bald schwer sein, und sie hat ein Gesicht, das von hier stammt. Vielleicht ist es die Frisur, aber es sind auch die Gesichtszüge.»

«Was meinst du, Grijpstra?»

«Sie ist verheiratet, Mijnheer. Ich sehe den Ehering, dick, Gold, ohne Stein. Ein altmodischer Ehering an der linken Hand, falls das Foto nicht seitenverkehrt ist. Ist in Kolumbien Links- oder Rechtsverkehr?»

«Ich weiß es nicht. Auf dem Foto fahren die Wagen rechts.»

«Rechtsverkehr», sagte de Gier. «Ich habe eine Liste der Länder mit Linksverkehr gesehen, Kolumbien war nicht dabei.»

«Gut. Wir wissen, daß Boronski nicht verheiratet ist, Herr Müller hat es uns gesagt. Dies wäre also ein Verhältnis. Verhältnisse sind durchaus alltäglich, aber wir könnten versuchen festzustellen, wer die Frau ist. Bogotá ist eine große Stadt mit zwei Millionen Einwohnern, aber ich glaube nicht, daß drüben sehr viele von unseren Landsleuten sind. Ich kann es bei unserer Botschaft dort versuchen; ich könnte es auch bei der Polizei versuchen, aber wie ich höre, ist es schwierig, mit ihr Kontakt aufzunehmen. Wir hatten mal einige illegale kolumbianische Einwanderer, die mit dem Gesetz in Konflikt geraten waren, und wir konnten keinerlei Information bekommen. Ich werde sehen, ob ich über Fernschreiber mit jemand Verbindung aufnehmen kann, vielleicht kann uns das Außenministerium beistehen; es ist auch früher schon hilfreich gewesen. Ist euch noch etwas aufgefallen?»

«Ja», sagte Asta. «Ich glaube, ich sehe etwas. Die Frau ist verliebt. Der Mann nicht. Er gibt mit ihr an, aber er will sie nur ins Bett ziehen und dann wieder loswerden.» Die Stimme des Mädchens war gleichförmig, aber beim letzten Teil des Satzes ein wenig zittrig. Im Raum wurde es still.

«Nun gut», sagte der Commissaris, «du kannst die Vorhänge wieder aufziehen, meine Liebe.»

De Gier half dem Commissaris, den Projektor in den Behälter zu packen, und Grijpstra rollte die Leinwand auf. Der Commissaris hinkte zur Tür.

«Was macht Ihr Bein, Mijnheer?»

«Schlimmer geworden», sagte der Commissaris, «und im Sommer sollte das nicht der Fall sein. Gewöhnlich stillt die Hitze die Schmerzen. Und meine Frau sitzt mir im Nacken, sie will, daß ich mich ausruhe; vielleicht sollte ich auf sie hören.»

Asta und de Gier waren gegangen.

«Was halten Sie von diesem Fall, Mijnheer?»

«Was weiß ich, Grijpstra? Ich habe die Leiche nicht gesehen. Ich leiste gegenwärtig keine gute Arbeit. Was hältst denn *du* von dem Fall?» Er schloß die Tür und deutete auf einen Stuhl. «Ich habe noch einige Minuten Zeit, bevor meine Frau sich meldet.»

«Kennen Sie den Leichenhallenwärter, diesen Jacobs, Mijnheer?»

«Ja. Er ist schon lange in der Leichenhalle, aber oft krank. Der Mann hat Auschwitz überlebt. Seltsam, daß er sich eine so morbide Beschäftigung gesucht hat, nach allem, was er durchgemacht hat. Er ist als einziger zurückgekommen, seine Verwandten sind alle gestorben. Hast du ihn heute getroffen? Ich bin froh, daß er geistig wieder gesund ist, er war eine Zeitlang in der Anstalt.»

«Er sprach heute morgen über die Toten, Mijnheer, als wir uns die Leiche anschauten. Die Art, in der er sprach, interessierte mich. Er sagte, die Toten lungerten manchmal in der Leichenhalle herum und seien ängstlich und er spreche zu ihnen und bemühe sich, sie zu beruhigen und auf ihren Weg zu schicken. Ich habe ihn noch einmal besucht, bevor ich vorhin hergekommen bin. Die Leichenhalle ist in der Nähe, und ich wollte ihn noch etwas fragen.»

Grijpstra fummelte mit einer Zigarre herum. Der Commissaris knipste sein Feuerzeug an und wartete.

«Mir gefiel die Leiche nicht, Mijnheer. Ich habe Leichen immer besondere Aufmerksamkeit geschenkt, das gehört zur Arbeit; manchmal gewinnt man irgendeinen Eindruck, der hilfreich ist. Erinnern Sie sich an den Fall mit dem blonden Affen, Mijnheer?»

«Ja. Diese Mevrouw Carnet?»

«Ja. Sie sah siegesbewußt aus, als hätte sie ein Ding geschaukelt, unmittelbar bevor sie umgebracht wurde. Es gab andere Fälle, in denen Leichen auf etwas hinwiesen. Dieser Boronski war anders, er starb eines natürlichen Todes, aber ich hatte einen bestimmten Eindruck des Bösen, des verborgenen Bösen, einer extremen Selbstgefälligkeit. Es war auch Furcht dabei, aber das spürt man bei den meisten Leichen. Niemand ist mutig, wenn alles vorbei ist und er davor steht, ins Unbekannte einzutreten.»

«Du bist also noch einmal zu Jacobs gegangen. Warum?»

«Ich wollte wissen, was er bei dieser Leiche empfand.»

«Hat er es dir gesagt?»

«Ja. Er sagte, sie bereite ihm Ärger. Er sage, Boronski sei noch in der Leichenhalle; hassend, fluchend, wahnsinnig vor Wut.»

«War Jacobs deswegen beunruhigt?»

«Nicht sehr. Er hatte sich geschützt.» Grijpstra lächelte. «Er sagte, er habe ein durchsichtiges Ei um sich herum geschaffen und Boronskis Geist werde nicht darin eindringen können. Er sagte, er macht sich das Ei immer, wenn er einen lästigen Kunden hat. Ich fand ihn in seinem kleinen Büro, wo er friedlich eine Pfeife schmauchte und irgendein heiliges Buch auf hebräisch las.»

«Jacobs ist ein weiser Mensch», sagte der Commissaris.

Grijpstra ging schwerfällig zur Tür. Er drehte sich um, bevor er hinausging. «Sie wissen, daß wir eigentlich keinen Fall haben. Wir jagen wieder mal Phantome, ebenso wie während des Wochenendes, aber diesmal besteht de Gier darauf, daß wir weitermachen.»

«Bist du mit ihm dabei, Adjudant?»

«Das bin ich, Mijnheer.»

«Gut. Der Brigadier entwickelt sich, aber man sollte dennoch auf ihn aufpassen.»

Grijpstra ging in sein Büro zurück und sprach den leeren Korridor an. «Ich bin bei ihm», sagte er laut, «aber ich übertreibe es. Ich habe ihm sogar das hübscheste Mädchen gegeben, das ich seit langem gesehen habe, zudem ein Mädchen, das Männer meines Alters denen seines Alters vorzieht. Jetzt gehört sie ganz ihm, damit er sie nach Belieben verdirbt.»

Er stieg in den Paternoster, paßte nicht auf und fuhr ganz herum, bevor er auf der richtigen Etage ausstieg.

Er murmelte immer noch. «Ein hübsches Mädchen mit der richtigen Perversion. Eine Perle für eine Sau.»

Er zwang sich, an etwas anderes zu denken, und beschwor den Gedanken an heißes Wasser und eine scharfe Rasierklinge. Er fand sein Rasierzeug in der Schreibtischschublade und ging in die Toilette. Ah, sich in Ruhe zu rasieren, denn es gab nicht viel zu tun, nur ein gemütlicher Spaziergang zum Hotel *Oberon*, um festzustellen, wie die Frau heißen könnte, und wieder ein angenehmer Spaziergang zurück zum Präsidium, um sie mit dem Computer zu überprüfen.

Dann wechselte seine Stimmung wieder. Er sah nicht mehr die glatte Spur, die der Rasierapparat durch den blasigen Schaum zog, sondern den Teich, der in seiner Vision gewesen war, als er als Engel Asta weggegeben hatte. Der Teich war jetzt angefüllt mit trübem Wasser, und finstere kleine Tiere fielen sich in dem grünlichen

Schleim gegenseitig an. Der Anblick entnervte ihn, der Rasierapparat erfaßte die Haut, und ein dicker Tropfen Blut befleckte sein Hemd.

5

Manager sind alle gleich, dachte Asta, als sie dem Mann in einem Büro gegenübersaß, das irgendein Büro hätte sein können. Der Mann betrachtete immer noch ihren Polizeiausweis. Sein Gesicht war ausdruckslos.

«Ich bin Polizeibeamtin, wie Sie sehen können. Das Foto zeigt mein Gesicht, stimmt's? Ich bin nicht hier, um mich um eine Stelle in diesem Etablissement zu bewerben, sondern um festzustellen, ob gestern abend ein gewisser Karl Müller hier war, und ich möchte, daß Sie mir sagen, wann er kam und wann er ging.»

«Ja», sagte der Mann.

Die werden maschinell hergestellt, dachte sie. Der andere leitet ein Hotel, dieser hier ein Bordell. Es sind Angestellte, es gibt andere hinter ihnen, die vielleicht lebendig sind. Dieser Mann ist es nicht. Er kam entweder aus dem Metallmund einer phantastischen Vorrichtung, oder er wuchs auf in einer großen Schüssel mit warmer Flüssigkeit. Als er fertig war, hat man ihn herausgefischt, abgetrocknet, auf die Beine gestellt und in einen Plastikumschlag gesteckt und hergebracht. Er war bereits programmiert, so daß nichts fehlschlagen konnte. Er braucht nur noch die geilen Besucher zu begrüßen, ihr Geld zu nehmen, sie mit Alkohol vollzupumpen und sie an das richtige Mädchen zu verweisen. Ich passe nicht in seine Formel, und er weiß nicht, was er jetzt tun soll.

«Sind Sie allein?» fragte der Mann.

«Ja, aber kommen Sie nicht auf dumme Gedanken. Wenn Sie mich anfassen, mache ich aus Ihnen einen Knoten, wobei Sie beide Füße in ihrem Mund haben werden.»

Der Mann lächelte. «Wirklich?»

Asta lächelte ebenfalls. «Wirklich. Wollen Sie mir jetzt etwas über den Deutschen sagen, oder möchten Sie, daß ich Hilfe hole? Ich nehme an, Ihre Lizenz ist in Ordnung. Falls ja, könnte ich Sie immer noch beschuldigen, vom Profit der Prostitution einer anderen Person oder anderer Personen zu leben, dieser Artikel ist nicht aufgehoben worden, wissen Sie. Wir wenden ihn gelegentlich noch an.»

«Durchaus», sagte der Mann. «Tut mir leid, Konstabel. Ich habe versucht, mich an den Deutschen zu erinnern, den Sie erwähnten. Wir hatten gestern abend viel Betrieb, im Hotel gegenüber ist eine Tagung von Politikern. Bei uns war es etwas voll. Nicht wenige von den Herren waren fett und einige von ihnen Deutsche. Müller, sagten Sie, hieß er?»

«Karl Müller, ein Mann in den Vierzigern, fettleibig, oben kahl und darunter lange Fransen, viele Goldzähne, schwere goldene Uhr, heller Anzug und rote Krawatte.»

«Ah. Ja. Ich erinnere mich an die Krawatte. Rot ist meine Lieblingsfarbe. Ich werde mal bei den Kreditkartenzetteln nachsehen.»

Er öffnete eine ordentliche Akte und blätterte kleine viereckige Zettel durch, wobei er den Finger anfeuchtete.

«Hier haben wir ihn, Karl Müller, Adresse in Hamburg. Ja, ich erinnere mich an ihn. Er beschwerte sich, das Mädchen habe nicht richtig mitgemacht, er wolle einen Preisnachlaß. Ich fragte das Mädchen, was los gewesen sei, und sie sagte, sie habe sich geweigert, zu ihm in die Badewanne zu steigen. Die teureren Zimmer haben ein Bad, wissen Sie, mit vergoldeten Wasserhähnen, eine Spezialität des Hauses. Die Wannen sind riesig; dennoch blieb wenig Platz für das Mädchen. Er beschwerte sich auch über die Qualität unserer Leckerbissen; wir servieren zu den Getränken gratis kleine Leckerbissen. Sie sind gut. Bisher hat sie noch nie jemand schlecht gefunden.»

«Wann ging er?»

Er schloß den Aktenordner und stellte ihn an die rechte Ecke seines Schreibtischs, wobei er leicht mit dem Finger dagegenklopfte, so daß er parallel mit der einen Seite und senkrecht zur anderen stand.

«Er ging früh. Er verlangte ein anderes Mädchen, aber wir hatten so viele Gäste, daß die Mädchen die freie Wahl hatten, und keins wollte ihn. Manchmal gelingt es mir, ein paar Freischaffende zur Aushilfe zu bekommen, aber montags gewöhnlich nicht; die Damen ruhen sich dann vom Wochenende aus. Ich habe einige Male vergeblich telefoniert, und der Herr ist gegangen.»

«Wie spät?»

«Schwer zu sagen, es herrschte ein dauerndes Kommen und Gehen. Etwa um Mitternacht, würde ich meinen.»

«Sie müssen diesbezüglich eine Aussage unterschreiben, und ich brauche auch eine Aussage des Mädchens, das nicht in die Wanne steigen wollte. Sie muß bestätigen, wann er ging.»

Der Manager paffte seine Zigarette. Seine Augen wichen dem Dämon aus, der ihn belästigte.

«Ich fürchte, das ist unmöglich.»

«Wie Sie wollen», sagte Asta. «Ich möchte Ihr Telefon benutzen. Es ist mir egal, wie viele Sexclubs es in Amsterdam gibt, sie sind dennoch illegal. Ich werde meinen Brigadier und einige uniformierte Polizisten rufen, und wir werden dies Lokal durchsuchen. Sie verlassen diesen Raum nicht, bis meine Kollegen eingetroffen sind.»

Auf dem Schreibtisch standen zwei Telefone, das kleinere war pseudo-antik. Er nahm den Hörer ab.

«Bitte Willemine, in mein Büro zu kommen, ja? Es ist dringend, es ist mir einerlei, ob sie zu tun hat.»

Das Messer blitzte an Asta vorbei und traf die Mitte des Kreises, der auf die Schranktür gemalt worden war. De Gier kam von der anderen Seite des Zimmers herbei, um es wieder an sich zu nehmen.

«Du hättest mich treffen können», sagte Asta.

«Nein, ich habe dich um dreißig Zentimeter verfehlt. Ich bin treffsicher innerhalb eines Zolls und habe seit einem Jahr geübt. Ich war immer schlecht mit Messern. Grijpstra ist besser, nie mehr als einen Zentimeter daneben, aber er zieht zu langsam. Den Teil habe ich im Griff, denke ich; du hast nicht gesehen, wie ich das Messer zog, nicht wahr?»

«Nein.»

«Gut, aber nicht gut genug. Deine Ergebnisse sind ebenfalls nicht gut genug. Müller verließ den Club also um Mitternacht, zwei Stunden früher, als er uns erzählt hat. Das allein stellt kein Verbrechen dar. Er hat getrunken, wußte nicht, wie spät es war. Wir können den Mistkerl immer noch nicht festnehmen. Was ist aus Grijpstra geworden?»

«Hier», sagte Grijpstra. Wieder kam das Messer geflogen. Grijpstra zog die Jacke aus und hängte sie auf das Messer. «Ich war im Hotel; das Mädchen, das wir suchen, hat einen falschen Namen angegeben. Er ist nicht im Computer. Sie gab eine Adresse in Rotterdam an. Ich habe die Polizei dort angerufen, und ein Streifenwagen ist zu der Straße gefahren; die Straße gibt es, aber die Hausnummer nicht.»

«Ärgerlich», sagte de Gier, «und sie muß Hilfe im Hotel gehabt haben. Boronski muß in Zimmer 12 abgestiegen sein. Hast du das Meldebuch kontrolliert?»

«Ja. Die Eintragungen sind mit Bleistift vorgenommen worden. Der Bleistift war nicht aufgedrückt worden und die Handschrift nicht sehr deutlich. Es ist leicht, aus einer 2 eine 4 zu machen. Ich habe das Meldebuch mitgenommen und es im Labor untersuchen lassen. Die sagen, die 2 der 12 könnte ausradiert und durch eine 4 ersetzt worden sein, aber die wollen nicht darauf schwören.»

De Gier nahm Grijpstras Jacke vom Messer und hängte sie auf einen Haken. Er steckte das Messer in eine Scheide, die auf das Futter seiner Jacke genäht worden war.

«Hilfe von drinnen, vermutlich dieselbe Person, die Boronskis gereinigte Kleidung vertauscht und dann wieder ausgetauscht hat. Er oder sie muß auch seine Uhr aus dem Bad genommen und dann wieder hingelegt haben.»

Grijpstra ging zu einem abgenutzten Schlagzeug und nahm zwei konisch zulaufende Stöcke in die Hand. Er spielte auf der Seite der größten Trommel und schlug leicht am Ende eines jeden Takts auf die Mitte.

«Nein», sagte Asta. «Spielen Sie oft Schlagzeug hier?»

«Seit das Fundbüro ihm die Trommeln geschenkt hat», sagte de Gier. «Grijpstra kriegt alles umsonst, ich mußte für diese Flöte bezahlen.» Er hatte die Flöte aus seinem Schreibtisch genommen und blies einen einzigen Ton. Grijpstra setzte sich aufrecht hin und begann einen ziemlich komplizierten Rhytmus. Asta konnte nicht hören, wer wen begleitete. Die Musik schien verworrener zu werden. Die beiden Männer spielten nicht länger als fünf Minuten. De Gier legte die Flöte wieder in den Schreibtisch. Grijpstra endete, wie er begonnen hatte, mit sich verlangsamenden Schlägen auf die Seite der großen Trommel.

«Großartig! Was war das? Eine Improvisation?»

«Selbstverständlich», sagte Grijpstra. «Ibaniz hat es für Klavier komponiert. An uns hat er nicht gedacht, wir können nicht Klavier spielen.»

Asta schüttelte den Kopf. «Brigadier Jurriaans hat mir erzählt, daß ihr Musik macht, aber ich habe ihm nicht geglaubt. Das meiste, was er sagt, hat mit dem täglichen Leben nichts zu tun.»

«Das möchte ich hoffen», sagte de Gier. Das Telefon klingelte. «Gut, ich komme und hole es.»

Innerhalb von Minuten war er zurück und winkte mit einem Papier. «Hört euch das an. Auf deutsch, aber ich werde versuchen, es zu übersetzen. *Karl Müller, Kaufmann, Holzim- und -export, neben legitimen Geschäften vermutlich in unbewiesenem Rauschgifthandel in großem Ausmaß tätig. Lassen Sie uns bitte umgehend wissen, ob Sie eine Beschuldigung vorbringen können. Polizeipräsidium Hamburg, Kriminalpolizei, Rauschgiftdezernat, unterzeichnet Hauptkommissar Hans Wingel.*»

Grijpstra las das Fernschreiben und gab es Asta. Er begann, im Zimmer auf und ab zu gehen.

«Wir haben jetzt also eine Art von Konstruktion. Seit ich hörte, daß Jim Boronski in Kolumbien lebt, vermutete ich Drogen. Wir wissen, daß der Stoff aus der Türkei zu häufig abgefangen wird, und die Lieferungen kommen sowieso unregelmäßig. Kolumbien ist eine neue Quelle, die anscheinend leistungsfähiger ist, und Haschisch und Marihuana von dort sind von guter Qualität. Die Kolumbianer verkaufen auch Kokain, und das rangiert etwa so hoch wie Heroin, das heißt im Preis. Ein gerissener Mann wie Boronski und ein anderer gerissener Mann wie Müller würden lieber mit Kokain handeln; schon ein paar Pfund ergeben ein goldenes Geschäft. Nehmen wir jetzt mal an, daß Boronski ein falsches Spiel trieb und

Müller ärgerlich wurde. Er peinigt Boronski bis zu dem Punkt, wo der tot umfällt.»

«In Müllers Wagen», sagte de Gier.

«STIMMT!» rief Grijpstra. «In dem Punkt irren wir uns. Jedesmal. Die ganze blöde Sache ist unmöglich. Boronski ist krank, wird kränker, stirbt. Mehr haben wir nicht. Wir sollten den Fall einstellen und nach Hause gehen. Es ist keine Logik darin. Bis morgen.» Er zog seine Jacke an und stampfte hinaus.

«Ich habe keinen Wagen», sagte de Gier, «aber ich könnte dich zu Fuß nach Hause bringen. Du wirst außer Gefahr sein, deine Wirtin duldet keine Herrenbesuche.»

«Du kannst mich hier küssen.»

De Gier beugte sich nieder und küßte sie.

«Küßt du so? Nur einen Schmatz?»

Sie umarmte ihn. «Kannst du nicht etwas in die Knie gehen? Oder soll ich mich auf einen Stuhl stellen?»

«Nein.»

«Also gut. Ich werde *dich* nach Hause bringen. Mein Wagen steht nur zwei Häuserblocks von hier, und du wohnst im Süden der Stadt; du hast keinen Wagen und eine lange Busfahrt vor dir.»

«Wer hat dir das gesagt?»

«Brigadier Jurriaans. Ich weiß, daß du ledig bist und mit einer Katze in einer Luxuswohnung lebst und gegenwärtig keine Freundin hast.»

«Ich bin verheiratet, habe vier Kinder, und meine Frau sorgt sich um mich.»

«Nein.»

«Sagtest du nicht, daß man Jurriaans nicht trauen kann?»

Sie öffnete die Tür. «Gehen wir, Schatz.»

Der Wagen war ein alter Mittelklasse-Ford, zerbeult und rostig. Innen war er vollgestopft mit Kleidung, Zigarettenschachteln und ausgefaserten Körben mit seltsamen Gegenständen darin. Sie machte Platz auf dem Beifahrersitz. Die Ablage unter dem Armaturenbrett war ebenfalls vollgestopft. Ein verblichener Stofftiger klebte am Lautsprecher. De Gier zählte drei Schachteln mit Papiertüchern unterschiedlicher Marken, alle geöffnet.

«Wie kannst du so ordentlich aussehen, wenn du mit diesem Schrotthaufen fährst?»

«Verschiedene Teile meines Geistes offenbaren sich auf unterschiedliche Art und Weise. Dem Wagen fehlt nichts, alles funktioniert.»

Sie fuhr schnell und kümmerte sich wenig um die Verkehrsampeln. De Gier merkte es kaum. Ihre Hand lag auf seiner Schulter. Ich bin verliebt, dachte er. Ich bin seit Jahren nicht verliebt gewesen. Es ist, als kenne ich das Mädchen seit dem Tag, an dem ich mein erstes Leben begann. Er schaute auf den Tiger, der fest im Lautsprecherrahmen steckte. Vielleicht haben wir gemeinsam den Säbelzahntiger gejagt, als wir noch Affen waren. Dies ist absurd. Ich will nicht verliebt sein.

«Wir sind im Süden, fahre ich so richtig?»

Er nannte ihr die Adresse. Sie bog bei Rot ab und trat aufs Gaspedal. Die Sirene eines Streifenwagens heulte hinter ihnen auf. Sie hielt vor dem Apartmenthaus. Der Streifenwagen kam kreischend zum Stehen, und zwei Konstabel kamen herangelaufen. Asta stieg aus und zeigte ihren Ausweis. De Gier stieg ebenfalls aus.

«'n Abend.»

«'n Abend, Brigadier.»

«Habt ihr heute abend viel zu tun?» fragte de Gier.

«Nein, Brigadier. Vielleicht später. Im Fernsehen gibt es einen Krimi, alle Gauner sehen ihn. Vielleicht bekommen wir später etwas zu tun.»

«Weidmannsheil!»

«Weidmannsdank! Sie haben diesen Konstabel doch wohl nicht zum Vergnügen mit nach Hause genommen, oder, Brigadier?»

«Er bildet es sich ein, aber er wird nichts erreichen», sagte Asta. «Gute Nacht.»

Der Streifenwagen fuhr davon, die Konstabel grinsten und winkten.

«Würdest du noch auf ein Glas mit raufkommen?» fragte de Gier.

«Ich würde.»

Sie tranken auf dem Balkon; es war nur ein kleiner Balkon, aber sie hielt sich von ihm fern. Er ging hinein, um seine Katze zu füttern. Die Katze schnurrte und rannte auf den Balkon. Asta hob sie hoch. «Du bist häßlich, du hast zu viele Farben.»

De Gier kam heraus, um seine Geranien zu gießen. «Sie hat die Farben eines Perserteppichs, deshalb heißt sie Täbris. Soll ich dir etwas zu essen machen? Ich habe Nudeln und Tiefkühlsuppe, das könnte gut zueinander passen. Ich könnte auch Salat machen.»

Sie aßen und wuschen hinterher zusammen ab. De Gier dachte, er sollte flirten, aber ihm fielen die passenden Worte nicht ein. Das Mädchen war ruhig und tüchtig. Er brauchte nicht zu sagen, wohin das Geschirr gehörte; sie öffnete den Küchenschrank und fand den richtigen Platz.

«Kaffee?» fragte er.

«Nein, Brigadier, ich glaube, ich sollte gehen.» Sie hob den Kopf, und er küßte sie flüchtig. Als er versuchte, sie zu umarmen, entzog sie sich ihm. «Nein, ich sehe dich morgen.»

Er zog seinen einzigen Sessel nach draußen auf den Balkon und setzte sich mit der Katze auf dem Schoß. Die Katze drehte sich um, und er zupfte an einigen Haaren, die zusammengeklebt waren. Die Katze stöhnte. «Ich werde es nicht tun, wenn du nicht willst.» Die Katze rührte sich nicht. Er zog. Plötzlich sprang die Katze fort, und ein großes Haarbüschel blieb in seiner Hand zurück. «War dir lästig, wie? Hast mich als Werkzeug benutzt, nicht wahr? Kluge Täbris.» Die Katze wollte wiederkommen, aber er stand auf. «Ich möchte nicht arbeiten, Täbris, ich möchte hier bleiben und bei dir sein, aber ich glaube, es gibt etwas zu tun.» Er schaute zum Himmel hinauf; schwere Wolken schwebten aufeinander zu. «Kein Wagen, und es wird regnen.» Er setzte einen runden Baumwollhut auf und nahm den Aufzug zum Erdgeschoß, wo er ein altes Fahrrad den Klauen eines anderen entriß.

Eine halbe Stunde später kam ein einsamer Radfahrer in die Innenstadt. Die untergehende Sonne berührte die Ränder der Wolken, die sich auf die Türme mittelalterlicher Kirchen herabsenkten. Er stellte sein Fahrrad unter einen Baum in der Brouwersgracht und wurde zum Fußgänger. Der Heringsstand auf der Brücke gegenüber vom Hotel *Oberon* machte lebhafte Geschäfte. Er kaufte einen Hering, freigebig mit Zwiebeln bestreut, und zog sich unter die Markise an der Seite zurück, um in Ruhe zu essen.

«'n Abend», sagte ein wohlbeleibter Herr.

«'n Abend», sagte de Gier. «Ich dachte, du seist nach Hause gegangen.»

«Bin ich nicht. Ich bin seit anderthalb Stunden hier. Ich habe sechs Heringe gegessen. Er ist noch nicht herausgekommen. Bleib hier, ich trinke bei Beelema ein Bier. Ich komme gleich zurück.»

6

«Da», sagte Grijpstra.

Sie bewegten sich gleichzeitig, jeder übernahm eine Seite des Mannes, sie hielten sich jedoch in einiger Entfernung. Müller watschelte voran, eine flache Tasche in der Hand. Es war jetzt dunkel, und das Licht der weit voneinander entfernt stehenden dekorativen Straßenlaternen spielte mit dem Schatten des fetten Mannes. Es spielte auch mit einem anderen Schatten, schlank und scharf, der in das Licht hinein und hinaus huschte. Der Schatten gehörte zu einem Mädchen, gekleidet in verblichene Jeans und kurzes Jäckchen, federnd auf Laufschuhen mit hoher Ferse. De Gier auf der Wasserseite und Grijpstra, der unauffällig mit den Mauern kleiner und schmaler Häuser verschmolz, blieben noch weiter zurück. Weitere zwei Schatten gesellten sich zu der Prozession; sie kamen aus einer Seitengasse geschlichen. Sie bewegten sich graziös wie das Mädchen. Sie waren groß und schlank; schwarz wie die Gestalten, die sie warfen, beide um die zwanzig herum, mit rasiertem Schädel, in Lederjacke und eng zulaufender Arbeitshose.

Vergewaltiger, dachte Grijpstra.

Räuber, dachte de Gier.

Das können wir nicht dulden, dachten beide. Keiner von beiden sorgte sich in diesem Moment um die Sicherheit des Mädchens. Sie waren auf der Jagd, und Müller war die Beute. Falls die Jungen das Mädchen einholten, würde es ein Handgemenge geben, etwas Lärm, vielleicht einen Schrei. Müller würde abgelenkt werden und nicht tun, was von ihm erwartet wurde, oder er würde es auf andere Weise tun und die einfache Situation, der seine ursprünglichen Verfolger gegenüberstanden, nur komplizieren. Einer der Gauner folgte der Baumreihe entlang der Gracht, der andere übernahm Grijpstras Taktik. Keiner der beiden war sich der Gefahr von hinten bewußt. De Gier rannte, Grijpstra bewegte sich schwerfällig. De Gier zog sein Messer schneller als Grijpstra.

«He!»

Die Jungen blieben stehen und drehten sich um. Sie waren gut trainiert. Sie machten es richtig; ihre Messer waren ebenfalls gezogen, aber sie waren im Nachteil.

«Fallen lassen!»

Die Messer fielen. Sie waren leicht und klirrten kaum, als sie auf das Pflaster fielen.

Grijpstras Fang murmelte obszöne Flüche, der andere starrte de Gier an. Von den beiden war das Opfer des Adjudanten am meisten überrascht. Grijpstra konnte doch nicht den gleichen Beruf haben wie der Junge, dennoch war es so. Dieser gutgekleidete ältere Mann mit dem freundlichen Gesicht, komplett mit Krawatte, Manschettenknöpfen und ordentlich gefaltetem weißen Taschentuch in der Brusttasche, forderte von einem schwarzen Straßenräuber sein Geld. Der Junge war zutiefst verwirrt. Tatsachen stimmten nicht mehr mit der Wirklichkeit überein. Da war das Stilett, dessen grausame Spitze an seine Kehle drückte, da war die Hand auf der Schulter seiner Lederjacke, da war die freundliche Stimme, die Geld forderte.

Der andere Junge konnte seine besonderen Umstände leichter hinnehmen. Der große Mann mit dem runden Baumwollhut sah irgendwie seltsam aus. Er könnte, wenn man die Vorstellungskraft so weit strapazierte, bis es fast nicht mehr ging, in dunklen Straßen lauern, nach Beute umherstreifen.

«Her damit!» sagte Grijpstra.

De Gier sagte nichts. Er zischte. Mit der linken Hand hielt er den kahlen Schädel des Jungen, mit der anderen übte er Druck auf das Messer aus. Die Haut an der Kehle des Jungen war nahe daran, aufgeritzt zu werden. Der Junge fummelte in seiner Tasche und kam mit zerknüllten Geldscheinen heraus. De Gier griff nach dem

Geld und drehte den Jungen um. Der Junge hielt sich an einem Baum fest, während de Gier ihn abtastete. Der Fuß des Brigadiers stieß das Messer des Jungen ins Wasser, wo es leise aufklatschte. Grijpstra hob das Messer des anderen Jungen auf.

«Her damit!»

Der Junge rückte es raus.

«Ab mir dir, dorthin!» Grijpstra zeigte über seine Schulter. Der andere Junge rannte bereits.

Es gab ein zweites Aufklatschen, als das andere Messer die ruhige Oberfläche der Gracht berührte.

Die Kriminalbeamten warteten, bis die Jungen in die Gasse geschlüpft waren, aus der sie vor wenigen Augenblicken gekommen waren, und drehten sich um.

Sie hätten die Messer behalten sollen. Müller, durch das zweimalige Aufklatschen aufmerksam geworden, schaute sich um. Asta blieb stehen.

«Sie?» fragte Müller. Der Arm mit der Tasche schwang nach hinten. Das Mädchen duckte sich und zog die Waffe, entsicherte die Pistole, als sie aus der Tasche kam. Das Klicken ließ Müller erstarren.

«Sie sind festgenommen; Tasche fallen lassen, umdrehen und Arme auf den Rücken.»

Asta nahm die Waffe in die linke Hand und holte ihre Handschellen hervor. Sie hatte einige Mühe bei dem Versuch, sie um Müllers dicke Handgelenke zu legen. Er trat zweimal, nach vorn und nach hinten. Die Tasche schoß in die Gracht, Asta taumelte.

Als Müller sich umdrehte und in die Luft griff, die ihn von dem Mädchen trennte, sprang de Gier. Die flache Hand des Brigadiers kam herab und traf mit der Kante Müllers Nacken. Die dicke Haut und das schwammige, speckige Gewebe des Mannes absorbierten den Aufprall, aber de Gier schlug in verschwommener, rachsüchtiger Wut noch einmal zu. Müller entwich der Atem in einem Ausbruch übelriechender Luft; danach schluchzte er. Dann fiel er hin, wobei er sich Zeit ließ und seinen monströsen Körper zwischen einem Baumstamm und de Giers Füßen ausbreitete. Der Brigadier trat einen Schritt zurück.

Grijpstra war auf den Knien und hielt Astas Bein.

«Mit mir ist alles in Ordnung», sagte sie. «Er hat mich seitlich erwischt. Es schmerzt, aber das Knie funktioniert noch. Helfen Sie mir bitte auf.»

Sie hielt sich an Grijpstra fest und humpelte zu de Gier.

«Die Tasche, sie schwimmt weg, wir müssen sie holen. Du kannst mich runterlassen, dann schnappe ich sie. Hier, halte mal meine Kanone.»

De Gier legte sich hin, und Grijpstra hielt seine Füße. Asta umfaßte das untere Geländer am Ende der Pflastersteine und ließ ihren Körper sanft herab. Sie berührte die Tasche mit der Schuhspitze und manövrierte sie auf sich zu.

«Laß mich nicht fallen, Brigadier.» Sie hatte die Tasche zwischen den Füßen. «Zieh mich jetzt hoch.»

Grijpstra legte Müller die Handschellen an, während de Gier und Asta die Tasche öffneten; sie enthielt sechzehn kleine Plastikbeutel. Asta öffnete einen und roch an dem Pulver; sie gab de Gier den Beutel.

«Vermutlich Kokain, das Labor wird es feststellen. Gut gemacht, Asta.»

Sie schaute sich um. Grijpstra schlug langsam und methodisch mit beiden Händen Müller auf die Wangen.

«Kommt er zu sich?»

«Noch nicht, aber sehr bald.»

Sie küßte de Gier, wobei sie nur seine Lippen berührte.

«Hab ich das wirklich gut gemacht? Ich war mir nicht sicher. Die Verbindung zwischen Müller und Boronski war Rauschgift. Das Rauschgift dürfte im Hotel sein. Müller wußte, wir waren hinter ihm her. Er mußte den Beweis loswerden; er wollte ihn nicht im Hotel zurücklassen, denn wir hätten die Spur auf ihn zurückverfolgen können. Er wollte ihn in die Gracht werfen, einen kleinen Beutel nach dem andern. Er wollte bis zur Dunkelheit warten. Falls ich ihn mit dem Rauschgift in seinem Besitz erwischte, könnte ich ihn festnehmen. Richtig?»

«Falsch, du wolltest es allein machen. Wir arbeiten nie allein, wenn wir es vermeiden können. Du hättest mich oder den Adjudant um Unterstützung bitten sollen. Wir sollen als Team arbeiten.»

«Ja, tut mir leid.»

«Die Straße ist lang», flüsterte de Gier, «und an ihrem Ende ist nichts, aber wir können einander auf dem Weg begleiten.»

«Ja.»

Er sah, daß ihre Unterlippe zitterte, und umarmte sie. Sie sprach, hatte aber das Gesicht an seine Brust gedrückt, und er konnte nicht verstehen, was sie sagte. Er hielt sie auf Armeslänge vor sich. «Sag das noch einmal?»

Sie weinte jetzt. «Glaube bitte nicht, daß ich das Verdienst für die Festnahme allein einstecken wollte. Es war nur, daß du auf deinem Balkon mit Täbris so glücklich aussahst. Ich dachte, ihr beide solltet euch ein Weilchen ausruhen. Sag bitte dem Commissaris, daß du die Festnahme vorgenommen hast.»

«Schon gut.» Er gab ihr ihre Pistole und sein Taschentuch. «Polizisten weinen nicht, jedenfalls nicht oft. Wie geht's ihm, Grijpstra?»

«Er ist wach und will aufstehen.»

Zusammen schoben und zogen sie, bis Müller wieder auf die Beine gekommen war. Sie führten ihn zurück, und Grijpstra bestellte telefonisch einen Wagen zum Café *Beelema*. De Gier stellte den schnaufenden Müller am Brückengeländer ab, während er Asta einen Hering kaufte. Der Wagen, ein Kleinbus, gefahren von Karate, traf innerhalb weniger Minuten ein.

«Wohin, Brigadier?»

«Zum Präsidium. Sag den Schließern, sie sollen es ihm gemütlich machen. Wir werden ihn später im Laufe des Abends vernehmen.»

«Gut. Wenn Sie eine Minute Zeit hätten, könnten Sie und der Adjudant zu unserer Wache gehen. Brigadier Jurriaans möchte Sie sprechen.»

«Nein», sagte de Gier, «mir reicht's für heute abend. Ein andermal.»

«Es ist besser, wenn Sie hingehen, Brigadier, ich und der Chef haben heute abend ein bißchen für Sie gearbeitet.»

«Erzähl mal, was ihr gemacht habt.»

«Nein. Der Chef will es selbst erzählen.»

Der Bus fuhr ab.

Grijpstra kam aus dem Café und wischte sich den Bierschaum vom Mund.

«Warum hast du den Bus wegfahren lassen? Ich will nicht zu Fuß zum Präsidium zurückgehen.»

«Ich habe mein Fahrrad», sagte de Gier, «aber Asta möchte mitkommen, und zwei Mitfahrer hält es nicht aus. Es gibt auch einen Vorschlag von der Revierwache hier um die Ecke. Jurriaans möchte uns sprechen.»

«Gut. Er kann uns nach Hause fahren lassen.»

Sie gingen langsam, Asta in der Mitte.

«Seht ihr?» fragte Asta und zeigte auf einen unordentlichen Haufen von Federn. «Dahin schmeißt der Chinese seine Abfälle, und wir können nichts dagegen machen. Es sind nicht nur Federn, auch Blut und Fleisch.»

«Gut für die Ratten», sagte Grijpstra und führte sie um eine Bauabsperrung herum. «Dieser Teil der Stadt wird nie in Ordnung kommen. Wozu asphaltieren sie dies Gebiet? Was ist schlecht an Pflastersteinen?»

Asta bemühte sich, nicht zu humpeln. De Gier stützte ihren Ellbogen.

«Euch ist klar, daß wir noch nichts erreicht haben», sagte Grijpstra. «Herr Müller ist also ein Rauschgifthändler, und wir können es beweisen. Das ist nett. Aber Rauschgift ist nicht unser Dezernat. Daß die Hamburger Polizei sich freuen wird, hat ebenfalls nichts mit uns zu tun. Zuerst hatten wir einen Mord und keine Leiche, das war gleich Null. Jetzt haben wir eine Leiche und keinen Mord. Null gleich Null.»

De Gier grinste. Er schob seinen Arm um Astas Schultern. «Es gibt nichts, was herrlicher ist, als die Null, Adjudant. Du kannst sie beliebig multiplizieren, du kannst sie beliebig dividieren, und es wird immer dasselbe sein. Wir können uns im Nichts verlieren und so weit gehen, wie wir wollen; wir werden niemals auf das andere Ende stoßen.»

Der Adjudant hatte sich noch keine Antwort überlegt, als Brigadier Jurriaans seine Gäste mit ausgestreckten Armen begrüßte und die etwas beschmutzte Gruppe anstrahlte, die zögernd sein kleines Büro betrat.

7

«Du siehst müde aus», sagte Jurriaans. «Überanstrengen sie dich bereits?»

Asta steckte sich eine Zigarette an. Ihre Hand zitterte.

«Nein, ich bin gefallen und hab mich am Knie verletzt; sonst macht es mir Spaß.»

«Wie gefällt dir de Gier?»

«Dies ist kein geselliges Beisammensein, Kollege. Komm bitte zur Sache.»

Asta lächelte. «Ich liebe ihn. Dich liebe ich auch. Meine Seele ist zerrissen.»

Jurriaans nickte. «Ich würde dir raten, halte dich an ihn, selbst wenn er reizbar ist. Mit verheirateten Männern ist leicht umzugehen, aber sie haben den Mumm verloren; der Stress der häuslichen Situation verlangt seinen Zoll. Verheiratete Männer tragen auch ein Schuldgefühl, das die Atmosphäre belastet. Nimm ihn und komm zu mir, damit ich dich tröste. Ich werde immer da sein, denn ich kann nicht weggehen.»

De Giers Zähne bissen das Streichholz entzwei, und er nahm Grijpstra ein zweites aus der Hand. Grijpstra gab ihm seine Streichholzschachtel und nahm Jurriaans Feuerzeug. Er zündete seine Zigarre an und steckte das Feuerzeug in die Tasche.

«Weshalb sind wir hier?»

«Ihr seid hier, weil euer Fall zu Ende ist. Ich habe euch davon befreit. Wenn ihr wollt, erzähle ich euch alles, nachdem du mir selbstverständlich mein Feuerzeug wiedergegeben hast.»

Grijpstra gab das Feuerzeug zurück.

Jurriaans rückte auf seinem Stuhl nach hinten. Er räusperte sich.

«Tja, wo soll ich anfangen? Mit dem Anfang kann ich nicht beginnen, weil ich nicht weiß, wo er ist. Ich mischte mich erst viel später ein, und es war nicht einmal ich, denn Karate sah ihn. Er sah den Oberstrolch, den wir daraufhin festnahmen. Vor etwa zwei Stunden habe ich versucht, euch zu erreichen, aber ihr wart nicht aufzutreiben. Ich wollte, daß ihr das Geständnis des Hauptstrolchs hört, aber er wird seine Darstellung wiederholen, wenn ihr möchtet, und falls nicht, habe ich seine unterschriebene Aussage.»

«Wer?» fragte Grijpstra.

«Er ist ein Straßenräuber und knackt Wagen. Er ist schnell und schlau und Experte, aber Karate war schneller. Karate und ich fuhren heute abend umher; da Ketchup auf Urlaub und Asta in höheren Sphären ist, bin ich personell noch knapper dran als sonst, und außerdem war ich gelangweilt. Ein bißchen aktiver Dienst muntert mich manchmal auf. Wir fuhren durch die Roomolenstraat, und Karate bremste und raste aus dem Wagen und stellte den Strolch. Er ist zwanzig Jahre alt und führt die anderen Strolche an, die zweitbeste Bande in dieser Gegend. Die beste Bande sind die Schwarzjakken, und es tut mir leid, daß wir ihren Chef nicht erwischten, weil er auf Heimtücke spezialisiert ist. Die Strolche brechen uns die Knochen, die Schwarzjacken saugen uns das Mark aus. Sie sind bösartig und schwarz. Wir sind eine rassistische Revierwache und neigen dazu, beides miteinander gleichzusetzen. Das ist ein Fehler, ich weiß es. Ich weiß, daß der Anteil der Kriminellen unter unseren schwarzen Mitbürgern nur wenig höher ist als der unter den weißen. Mir ist auch klar, daß die Schwarzen erst vor kurzem eingewandert sind und versuchen zu lernen, mit der neuen Umwelt fertig zu werden, aber ich wende mein Wissen nicht immer an.»

De Gier nahm ein neues Streichholz.

«Du hast den Oberstrolch festgenommen?»

«Hab ich. Weil er einen Wagen geknackt hat. Karate erwischte ihn auf frischer Tat; der Strolch benutzte eine Wunderstange. Eine Wunderstange ist ein Metallwerkzeug, und er traf Karate damit. Karate griff ihn daraufhin an, und ich konnte ihn nicht rechtzeitig zurückhalten. Danach war der Strolch in einem schlimmen Zustand. Ich ermahnte Karate einige Minuten und verhörte den Strolch eine Stunde lang. Ich sagte, es sei an der Zeit, daß wir ihn erwischten. Und ich würde dafür sorgen, daß er die Höchststrafe erhalte. Daraufhin appellierte ich an seinen Sinn für Logik. Ich bat ihn flehentlich, all seine Verbrechen zu gestehen, damit er nur einmal und nicht wiederholt bestraft werde. Der Strolch war noch nie festgenommen worden, und wir haben seine Fingerabdrücke nicht. Da ich wußte, daß er ohne Handschuhe arbeitet, sagte ich, daß wir gestern an einem silberfarbenen Mercedes mit Hamburger Zulassung Fingerabdrücke gefunden hätten. Ich sagte, falls diese Fingerabdrücke seine wären, werde er größere Schwierigkeiten als jetzt haben, aber er könne seine Lage durch ein Geständnis auf der Stelle verbessern.»

Grijpstra saß nicht mehr zurückgelehnt auf seinem Stuhl. De Giers Streichholz zerbrach wieder, aber er nahm kein neues.

«Ah», sagte Brigadier Jurriaans, «ich sehe, daß ich eure Aufmerksamkeit habe. Ja, meine Freunde, er war es, er und ein nicht identifizierter Helfer.»

Grijpstra seufzte.

«Er hat Boronski nicht umgebracht. Unser Mann ist eines natürlichen Todes gestorben. Wir werden die Feststellung des Arztes niemals erschüttern können. Ein großes duodenales Ulcus, ohne menschliche Nachhilfe. Was hat der Oberstrolch über Boronski gesagt?»

«Er sagte, er und sein Helfer, an dessen Identität er sich nicht erinnern könne, hätten die Zündung des Mercedes vor dem *Oberon* kurzgeschlossen und seien damit zum Herenmarkt gefahren. Sie hätten den Wagen abgestellt und den Kofferraum aufgebrochen. Es sei nichts darin gewesen. Sie hätten den Kofferraum geschlossen und seien wieder in den Wagen gestiegen, um eine Vergnügungsfahrt zu unternehmen, als der Deckel aufgesprungen sei. Weil sie den Deckel aufgebrochen hatten, sei er nicht mehr so leich zu schließen gewesen. Sie seien ausgestiegen, um ihn wieder zuzumachen, als ein Mann herangetaumelt sei. Es sei etwa Mitternacht und sonst niemand dort gewesen.»

«Sie haben Boronski nicht ausgeraubt», sagte Grijpstra.

«Nein. Sie hatten es vielleicht vor, weil sie glaubten, der Mann sei betrunken und hilflos. Als sie auf Boronski zugingen, klappte er zusammen und spuckte Blut. Er machte noch ein paar Schritte und hielt sich am Kofferraumdeckel fest. Er fiel in den Kofferraum.»

«Wie ich mir dachte», sagte Grijpstra. «Wie ich mir die ganze Zeit dachte.»

«Ist er ganz hineingefallen?» fragte de Gier.

«Nein, aber ein Streifenwagen fuhr auf der anderen Seite der Gracht vorbei. Die Konstabel im Wagen gaben nicht acht, aber der Oberstrolch wollte nicht mit einem blutenden Betrunkenen gesehen werden. Er erwartete, daß der Streifenwagen auf seiner Grachtseite zurückkommen werde. Er schob Boronski in den Kofferraum, knallte den Deckel zu und ging. Er dachte, der Mann werde im Kofferraum schlafen und genug Luft haben, weil der Deckel nicht richtig schloß. Er erwartete, man werde den Mann morgens finden.»

«Tod durch schuldhaftes Versagen», sagte Grijpstra. «Da hast du eine Beschuldigung gegen ihn. Der Arzt sagte, Boronski hätte gerettet werden können, wenn er gleich ins Krankenhaus gebracht worden wäre.»

«Die Beschuldigung ist bereits niedergeschrieben worden. Und jetzt zum Oberstrolch selbst.»

Er griff nach dem Telefon.

Innerhalb einer Minute wurde der Verdächtige hereingebracht. Das Gesicht des jungen Mannes war geschminkt, und auf seiner Jacke trug er allerlei Krimskrams, einen Flaschenöffner, der von einem Bartresen abgeschraubt worden war, ein gerahmtes Foto von Alain Delon und ein deutsches Eisernes Kreuz. Sein kurzes Haar war mit Henna gefärbt, die Fingernägel orangefarben lackiert. Er sagte nichts. Die Haut über seinen Kieferknochen war verletzt und sein linkes Ohr verbunden.

«Du kannst ihn wieder wegbringen. Nimm ihm den Schmuck ab, damit er sich nicht weh tun kann.» Der ältere Konstabel, der den Oberstrolch begleitete, salutierte.

«Das Ende des Falles», sagte Brigadier Jurriaans, als die Tür wieder geschlossen war. «Ich wollte nicht in euren Gewässern fischen, ich war zufällig da, als der Kerl geschnappt werden konnte.»

«Wieder eine Kuh, die einen Hasen fängt», sagte de Gier. «Hier ist Geld.» Er zählte sieben Fünfundzwanzigguldenscheine ab. «Wieviel hast du gekriegt, Grijpstra?»

Grijpstra legte noch sieben Scheine auf Jurriaans Schreibtisch.

«Ihr bezahlt mich doch wohl nicht, oder?»

«Nein, wir haben zwei Räuber ausgeraubt. Schwarzjacken. Sie waren uns im Wege, und hätten wir nicht ernsthaft gehandelt, könnten sie sich an uns gehängt haben. Du hattest heute abend hier vermutlich eine Anzeige. Jemand muß die dreihundertfünfzig verloren haben, die sich die Schwarzjacken geteilt haben. Ich hoffe, es war nur ein Überfall. Falls dies die Summe mehrerer Verbrechen ist, könntest du Komplikationen bekommen.»

Jurriaans lachte. «Ihr müßt sie ganz schön erschüttert haben. Zufällig hat jemand Anzeige erstattet, der diesen Betrag heute abend verloren hat, ein Pfarrer vom Lande, der in eine der schlimmen Straßen in dieser Gegend geraten ist. Könnt ihr euch erinnern, wie eure Kerle ausgesehen haben?»

«Vielleicht sollte diese kleine Sache nicht verfolgt werden», sagte Grijpstra. «Gib einfach dem verehrungswürdigen Einfaltspinsel sein Geld zurück, ja?»

«Das werde ich tun», sagte Jurriaans und steckte die Scheine in einen Umschlag, dessen Klappe er sorgfältig ableckte. «Vielleicht möchte auch der Pfarrer die Sache nicht verfolgen. Er ist verheiratet, und in der Straße, wo man ihn erwischte, sitzt hinter jedem Fenster eine Hure.» Er schaute auf seine Uhr. «Habt ihr jetzt Feierabend? Ich ja, und ich wohne in der Nähe; ich kann nach Hause gehen und mich umziehen. Wir könnten uns bei Beelema treffen.»

Grijpstra stand auf. «Nein, da bin ich heute abend schon zweimal gewesen, und ich versuche, dies Lokal zu meiden. Wir haben noch Arbeit zu erledigen. Ein andermal, Jurriaans, in einer anderen Kneipe, und vielen Dank.»

«Es ist mir ein Vergnügen.»

Sie trafen Karate an der Tür. Er schaute Asta an. «Wie geht's dir?»

«Ihr geht's gut», sagte de Gier.

«Mir geht's nicht gut», sagte Asta. «Mein Knie schmerzt und braucht eine Kompresse. Ein nasses Handtuch wird genügen. Ich sollte im Bett liegen. Hast du ein Handtuch?»

«Er wird auch ein Bett haben», sagte Karate.

De Gier wandte sich an den kleinen Konstabel. «Allein dafür kannst du uns zum Präsidium fahren und unterwegs mein Fahrrad auflesen, und nach Hause kannst du mich auch fahren, nachdem wir fertig sind.»

Karate öffnete die Seitentür des Kleinbusses.

«Seien Sie mein Gast, Brigadier.»

Grijpstra setzte sich nach vorn. Er schob die Trennscheibe zwischen Fahrerkabine und Fahrgastraum zur Seite und klopfte de Gier leicht auf die Schulter.

«Rinus?»

«Ja?»

«Wir haben keinen Mord.»

De Gier lächelte. «Bist du dir sicher?»

«Nein.»

Der Bus fuhr ab.

Asta schob ihre Hand in die des Brigadiers. «Du meinst, es ist noch nicht vorbei?»

«Ja, aber wir werden ganz von vorn anfangen müssen und auf andere Art und Weise.»

«Gut», sagte sie, «ich brauche mehr Zeit mit dir, und mein Knie schmerzt.»

«Ich habe ein Handtuch zu Hause», sagte de Gier und schaute in ein Fenster, aus dem ihn eine große schwarze Frau in weißer Spitzenunterwäsche anstarrte. Sie lächelte; das malvenfarbige Neonlicht im kleinen Zimmer ließ ihre Zähne aufblitzen. Sie zog an einem verborgenen Bindfaden, woraufhin sich ihr Büstenhalter einen Augenblick lang öffnete und einen vollkommenen Busen enthüllte.

Astas Ellbogen traf de Giers Brust.

«Eh.»

«Hat sie dir gefallen?»

«Soso.»

«Hab ich dir heute im Bad gefallen?»

«Ja.»

«Gut», sagte sie. «Laß uns nicht zuviel Zeit mit Herrn Müller vergeuden.» Sie klopfte an die Trennscheibe und schrie Karate an. «Gib Gas!»

Die fehlerhafte Sirene des Kleinbusses heulte zögernd auf, das verschlissene Getriebe knirschte mühsam, ein starkes Rattern schüttelte das Fahrzeug. Karate, das Kinn vorgeschoben, beugte sich über das Lenkrad und murmelte ermutigende Worte; der Wagen nahm an Geschwindigkeit zu.

Er hielt wieder an, weil einige Betrunkene in der engen Straße von Bürgersteig zu Bürgersteig taumelten.

«Tut mir leid», sagte Karate, «Nur Zivilisten dürfen in Amsterdam rasen.»

«Ja», sagte Grijpstra, «oder nein. Egal. Vielleicht sehe ich es jetzt, aber ich sehe nicht alles.»

«Wie bitte, Adjudant?»

«Ein Chaos.»

«Das ist es bestimmt, Adjudant. Sehen Sie die achtbare Dame dort drüben? Die mit dem Hut über den Augen? Eine Lehrerin oder Sozialarbeiterin. Stinkbesoffen. Wie zum Teufel ist sie der Sünde verfallen?»

«Ich habe das Chaos nie hingenommen», sagte Grijpstra. «Vielleicht sollte ich das. Stell die Sirene an, Konstabel, wir müssen hier wegkommen.»

8

«Aber schauen Sie mal», sagte Grijpstra, «Sie wurden gesehen, wie Sie Ihre Tasche öffneten, einen kleinen Plastikbeutel herausnahmen und den Arm mit der offensichtlichen Absicht nach hinten rissen, das Beutelchen in die Gracht zu werfen. Wir haben später die Tasche durchsucht, die Sie wieder zumachten, als Sie festgenommen wurden, und die Sie dann ins Wasser stoßen konnten. Die Tasche enthielt Plastikbeutel, und jeder war laut Bericht unseres Labors mit einem Viertelpfund erstklassigen Kokains gefüllt. Alles in allem hatten Sie vier Pfund hochwertiges Rauschgift darin. Stimmt's, oder stimmt's nicht?»

Müllers Doppelkinn verzog sich krampfartig in einer fließenden Bewegung nach oben, bis seine Lippen leicht zitterten. Grijpstra war sich nicht sicher, wie diese Gesichtsbewegung zu deuten war. «Lächeln Sie, Herr Müller?»

«Ja.»

«Warum?»

«Weil Sie unrecht haben.»

«Sie hatten nicht vor, das Kokain in die Gracht zu werfen?»

Die Hände des fetten Mannes verschoben sich etwas auf seinem

Bauch, der obszön hochgedrückt und bereit war, über den Rand von Grijpstras Schreibtisch zu quellen.

«Ihre Tatsachen sind korrekt, aber Ihre Erklärung nicht. Die Tasche gehörte Boronski. Er ließ sie in meinem Zimmer zurück; vielleicht hat er mir die Tasche untergeschoben, ich weiß es nicht. Boronski war ein kranker Mann. Er suchte sich meinen Wagen aus, um darin zu sterben; vielleicht war auch das absichtlich geschehen, was ich wiederum nicht weiß. Wir kamen nicht gut miteinander aus; ich war mit der Qualität seiner Lieferungen unzufrieden. Ich sagte ihm, ich könnte mir einen anderen Lieferanten suchen. Er war nicht richtig bei Verstand, er halluzinierte, er machte Ärger im Hotel.»

«Wirklich?» fragte Grijpstra. «Warum wollten Sie denn das Kokain vernichten, weshalb haben Sie es nicht uns gegeben?»

Müllers Gesicht schien sich zu festigen. Ein listiges Licht flackerte in seinen vorstehenden Augen.

«Sagen Sie's schon, Herr Müller.»

«Weil Sie Polizist sind. Die Polizei ist hier nicht gut. Das Essen ist auch nicht gut. Nichts ist hier gut.»

Auf Grijpstras Schreibtisch lag eine Zeitung. Der Adjudant warf einen Blick auf die Schlagzeilen. *Weitere Schritte im Rauschgiftskandal.* Er hatte den Artikel im Laufe des Tages gelesen. Das Blatt behauptete, gegen mehrere hochrangige Polizeibeamte werde Anklage erhoben.

«Ja», sagte Müller. «Ich komme aus Hamburg, unser Plattdeutsch ist dem Holländischen ähnlich. Ich kann Ihre Zeitungen lesen. Was würde geschehen, wenn ich Ihnen vier Pfund Kokain übergäbe?»

«Es würde beschlagnahmt und zu gegebener Zeit vernichtet werden.»

«Nein.»

«Nein?»

«Nein. Es würde verschwinden. Es würde Sie reich machen. Ich möchte Sie nicht reich machen. Kokain ist schlecht. Es würde dennoch zu den Süchtigen gelangen. Ich entschloß mich, ein gutes Werk zu tun. Ich bin ein ehrlicher Kaufmann, ich handle mit Holz. Mein Material geht in Häuser und Möbel. Ich schütze die Gesellschaft. Ich übernahm das Risiko, das Gift selbst wegzuschaffen, aber Sie verhinderten meinen Dienst an der Gesellschaft.»

Grijpstra nickte vergnügt. «Sie hätten es auch verbrennen oder in der Toilette wegspülen können.»

«Ich bin kein Chemiker. Vielleicht explodiert Kokain, wenn es brennt. Vielleicht löst es sich nicht leicht auf. Ich wollte die Abflußrohre des Hotels nicht verstopfen. Ich dachte, ich mache es richtig, aber Sie kamen dazwischen.»

Grijpstra stand auf. «Gut. Ich werde Sie jetzt wieder in Ihre Zelle bringen.»

Müller stand ebenfalls auf. «Ich möchte Zigaretten und Streichhölzer.»

«Aber selbstverständlich. Wir ziehen sie aus dem Automaten auf dem Weg zum Zellenblock. Übrigens, Herr Müller, da gibt es noch eine Beschuldigung gegen Sie. Sie haben sich der Festnahme widersetzt und eine Beamtin angegriffen. Sie haben sie am Knie verletzt.»

Müller lächelte triumphierend.

«Hier entlang», sagte Grijpstra.

Er kam nach einigen Minuten zurück, setzte sich und wählte eine Telefonnummer.

«Nein», sagte eine Frauenstimme, «den Fernschreiber benutzt euer Chef.»

«Mein Chef ist zu Hause.»

«Er ist hier.»

«Hier? Was macht er?» Grijpstra schaute auf seine Uhr. «Es ist zwei Uhr morgens.»

«Er benutzt den Fernschreiber.»

Grijpstra schaute das Telefon an.

«Ist das alles, Adjudant?»

«Nein. Verbinde mich mit dem Hamburger Polizeipräsidium, Hauptkommissar Wingel, Rauschgiftdezernat. Er wird nicht dort sein, aber die werden wissen, wo er zu finden ist. Ich warte hier auf seinen Anruf.»

«Ich spreche nicht Deutsch», sagte das Mädchen.

«Dann gib mir eben die Nummer.»

Es dauerte zwanzig Minuten, bis Wingel am Apparat war. Seine

Stimme klang verschlafen, wurde aber schneidig, als er verstand, was ihm gesagt wurde. «Ja», sagte er. «Ja.»

Grijpstra gähnte. «Ich dachte, es könnte Sie interessieren.»

«Ja. Ich komme gleich rüber.»

«Hierher?»

«Dorthin. Ich werde gleich abfahren und einen Kollegen mitbringen. Es wird wenig Verkehr herrschen. Wir werden in drei Stunden dort sein.»

«Gut», sagte Grijpstra. «Ich werde auf Sie warten.» Er ließ den Hörer auf die Gabel fallen. Wieder gähnte er. Er nahm den Hörer noch einmal ab.

«Mit wem steht der Commissaris in Verbindung? Doch wohl nicht mit der deutschen Polizei, oder?»

«Nein, Adjudant. Mit Kolumbien. Wir brauchten eine Ewigkeit, die Verbindung herzustellen. Er hat sich im anderen Büro niedergelassen. Er ist seit mehr als einer Stunde hier; er tauscht mit unserem Botschafter dort drüben Fernschreiben aus.»

Fünf Minuten später schlief der Adjudant, den Kopf an der Wand, die Füße auf dem Schreibtisch. Die Reste eines Grinsens lockerten sein Gesicht auf, und er murmelte friedlich durch vorgeschobene Lippen. De Gier schlief ebenfalls, am Rand seines Betts, damit Täbris Platz hatte, die ausgestreckt auf einem nassen Handtuch lag. Sie war spät hereingekommen und hatte Astas Körper geduldig zur Seite gedrängt, das Mädchen mit der Nase und sanften Pfoten angestoßen. Sogar Müller schlief, er schnarchte stark, während er mit gestaltlosen Unholden kämpfte, die an seinen Lügen zerrten. Boronski war tot, toter als zu dem Zeitpunkt, da die Kriminalbeamten seine erstarrenden Gesichtszüge betrachteten. Vielleicht war sein Geist noch da, aber den Wärter Jacobs kümmerte es nicht mehr. Er hatte sein durchsichtiges, unwirkliches Ei gebaut und saß darin, er paffte friedlich seine abgenutzte Pfeife und studierte durch seine kleinen runden Brillengläser einen hebräischen Text.

Nur der Commissaris war wach und wartete darauf, daß der Fernschreiber wieder zu rattern anfing; er las noch einmal den Haufen Papier mit abgerissenem Rand, der seine bisherige Konversation festhielt.

9

Der Commissaris war nachmittags nach Hause gegangen und die rissigen Zementstufen hinaufgehumpelt; seine Frau hatte ihn umarmt, ihm beim Ausziehen geholfen und ihn in ein heißes Bad gelegt. Im Badewasser hatte er keine Schmerzen, denn sein Rheuma wurde vom Dampf und vom Wirbel kleiner seifiger Wellen ebenso gelindert wie vom Kaffee und der Zigarre, die seine Frauch brachte, feierlich anzündete und ihm vorsichtig zwischen die Lippen steckte. Sie blieb bei ihm, während er die Zeitung las, die Schlagzeilen und den Leitartikel überflog und sich auf zwei Nachrichten konzentrierte. Astronomen hatten – wie ein Artikel irgendwo in einer Ecke auf einer der Innenseiten besagte – eine neue Galaxie entdeckt; sie war etwa von der Größe der Milchstraße und würde deshalb die gleiche Anzahl Planeten so groß wie die Erde haben, in etwa der gleichen Entfernung von ihren Sonnen, in mehr oder weniger dem gleichen Zustand der Entwicklung; ungefähr eine Million an der Zahl. Der Commissaris kicherte. Die andere Nachricht informierte ihn, daß morgens am Stadtrand ein kleines Zigeunermädchen gestorben sei. Es war irgendwie in brennenden Abfall geraten. Die Identität des Kindes war noch nicht festgestellt worden; es war etwa drei Jahre alt.

«Eine neue Galaxie», sagte der Commissaris zu seiner Frau. «Jeder Stern mit drei Milliarden Bewohnern, multipliziert mit einer Million. Wie viele dürften das sein?»

«Ich weiß es nicht, Schatz.»

«Würde deren Leiden der Angst und Pein eines einzelnen Kindes gleichkommen?»

Seine Frau hörte ihn nicht, sie ließ etwas heißes Wasser in die Wanne nachlaufen. «Hast du es so bequem, Schatz?»

«Sehr.»

«Danach solltest du ein Nickerchen machen.»

Er schlief. Zuerst dachte er an Boronski, dann träumte er von ihm. Nach einer Weile war er sich bewußt, daß er aufwachte, aber er widerstand und glitt hinüber ins Niemandsland, wo alles unverzüglich möglich ist und Lösungen aufsteigen wie Blasen, von denen jede ein komplettes Bild enthält.

Er kleidete sich an und ging. Seine Frau begleitete ihn bis zur Haustür.

«Du wirst nicht arbeiten, nicht wahr?»

«Ein wenig.»

«In deinem Büro?»

«Oh, ja.»

Sein schmucker Citroënwurde achtungsvoll von dem alten Konstabel gegrüßt, der für den großen Hof hinter dem Präsidium zuständig war. Der Commissaris reagierte, indem er einen Finger hob. Er sah den alten Mann nicht; er sah auch niemand in den Korridoren. Im Fernschreibraum bat er um eine Verbindung zur niederländischen Botschaft in Bogotá, Kolumbien. Nach einer guten Weile sprang die Maschine an. Er hörte das Stakkato der Typen und sah die Worte sich bilden.

«Schreiben Sie bitte.»

Er gab seinen Namen und Dienstgrad und verlangte den Botschafter.

«Er ißt zu Mittag.»

«Es ist dringend. Holen Sie ihn bitte.»

«Das wird eine Weile dauern. Er ist nicht im Haus. Es gibt da ein paar Festlichkeiten. Vielleicht später am Nachmittag ...»

«Hier ist es spät am Abend, die Sache kann nicht warten.»

«Ja, Mijnheer. Sie werden von uns hören.»

Der Commissaris ging in sein Zimmer und nahm seinen Projektor aus dem Kasten. Er rollte die Leinwand aus und zog die Vorhänge zu. Er setzte sich und starrte auf die vergrößerten Dias, die Boronski und die unbekannte Frau zeigten. Zwei Stunden später klingelte das Telefon; er wurde gebeten, wieder in den Fernschreibraum zu kommen.

«Hier ist der Botschafter.»

«Kennen Sie einen Mann namens Jim Boronski?»

«Ja.»

«Er starb gestern hier in Amsterdam. Es gibt da einige Komplikationen. Beschreiben Sie mir bitte den Mann, nicht sein Äußeres, sondern seine innere Verfassung.»

Die Maschine summte. Eine Minute verging.

«Sind Sie noch da?»

«Ja», schrieb die Maschine, «aber bedenken Sie bitte, daß ich Diplomat bin. Außerdem habe ich ziemlich viel Alkohol zu mir genommen. Jetzt ist nicht die Zeit, offiziell etwas zu sagen, das bei Ihnen aufgezeichnet wird.»

«Diktieren Sie dies alles?»

«Ja.»

«Können Sie selbst den Fernschreiber bedienen?»

«Das nehme ich an.»

«Bleiben Sie bitte in direktem Kontakt mit mir. Ich werde meine Assistentin bitten, den Raum zu verlassen, und selbst schreiben. Danach werde ich alle Fernschreiben vernichten.»

Der Commissaris nickte dem weiblichen Konstabel neben sich zu.

Sie stand auf und ging hinaus.

Die Maschine stockte. «Hier ist ...»

«Weiter bitte.»

«Der Botschafter. Sind Sie allein?»

«Ja.»

«Wie alt sind Sie?»

«Dreiundsechzig.»

«Was machen Sie beruflich?»

«Ich bin Chef des Morddezernats.»

«Wollen Sie mir einen persönlichen Rat geben?»

Der Commissaris lehnte sich zurück. Er las den Satz noch einmal, dann griff er nach der Tastatur. «Ja.»

«Ich bin in persönlichen Schwierigkeiten. Ich bin außerdem angetrunken. Das Mittagessen war schwer. Ich brauche Rat; habe ich Ihr Ehrenwort, daß diese Korrespondenz vernichtet wird?»

«Ja.»

«Ich bin fünfzig Jahre alt. Ich bin irgendwie homosexuell. Ich bin verheiratet und habe Kinder. Meine Familie weiß nichts von meinen sexuellen Neigungen. Ich erscheine als normal.»

«Homosexualität ist nicht anomal», schrieb der Commissaris langsam.

«Das hörte ich auch. Ich glaube es nicht. Ich schäme mich. Verstehen Sie?»

«Ja.»

«Ich habe einen Geliebten. Einen Kolumbianer. Manchmal besuche ich ihn. Er hat uns fotografieren lassen.»

«Ich verstehe.»

«Die Fotos sind widerwärtig.»

«Das sagen Sie.»

«Ich könnte sie Ihnen beschreiben. Dann würden Sie mir beipflichten.»

«Das würde ich nicht.»

«Sind Sie homosexuell?»

«Nein.»

«Sind Sie Ihrer Frau treu?»

«Seit einiger Zeit, ja; ich bin alt und leide an Rheuma.»

«Und vorher?»

«Ja, ich war untreu.»

«Oft?»

«Es gab gewisse Ausbrüche von Aktivität.»

«Wurden Sie jemals erpreßt?»

«Nein, aber man hat es versucht.»

«Fotos?»

«Nein, Briefe.»

«Was haben Sie getan?»

«Ich sagte der Frau, sie solle es tun. Sie tat es. Meiner Frau und meinem Chef wurden Fotokopien von dem geschickt, was ich geschrieben hatte.»

«Was passierte?»

«Ich hatte etwas Ärger, nicht sehr viel, die Wahrheit ist die beste Lüge.»

«Mein Ärger ist schwerwiegender, als Ihrer war.»

«Dem stimme ich nicht zu.»

Die Maschine summte fast zwei Minuten lang. Der Commissaris steckte sich eine Zigarre an. Er paffte und betrachtete das Papier in der Maschine.

«Wissen Sie, Kolumbien ist nicht die Niederlande. Mörder sind hier käuflich. Mein Gegner ist bösartig. Ich war bestürzt. Er wird bis zum Äußersten gehen.»

«Tun Sie das nicht.»

«Die Sache könnte geregelt werden, ich weiß, wohin ich mich

wenden muß. Ein Kollege war in der gleichen mißlichen Lage. Man hat sich seines Problems angenommen.»

«Tun Sie das nicht.»

«Was ist, wenn es einen Skandal gibt? Ich werde meine Stellung, meine Frau und meine Kinder verlieren. In meinem Alter finde ich keine neue Beschäftigung, ich werde irgendwo in Furcht, im Elend verkommen. Ich werde einsam sein.»

«Das werden Sie nicht sein, aber selbst wenn, es gibt immer etwas, das zu tun sich lohnt. Mord ist ein schlechter Ausweg, der sich gegen Sie wenden wird.»

Die Antwort kam prompt. «Ja.» Es gab eine Pause. «Was würden Sie in meinem Fall tun?»

Der Commissaris legte seine Zigarre auf den Rand der Maschine. Er schrieb langsam und sorgfältig. «Ich würde mich in meinen Garten setzen und mit meinem Freund sprechen. Haben Sie einen Garten?»

«Ja. Wer ist Ihr Freund?»

«Mein Freund ist eine Schildkröte.»

Die Maschine schwieg.

«Sie lachen, nicht wahr?» fragte der Commissaris.

«Ja. Ihr Rat ist gut. Ich habe einen kleinen Hund. Ich werde morgen früh mit ihm sprechen, wenn ich nüchtern bin.»

«Was ist es für ein Hund?»

«Klein, weiß mit schwarzen Flecken, häßlich. Ich fand ihn vor einem Jahr, fast verhungert, voller Ungeziefer.»

«Er wird meinen Rat bekräftigen.»

«Ja.»

«Boronski?»

Das Tempo der Maschine nahm zu.

«Nicht gut. Ich kenne ihn ziemlich gut. Ein amoralischer unbedeutender Unternehmer. Handelt mit Holz und allem, was Gewinn abwirft. Schmuggelt Whisky ins Land, in ziemlichen Mengen. Exportiert vermutlich Rauschgift. Hat eine große Villa in den Vororten. War ursprünglich Schiffssteward, arbeitete sich schnell nach oben. Geht zu den meisten Parties der ausländischen Kolonien, um mit seiner Bedeutung zu protzen. Ledig, aber attraktiv für Frauen. Es gab unangenehme Liebesverhältnisse.»

«Wie unangenehm?»

«Er benutzt Frauen, dann läßt er sie fallen, wenn er sie als lästig empfindet oder sobald sie ihn langweilen. Es gab Scheidungen und mindestens einen Selbstmord.»

Der Commissaris schloß die Augen, öffnete sie wieder und tippte eine Beschreibung der Frau auf dem Foto. «Kennen Sie sie?»

«Ja. Sie lebt nicht hier, sie kam mit ihrem Mann zu einem Urlaub nach Südamerika. Sie wollten von hier aus nach Rio reisen, aber sie blieb, um das Verhältnis mit Boronski fortzusetzen.»

«Blieb sie lange?»

«Nein. Boronski wurde ihrer überdrüssig, er hat hier eine große Auswahl. Sie hatte kein Geld und bat die Botschaft um Hilfe. Wir nahmen Verbindung mit ihrem Mann auf, der ihr die Flugkarte bezahlte. Vor etwa zwei Monaten. Sie fiel in ihrem Hotel die Treppe hinunter, verletzte sich das Rückgrat und reiste im Rollstuhl ab.»

«Ihr Name?»

«Vergessen. Ich rufe meine Frau an. Warten Sie.»

Der Commissaris reckte sich.

«Ich habe ihren Namen. Marian Hyme. Ihr Mann arbeitet in einem Verlag in Amsterdam. Wurde Boronski ermordet?»

«Ja.»

«Wie?»

«Er wurde zu Tode gepeinigt.»

«Werden Sie das beweisen können?»

«Nein.»

«Wozu dann die Mühe?»

Der Commissaris steckte sich eine neue Zigarre an. Er rauchte gelassen.

«Ich verstehe», schrieb die Maschine. «Ich danke Ihnen für Ihren Rat. Ich vertraue Ihnen. Leb wohl.»

«Leb wohl.»

Der Commissaris stand auf und riß das Papier vom Fernschreiber ab. Er zerknüllte es zusammen mit dem anderen, das von dem kleinen Tisch an der Maschine gerutscht war. Er warf das Papier in einen metallenen Abfallbehälter, kippte ihn auf die Seite und zündete ein Streichholz an. Das Papier brannte heftig, und der Rauch tat seinen Augen weh, aber er hielt aus, bis die flammenden Knäule in schwarze bröcklige Teile zerfielen. Er rührte in der Asche mit einem Lineal. Zwei Mädchen kamen in den Raum.

«Brennt es hier? Geht es Ihnen gut, Mijnheer?»

Er hustete. «Ja. Tut mir leid, daß ich da Mist gemacht habe. Ich habe ein brennendes Streichholz in den Abfallbehälter geworfen, blöde Angewohnheit von mir. Meine Frau warnt mich immer wieder, und ich tue es immer wieder.» Er ging hinaus, während die Konstabel die Fenster öffneten und den Rauch mit einer Platiktischdecke fortwedelten.

Es war still im Gebäude, als er durch den Korridor ging, um in den Aufzug zu seinem Büro zu steigen. Er fand Grijpstra und zwei Männer in mittlerem Alter wartend neben seiner Tür.

«Mijnheer», sagte Grijpstra, «ich bin froh, Sie zu sehen. Diese Herren sind Hauptkommissar Wingel und Kriminalhauptmeister Roider von der Hamburger Polizei. Ich habe den verdächtigen Müller verhört, bis jetzt ohne Erfolg. Diese Kollegen bitten jetzt um Erlaubnis, ihn zu sprechen. Sie kennen ihn von früher und sind interessiert daran festzustellen, welche Verbindungen er in Deutschland haben könnte.»

Die beiden Männer richteten sich auf und verbeugten sich steif, als der Commissaris ihnen die Hand gab.

«Warum nicht? Wir sind immer bereit, jemandem gefällig zu sein.»

Grijpstra lächelte entschuldigend. «Sie möchten ihn sofort sprechen, Mijnheer. Sie sagen, es sei besser, wenn der Verdächtige müde ist. Wir haben Müller heute abend festgenommen, weil er vier Pfund hochwertiges Kokain bei sich hatte und Asta mit einem Tritt gegen das Knie verletzte. Sie hatte Schmerzen.»

Der Commissaris erstarrte. «Schmerzen hatte sie? Wie geht es ihr jetzt?»

«De Gier hat sich um sie gekümmert, Mijnheer. Sie sind vorhin zusammen fortgegangen.»

«Nichts Ernstes?»

«Es ist nicht zu ernst.»

Der Commissaris schaute in die kalten Augen des deutschen Hauptkommissars. «Sie können anfangen; mein Adjudant wird für Sie ein geeignetes Büro suchen. Haben Sie ein Hotel?»

«Ein Hotel werden wir später finden, Herr Kommissar, wir kennen uns aus in Amsterdam.» Wingel verbeugte sich steif.

Der Commissaris beobachtete, wie die drei Männer hinausgingen, Grijpstra gemächlich voraus, die deutschen Polizisten langsam im Gleichschritt. Ihm schauderte, und er verfehlte mit der Hand den Türgriff seines Zimmers.

10

«Gut», sagte der Commissaris, während er die umfangreiche Speisekarte las, handgeschrieben auf elegantem Papier. «Ein neues Restaurant, aber offensichtlich von den richtigen Leuten geführt. Sogar der Hoofdcommissaris empfiehlt es. Hmmm, Austern. Hmmm, Pilze. Hmmm, Lendensteak. Ja. Nun, habt ihr euch alle für etwas entschieden? Tut mir leid, daß ich so spät komme, aber es war nicht einfach, einen Parkplatz zu finden, und ich hatte meinen Stock vergessen, es dauerte eine Weile, bis ich hier war. Austern, Grijpstra?»

Der Kellner ließ sich Zeit, die Bestellung aufzunehmen, und der Commissaris trank einen Schluck. Asta saß ihm gegenüber.

«Was macht das Knie, meine Liebe?»

«Die Schwellung geht zurück, Mijnheer.»

«Ich hoffe, du hattest eine ruhige Nacht.»

Asta schaute de Gier an. «Nicht so ganz. Der Brigadier hat eine Katze. Ich wachte mitten in der Nacht auf, weil ich glaubte, mein Wecker ging.» Sie zeigte auf eine elektronische Uhr, die viel zu groß für ihr schmales Handgelenk zu sein schien. «Ich stellte ihn ab, aber es piepste weiter. Es waren die Katze und eine Freundin.»

«Die Katze piepste?»

«Nein, Mijnheer. Die Freundin. Eine Maus. Ich nehme an, Täbris wollte die Maus fangen, aber sie wollte nicht spielen. Sie wurde ärgerlich. Als ich das Licht anknipste, sah ich die Maus springen, dreißig Zentimeter hoch, direkt vor der Katze. Immer wenn die Maus vor Täbris stand, piepste sie. Es war ein rhythmisches Geräusch, deshalb dachte ich, mein Wecker ging.»

«Ich trinke noch einen», sagte der Commissaris und hielt sein Glas hoch. «Ich verstehe. Dies sind wirklich moderne Zeiten. Du hast nicht nur die Nacht mit einem Geliebten verbracht, du erzählst es uns auch noch.»

«Er hat mich nicht angerührt, Mijnheer. Mein Knie schmerzte noch. Ich wollte nicht nach Hause gehen. Meine Wirtin hat etwas gegen Leute, die spät heimkommen, und ich habe keinen Schlüssel für das Nachtschloß. Ich hatte keine andere Wahl.»

Der Commissaris bot de Gier ein Streichholz an. «Brigadier?»

«Ja, Mijnheer. Danke, Mijnheer.»

«Du wirst es nie lernen, nicht wahr? Hat die Geschichte ein glückliches Ende?»

«Ja, Mijnheer. Sie hieß mich aufstehen und die Maus nach unten in den Park bringen. Sie war nicht verletzt. Täbris konnte danach nicht schlafen; sie klapperte in der Küche herum. Hielt mich wach.»

Das Essen wurde serviert, und der Commissaris war als erster mit seinem Essen fertig. Er lehnte sich zurück und steckte eine Zigarre an. «Der Hoofdcommissaris hatte recht, hier ißt man ausgezeichnet zu Mittag. Nun denn, ich muß euch drei zur Festnahme von Müller beglückwünschen. Ich würde gern Einzelheiten erfahren. Erzähl mal, Adjudant, aber iß zuerst deine Kartoffel.»

Grijpstra berichtete. Das Salzfäßchen wurde zu Müller, ein Zahnstocher war Asta, die Schwarzjacken verwandelten sich in zwei schwarze Oliven, de Gier war ein Zigarillo und Grijpstra selbst der Pfefferstreuer.

«Nein», sagte der Commissaris, «willst du damit sagen, ihr hättet die Räuber beklaut?»

«Es gab keine andere Möglichkeit, Mijnheer. Wir mußten sie von Asta fernhalten. Wir konnten sie nicht festnehmen, weil sie noch nichts getan hatten. Hätten wir sie lediglich angehalten, würden sie vielleicht geschrien oder Müllers Festnahme sonstwie behindert haben.»

Der Commissaris schob die Brille auf die Stirn. Er nahm die Oliven und aß sie, dann kicherte er. «Hihi, Grijpstra.»

«Verzeihung, Mijnheer, aber wir haben ein gutes Werk vollbracht; der Pfarrer hat sein Geld wiederbekommen.»

«Hihi.» Der Commissaris lachte hemmungslos. Zwei Tränen rannen ihm die Wangen hinunter. Er wischte sie mit seinem Taschentuch ab. «Wie blöd, Grijpstra, wie *geschickt*. Was für famose Kerle ihr beide doch manchmal seid.»

«Und Müller hat gestanden, Mijnheer», sagte de Gier. «Wir erhielten heute morgen seine Aussage auf deutsch. Hauptkommissar Wingel gab sie uns, unterzeichnet und bezeugt von ihm und seinem Assistenten.»

Der Commissaris wurde wieder ernst; er hauchte seine Brille an und putzte sie sorgfältig. «Ja? Ich dachte, Müller sei nach der Festnahme nicht sehr zuvorkommend gewesen.»

«War er auch nicht», sagte Grijpstra, «aber er wurde schwach, als der deutsche Hauptkommissar ihn etwas unsanft weckte, Mijnheer. Danach hatten sie ihn zwei Stunden lang.»

«Warst du dabei?»

«Nein, Mijnheer, ich wartete in meinem Büro. Sie verhörten ihn in einem Raum auf einer anderen Etage. Es war fünf Uhr morgens und sonst niemand im Gebäude, bis auf das Personal im Funkraum. Ich meinte, ich hörte Müller ein paarmal schreien. Als ich ihn wiedersah, lief ihm Speichel aus dem Mundwinkel, und er schien benommen zu sein. Kriminalhauptmeister Roider hatte Handschuhe an; er zog sie aus, als er den Verdächtigen zu meinem Büro begleitete. Müllers Gesicht schien unnormal rot zu sein.»

«Ah.»

«Die deutschen Kollegen waren erfreut, Mijnheer. Der Verdächtige hatte ihnen einige Namen und Adressen in Hamburg und anderen Städten geliefert. Er hat auch ein volles Geständnis abgelegt. Offenbar hat Boronski die erste Sendung Kokain herübergebracht, um die Verbindung anzubahnen. Künftige Lieferungen würden Kuriere übernehmen, sogenannte Touristen, nette ältere Paare, die ihre Reisen bezahlt und zu den Spesen noch ein reichliches Honorar bekommen würden. Dies war das erste Mal, daß Müller von Boronski Rauschgift gekauft hat. Bis jetzt hatten sich ihre beiderseitigen Geschäfte auf rechtmäßiger Ebene bewegt.»

«Wo hat er vorher gekauft?»

«In der Türkei über den Libanon und Frankreich, aber die französische Polizei hat den Handel vor einer Weile unterbunden. Er kaufte damals Heroin, aber Kokain wirft etwa den gleichen Profit ab.»

«Sind die Deutschen abgereist?»

«Ja. Sie sagten, Müller hätte Glück, daß er hier und nicht in seinem Land geschnappt wurde. Die Strafen in Deutschland sind schwerer, hier wird er nur ein paar Jahre kriegen.»

«Stimmt», sagte der Commissaris. «Hast du ihn nach Boronskis Tod gefragt?»

«Ja, er bestreitet, etwas damit zu tun zu haben.»

«Glaubst du ihm?»

«Ja, Mijnheer.» Grijpstra spielte mit der Speisekarte, die der Kellner wieder neben den Teller des Commissaris gelegt hatte.

«Ja», sagte der Commissaris, «wir werden unseren Nachtisch in einer Minute aussuchen. Warum glaubst du nicht, daß Müller diesen Boronski umgebracht hat?»

Grijpstra legte die Speisekarte hin und hob zwei Finger. «Erstens, Boronski war Müllers Gans, die goldene Eier legen sollte. Zweitens, Müller hätte die Leiche nicht in seinen eigenen Wagen gelegt, in einen Wagen, der zu dem Zeitpunkt als gestohlen gemeldet war und von der Polizei gesucht wurde.»

De Gier hielt ebenfalls einen Finger hoch. «Boronski starb an einem Magengeschwür, Mijnheer.»

Sie bestellten und aßen ihren Nachtisch. Es dauerte eine Weile, denn Grijpstra und Asta hatten sich für eine Spezialität entschieden, die in einem hohen Glas kam und aus vielen Schichten unterschiedlicher Eiscremes bestand, oben garniert mit Früchten und Schlagsahne.

«Boronski wurde umgebracht», sagte der Commissaris, als Asta ihren Löffel ableckte. «Er wurde von einem spitzfindigeren und beweglicheren Geist als seinem eigenen drangsaliert und bis zu dem Punkt getrieben, wo sich seine Furcht und Unsicherheit nach innen kehrten und seine Eingeweide zerfraßen. Erinnert euch an Mijnheer Fortune, dieser Fall ist ähnlich. Fortune strauchelte, wurde anfällig für Unfälle, geriet in Konflikt mit der Polizei und wurde in die Brouwersgracht geworfen. Aber er hatte eine gewisse Einsicht, und es gelang ihm, sich zu retten. Furcht stärkte schließlich Fortune; sie vernichtete Boronski, verständlicherweise, nehme ich an.

Boronski war, wie ich höre, ein ziemlicher Schweinehund, und Fortune scheint nach euren Berichten ein netter Kerl zu sein.»

De Gier warf die Reste eines Streichholzes in den Aschenbecher. «Ist das Gute stärker als das Böse, Mijnheer?»

«Das habe ich mich oft gefragt», sagte der Commissaris, «und ich glaube sehr, ich habe einige Anzeichen dafür gehabt, daß diese Annahme stimmen könnte. Das Thema ist heikel, Brigadier. Das Gute ist nützlich, das Böse zerstört. Manchmal ist es gut zu zerstören, und nützlich ist oft eine seichte Definition; selbstverständlich ist das relativ.» Er faltete seine Serviette. «Wenn wir uns vorstellen, daß ein Rauschgifthändler ein böser Mensch ist und ein Verleger, der sich in die Einsamkeit zurückziehen will, um über das Zentrum aller Dinge zu meditieren, ein guter, und wenn wir beide in Stress-Situationen bringen, indem wir ihre Umwelt manipulieren, und wenn beide gleich stark sind, dann würde ich sagen, Boronski geht unter, und Fortune kommt gestärkt daraus hervor. Aber das Experiment beginnt am Ende, und ich habe seine Grundlage danach aufgebaut. Wir wissen, daß Fortune heute ein glücklicher Mensch ist und Boronskis Seele in der Hölle schmort, wenn ich Mijnheer Jacobs, dem Leichenhallenwärter, glauben soll.»

«Sie haben anscheinend Boronskis Tod näher untersucht, Mijnheer.»

Der Commissaris schrieb einen Scheck aus. Er schaute auf. «Hab ich, Grijpstra. Ich unterhielt mich gestern abend per Fernschreiber mit einem Bekannten des Toten. Die Frau auf dem Foto, das ihr gestern in meinem Büro betrachtet habt, ist eine Marian Hyme, die Frau eines hiesigen Verlegers.»

«Hyme», sagte Grijpstra.

«Ist dir der Name bekannt?»

«Wieder mal Beelema, Mijnheer. Es ist das letzte Lokal, in das ich gehen möchte. Gestern war ich zweimal dort. Ich komme nicht davon los.»

«Sag mir, was du über Mijnheer Hyme weißt», sagte der Commissaris, «und ich werde dir sagen, was ich weiß. Wenn wir unser Unwissen zusammenschmeißen, könnte Mijnheer Hyme sich als unser fehlendes Kettenglied erweisen.»

11

«Ich muß Sie bitten, sich zu beruhigen», sagte der Commissaris. «Nehmen Sie bitte Platz, Mijnheer, und schreien Sie nicht.»

Hyme setzte sich. Sein bleiches Gesicht umrahmte einen schlaffen und zuckenden Mund. «Boronski! Dieser Hund! Ließ Marian wie einen Sack Kartoffeln fallen, als er mit ihr fertig war. Zerstörte ihre Würde. Sie war eine schöne Frau, intelligent, witzig. Sie sollten sie jetzt sehen. *Er* sah sie. Er kam ins Krankenhaus, um zu sehen, ob sie bald entlassen wird. Hielt Ausschau nach einem Gratisfick. Der Mann ist seit Jahren nicht in Amsterdam gewesen und hat hier keine Verbindungen. Er ließ sie in Bogotá gehen, schubste sie aus seinem Palast und ließ ihr kaum Zeit, den Koffer zu pakken, aber hier läuft er ihr nach. Marian ist soeben erst wieder operiert worden; sie liegt flach und hat Schmerzen. Es war die zweite Operation, und die wissen noch nicht, ob sie das Rückgrat diesmal richtig hinbekommen haben. Wenn ja, wird es noch sechs Monate dauern, bis sie wieder gehen kann. Als Boronski klar wurde, daß nichts zu machen war, gab er ihr die Hand und ging. Mich wundert, daß er seine Blumen nicht wieder mitgenommen hat; er hätte sie einer anderen geben können. Er hatte sein Geld verschwendet.»

«Sie wußten also, daß Boronski in Amsterdam war. Haben Sie ihn im Krankenhaus getroffen?»

«Nein, Marian erzählte mir von seinem Besuch.»

«Sind Sie ihm hier begegnet?»

«Kurz, an der Brouwersgracht. Ich lief ihm über den Weg; er wohnt im Hotel *Oberon*. Als ich ihn traf, konnte ich nicht sprechen. Der Mann hat mein Leben ruiniert. Dieser Urlaub in Südamerika war die schlimmste Hölle, die ich durchgemacht habe. Wir waren zu einer Cocktailparty in der Botschaft eingeladen, und Marian fiel sofort auf den Hund herein. Ich dachte, es sei ein kleiner Flirt, aber sie ging mit ihm nach Hause. Sie verließ das Hotel. Wir hatten eine schreckliche Szene; alles wurde gesagt, alles, was je schlimm zwischen uns gewesen ist. Ich dachte, es wäre der endgültige Abschied, aber sie kam zu mir zurück. Vermutlich liebt sie ihn immer noch.»

Hyme verbarg das Gesicht hinter seinen Händen. Grijpstra zog geduldig an seiner Zigarre. De Gier betrachtete einen Fleck an der Wand.

«Möchten Sie Kaffee?»

«Ja.»

De Gier schenkte den Kaffee ein.

Die Tasse klirrte auf der Untertasse, als Hyme sie in die Hand nahm.

«Haben Sie Boronski in seinem Hotel gesehen, Mijnheer Hyme?»

«Nein. Denn wenn, hätte ich ihn umgebracht. Ich bin kein gewalttätiger Mensch, aber ich muß mich verändert haben. Ich denke andauernd an Mittel und Wege, den Teufel zu vernichten. Ich habe daran gedacht, ihn entführen zu lassen, in einen Kerker zu schließen, ihn zu foltern, aber was kann ich tun? Die Tage, da ein Mensch Rache nehmen konnte, sind vorüber. Ich bin sowieso nicht sehr mutig, deshalb hat Marian sich bei mir dann gelangweilt. Ich bin ein Sklave, angekettet an meinen Schreibtisch. Meine einzige Heldentat ist, von Brücken zu pinkeln, und das kann ich nur, wenn ich betrunken bin.»

«Ja», sagte Grijpstra leise.

«Mit einem Papierhut auf. Ich bin der Ritter vom Papierhut und dem Holzschwert, auf einem Schaukelpferd reitend.»

«Ah», sagte der Commissaris. «Was haben Sie für einen Wagen, Mijnheer Hyme?»

«Wie?»

«Was fahren Sie für einen Wagen?»

«Einen Porsche.»

«Mit dem Lenkrad rechts?»

«Woher wissen Sie?»

«Geraten.»

Hyme trank seinen Kaffee. Im Raum war es still. Grijpstra stand auf und ging hinaus. Das Telefon auf dem Schreibtisch des Commissaris klingelte.

«Ja?»

«Ich bin's, Mijnheer, Grijpstra. Kann ich Sie mal einen Augenblick im Korridor sprechen?»

«Ja?» fragte der Commissaris, als er die Tür hinter sich zugemacht hatte.

«Wir können ihn genausogut festnehmen, meinen Sie nicht, Mijnheer? Der Wagen stimmt, er hatte die Gelegenheit und das Motiv. Er muß die Angestellten vom *Oberon* bezahlt haben, damit sie Boronski zum Narren halten.»

«Du kannst ihn festnehmen, Adjudant.»

Grijpstra griff nach der Türklinke, aber die kleine, fast durchsichtige Hand des Commissaris legte sich leicht auf seinen Ärmel.

«Ich würde dir jedoch raten, es nicht zu tun. Belästigung ist schwer zu beweisen und schwerlich strafbar. Du wirst feststellen, daß du endlose Zeit an einen Fall vor Gericht verschwendest, bei dem sich die Anwälte einen großen Tag machen werden. Außerdem ist Hyme nicht dein Mann.»

Grijpstra trat einen Schritt von der Tür zurück. «Nein?»

«Nein. Ich gebe zu, daß die Nerven des Verdächtigen in einem schlimmen Zustand sind und er sich vielleicht auf dem tiefsten Punkt seines Lebens befindet. Aber du darfst nicht vergessen, daß er Direktor einer großen und erfolgreichen Firma ist. Mijnheer Hyme ist kein Narr. Er ist auch kein Genie. Nur ein Genie hätte in der Art wie er soeben bestätigt, daß es sein innigster Wunsch ist, Boronski zu beseitigen, und nur ein solches hätte versucht, seine Unschuld in so perverser Weise zu beweisen.»

«Sollen wir ihm sagen, daß Boronski tot ist, Mijnheer?»

«Das können wir jetzt tun.»

«Tot?» flüsterte Hyme. «Wann?»

«Gestern. Jim Boronski ist innerlich verblutet. An einem durchgebrochenen Magengeschwür. Ein paar Möchtegerngauner sahen ihn am Samstag kurz nach Mitternacht auf dem Herenmarkt herumtaumeln und legten ihn aus irgendeinem Grund in den Kofferraum eines Wagens. Er muß kurz darauf gestorben sein.»

«Mein Gott», sagte Hyme. «Aber er war noch ein junger Mann.»

«Auch junge Männer sterben, Mijnheer Hyme. Ihr Feind muß sich unter schwerem Stress abgemüht haben. Er litt, ging aber nicht zum Arzt. Seine Beschwerden wurden schlimmer, die Umstände waren gegen ihn ...» Der Commissaris gestikulierte.

«Tot», sagte Hyme.

«Wo waren Sie gestern abend, Mijnheer?»

«Ich habe in einem Restaurant gegessen, Marian im Krankenhaus besucht, bin nach Hause gegangen und habe ferngesehen.»

«Und am Abend zuvor, am Sonntagabend?»

«Das gleiche.»

«Sie waren gestern abend nicht im Café *Beelema*?»

«Nein.»

«Und am Abend davor?»

«Auch nicht. Am Samstag war ich dort und habe ihre Assistenten getroffen.»

Grijpstra hob die Hand. «Haben Sie Mijnheer Fortune kürzlich getroffen?»

«Ja, gestern. Wir arrangierten die Übernahme seiner Firma. Er kam in mein Büro. Es freute mich zu hören, daß seine Frau doch noch wieder aufgetaucht ist.»

«Hat Mijnheer Fortune Ihnen etwas von Boronskis Tod gesagt?»

«Frits Fortune? Nein. Warum sollte er? Er kennt Boronski nicht einmal.»

«Hat Borry Beelema diesen Boronski gekannt?» fragte de Gier.

«Ja. Ich habe Beelema ihn gezeigt. Das Hotel *Oberon* liegt auf der anderen Straßenseite gegenüber von Beelemas Kneipe.»

«Wann war das?»

«Irgendwann in der vergangenen Woche.»

«Haben Sie Beelema Ihren Ärger mit Boronski anvertraut?»

Hyme nickte. «Ja, Beelema ist ein Freund. Ich kenne ihn seit Jahren, seit er das Café gekauft hat. Auch schon vorher als Kunde in seinem Frisiersalon, ich gehe auch jetzt noch alle vierzehn Tage hin und sehe ihn mehrmals in der Woche im Café. Er ist mein bester Freund.» Er lächelte. «Er ist mehr als ein Freund, er ist ein leibhaftiger Engel. Viele Leute nennen ihn den anderen Sohn Gottes.»

«Liehen Sie», fragte de Gier, «zufällig irgendwann in der vergangenen Woche Ihren ...»

Der Commissaris sprang so heftig auf, daß sein Stuhl an die Wand flog.

«Das wäre alles, Mijnheer Hyme. Danke, daß Sie gekommen sind. Ich hoffe, der Zustand Ihrer Frau bessert sich bald. Adjudant, begleite Mijnheer Hyme bitte nach draußen.»

12

«Dies ist die schönste Tageszeit», sagte Beelema. «Alle sind soeben nach Hause gekommen, und gleich wird es Abendessen geben. Die Stadt ist ruhig. Die Stadt ist so viel schöner, wenn nicht diese Geschäftigkeit herrscht, meinen Sie nicht auch? Wie einer dieser alten Drucke oder wie diese Glasmalereien – sie zeigen nur die Häuser und das Wasser, vielleicht ein Boot, das an einem Baum festgemacht ist. Menschen sind eine Plage.»

«In der Tat», sagte der Commissaris. Er lehnte sich über das Geländer und beobachtete eine Ente. Sie hatte den Kopf eingetaucht und wedelte mit den leuchtendorangefarbenen Füßen. Etwas weiter entfernt schwamm ein Schwan, er schlief, die Federn ordentlich zusammengelegt. Auf den leichten Wellen der schwachen Strömung der Gracht bewegte er sich fast unmerklich auf und ab.

«Es war nett von Ihnen, daß Sie gekommen sind, um mich zu besuchen. Sie sind nicht beruflich hier; wie ich annehme?»

«Oh, doch», sagte der Commissaris. «Ich bin beruflich hier, aber nicht offiziell. Sie haben ein Verbrechen begangen, aber ich werde Sie nicht festnehmen, wenn Sie das meinen. Meine Neugier hat mich hergetrieben; ich möchte gern die Einzelheiten von dem erfahren, was Sie zustande gebracht haben.»

Beelema hakte einen goldenen Zahnstocher von der Kette ab, die seinen fülligen Bauch umspannte, und steckte ihn langsam zwischen die Zähne. Er nahm ihn heraus und spuckte. Die Ente zog den Kopf aus dem Wasser, quakte und paddelte davon; der Schwan schaute schläfrig auf und steckte den Schnabel wieder unter die Schwinge. «Aber vielleicht könnten Sie mich festnehmen.

Einige meiner Taten könnten bewiesen werden, vermute ich; Sie könnten irgendeine Art von Fall zusammenbringen.»

«Nein. Das Gesetz, das wir stützen, ist primitiv. Ich müßte die Mordabsicht beweisen. Hatten Sie die Absicht, Boronski zu ermorden?»

Beelema fummelte mit dem Zahnstocher herum. Der Haken war klein, und er mußte die Brille aufsetzen, um die Operation zu beenden. «Nein, eigentlich nicht, aber er starb.»

«Sehen Sie, eine Beschuldigung ist dahin. Dennoch haben Sie den Mann gewißlich so umgebracht, als hätten Sie ihm eine Kugel durch den Kopf geschossen. Tod durch schuldhaftes Versagen wäre ein besserer Vorwurf, aber Sie müßten gestehen und ich Zeugen beibringen, die gehört haben, daß Sie die Absicht hatten, Boronski zu belästigen.»

Beelemas lockere weiße Haarwellen tanzten, als er den Kopf schüttelte. «Ich würde nicht gestehen, und ich habe es keinem gesagt, nicht einmal Hyme. Der Gefallen war ein Geheimnis.»

«Gefallen», sagte der Commissaris leise.

Beelema lächelte, und seine goldenen Eckzähne spiegelten das Sonnenlicht wider. «Ja, einen Gefallen für einen Freund. Hyme war Unrecht angetan worden, gegen das er sich nicht wehren konnte. Ich habe ein Talent, ich bin phantasiebegabt und tatkräftig. Ich bin außerdem tüchtig. Aber ich habe all meine Ziele erreicht. Mein Frisiersalon ist erfolgreich, ich kann davon im Luxus leben. Das Café läuft gut. Ich habe alles, was ich mir wünsche, und mehr. Ich brauche weder Wagen noch Boot, weder ein Flugzeug noch all die anderen Spielzeuge, auf die reiche Leute aus sind. Nur diese Gegend bedeutet mir etwas, ich gehe kaum jemals nach außerhalb. Als ich feststellte, daß ich Menschen unauffällig helfen konnte, indem ich Faktoren ein wenig vorantrieb, indem ich Teile zu einem Ganzen zusammenfügte, begann ich zu experimentieren. Es hat mich erstaunt, was ich schaffen kann.»

«Nur erstaunt? Nie erschreckt?»

«Nie erschreckt. Ich höre meinen Freunden zu, beobachte sie, sehe, was falsch läuft mit ihnen, ich sehe auch Möglichkeiten, das Falsche zurechtzurücken. Manchmal konzentriere ich mich, wenn ich an der Bar sitze oder in meinem Laden umhergehe oder auf dieser Brücke stehe, aber häufig schießen mir die Gedanken einfach so in den Kopf. Sie haben zwei Beispiele meiner Arbeit gesehen. Ich befreite Frits Fortune und glich die Waage in Hymes Kopf aus. Es gab andere Beispiele, die ich nicht nennen will, weil ich nicht versuche, Sie zu beeindrucken. Ich habe nicht um mein Talent gebeten. Es flog mir einfach zu, um benutzt zu werde.»

Der Commissaris beobachtete jetzt einen Spatz, der reifenden Samen eines Unkrauts zwischen den Pflastersteinen untersuchte. «Ah.»

«Sie heißen das nicht gut? Sie müssen doch das gleiche tun, oder warten Sie, bis es zu einem toten Punkt kommt und der Mensch niedergeht? Treten Sie ihn, wenn er unten ist? Ich habe mir oft Fragen über die Polizei gestellt. Irgendwie bin ich auch eine Art Polizist in dieser Gegend; ich stelle die Ordnung wieder her.»

Der Commissaris lächelte. «Wir warten gewöhnlich, bis es zu spät ist. *Optima civi cives*. Das höchste Gut des Bürgers ist das Bürgerrecht. Wir lassen sie sich durchwursteln, so gut sie können, und schreiten nur ein, wenn sie das Gesetz brechen.»

«Wenn es zu spät ist.»

Der Commissaris nickte. «Wenn sie das Gesetz brechen, ist es zu spät. Aber sie sollten das Gesetz nicht brechen.»

«Pfff.»

«Wie bitte?»

Beelema drehte sich um und fand am Geländer die richtige Stelle, um seinen Rücken zu stützen. Er war so groß wie der Commissaris, aber fast doppelt so breit.

«Das Gesetz. Regeln und Vorschriften, ich hab sie nie gemocht. Als Kind nahm ich an einer Schulaufführung teil; ich mußte mit den anderen Kindern im Kreis tanzen. Ich verließ den Kreis immer wieder und tanzte in die andere Richtung. Ich erinnere mich nicht an den Vorfall, meine Mutter hat mir davon erzählt. Sie war sehr verlegen. Alle lachten, und ich durfte den Akt nicht zu Ende bringen. Ich sehe, was falsch läuft, und helfe anderen, eine originelle Lösung zu finden, gegensätzlich zu üblichen. Fortune war unglücklich, in seiner gegenwärtigen Lage wird er besser dran sein. Hyme war ein Wrack. Er wurde zum Alkoholiker, soff Bier in meinem Café, machte sich auf dieser Brücke zum traurigen Anblick. Jetzt kann er der Welt wieder gegenübertreten. Boronski war ein Schuft; er kümmerte mich nicht, bis er Hymes Weg kreuzte und damit meinen. Mir gefiel das kleine Spiel.»

«Wer war die Frau, die Boronski im Hotel *Oberon* in Verwirrung brachte?»

«Raten Sie mal.»

«Titania?»

«Niemals», sagte Beelema und knuffte den Commissaris scherzhaft in die Seite. «Sie kennen Titania nicht, deshalb sind Sie entschuldigt. Sie kann nur etwas vorspielen, wenn ich direkt hinter ihr stehe. Nein, Rea Fortune selbstverständlich. Sie war mal Schauspielerin, keine sehr gute, glaube ich, aber gut genug für dieses kleine Drama. Ich erwähnte ihr gegenüber die Angelegenheit, sie akzeptierte sofort. Jede Frau ist eine halbe Hure, hat Shakespeare gesagt. Es machte ihr Spaß, von Boronski aufgelesen zu werden, und sie ging mit ihm ins Hotel. Sexuell ist sie sehr begabt. Er hatte so viel Spaß, daß er mit ihr verabredete, auch die Nacht bei ihm zu verbringen, zu einem gesalzenen Preis, den er im voraus bezahlte. Sogar gerissene Geschäftsleute können Einfaltspinsel sein. Rea verwendete das Geld, um ihre Ausgaben zu bezahlen, als sie ihrem Mann davonlief.» Beelema kicherte. «Wunderbar, wie alles zusammenpaßt, meinen Sie nicht auch? Und sie wird nie ein Wort verraten. Sie ist jetzt bei Xavier, und Frits Fortune wird ihr viel Geld geben. Xavier möchte etwas weiter unten selbst etwas aufmachen, ein kleines Restaurant, das ich für ihn gefunden habe. Es sollte immer mal einen Wechsel geben. Er hat gut für mich gearbeitet, aber es ist an der Zeit, ihn zu ersetzen. Titania habe ich bereits ersetzt. Wie gefällt Ihnen das neue Mädchen?»

«Wunderschön.»

«Mir haben schwarze Frauen immer gefallen. Ich lasse ihr weiße Trikotanzüge anfertigen. Es wird Spaß machen zu experimentieren, wie weit der Reißverschluß heruntergezogen werden sollte. Sie hat makellose Brüste, aber sie sollten nicht ganz entblößt werden, denke ich.»

Der Commissaris stimmte dem zu.

«Ich werde den Adjudant und den hübschen Brigadier bitten, dem Gutachterausschuß für den Reißverschluß anzugehören. Es sind gute Leute; das Talent haben sie auch, denke ich. Manchmal erkenne ich es in anderen. Jedoch nicht sehr oft; es muß selten sein. *Sie* haben es.»

«Wirklich?» Der Spatz flog davon. Der Commissaris kehrte dem Geländer ebenfalls den Rücken zu. «Und der Wagen? Wie haben Sie das arrangiert? Hyme wußte nichts davon, oder? Mein Brigadier wollte ihn fragen, aber ich schnitt ihm das Wort ab. Ich wollte nicht, daß Hyme zu Ihnen läuft und dieses Gespräch verhindert oder anders verlaufen läßt.»

Beelema rülpste. «Entschuldigen Sie. Das Essen war wieder zu reichhaltig. Es wird noch schlimmer, wenn Xavier sein Restaurant eröffnet. Ich sollte wirklich Diät halten. Hyme? Nein, er wußte nichts. Er hat die Gewohnheit, seine Wagenschlüssel auf die Theke zu legen, und an dem Abend hatte er viel getrunken. Ich schlich hinaus und brachte die beiden Küchenjungen vom Hotel *Oberon* dazu, mir zu helfen, Boronskis Porsche wegzuschieben. Dann vertauschte ich ihn mit Hymes Porsche und legte sorgfältig alle Sachen hinein, die Boronski in seinem Wagen hatte. Die Küchenjungen tauschten die Nummernschilder aus. Als ich wußte, daß Boronski den Wagen gesehen hatte, brachte ich alles wieder in den Normalzustand. Nein, Hyme wußte nichts. Sein Porsche stand zu dem Zeitpunkt, als er nach Hause ging, wieder an der alten Stelle.»

«Haben die Küchenjungen auch die Sache mit der Uhr und der Kleidung aus der Reinigung gedeichselt?»

Beelema lachte. «Davon haben Sie auch gehört? Ja. Es waren ausländische Studenten, die das Land inzwischen verlassen haben. Es wird schwierig sein, sie zu finden. Sie halfen mir auch bei anderen Inszenierungen. Kleine Sachen meistens. Es ist erstaunlich, wie ein Mensch durch kleine Sachen erschüttert werden kann. Mir fiel das vor langer Zeit in der Schule auf, als ich es an Lehrern ausprobierte. Anscheinend schafft sich jeder Mensch eine Grundlage, ein Verhaltensmuster. Ein Lehrer, den ich besonders verabscheute, hängte seinen Hut immer an einen bestimmten Haken. Ich nahm ihn ab und hängte ihn an den nächsten Haken. Es trieb ihn zum Wahnsinn. Niemand konnte verstehen, warum er sich so aufregte. Ich saß manchmal in der Hotelhalle und beobachtete Boronski. Ich las einige seiner Gedanken, analysierte seinen Geist. Er war sehr ordentlich. Ich sorgte dafür, daß die Kellnerinnen etwas auf ihn verschütteten, nur eine Kleinigkeit, einen Tropfen Kaffee, einen winzigen Klecks Ketchup. Kann jedem passieren, sie entschuldigten sich und gaben vor, seine Hose oder Jacke zu reinigen, und dabei machten sie irgendwie den Fleck noch schlimmer; Frauen sind darin sehr geschickt. Es gab andere Vorfälle. Ich kenne den Verkehrsaufseher, der Parksündern Strafzettel ausstellt; er trinkt in meinem Café. Boronski bekam viele Strafzettel. Mein Freund wartete dann, daß Boronski aus dem Hotel kam, und ließ ihn bar bezahlen. Und meine liebe alte Freundin, Mevrouw Kohlkopf-Tonto, gab vor, daß Boronski auf ihren Chihuahua getreten habe, und machte auf der Straße eine schreckliche Szene. Ich will Sie nicht mit allem langweilen, aber ich hatte Boronski in jeder wachen Minute auf dem Sprung, und ich darf sagen, daß ich auch in seine Träume eingedrungen bin.»

«Es ist wahr», sagte der Commissaris, «wir leben nach Verhaltensmustern. Wir machen sie uns selbst, sie sind unsere Sicherheit, und Sie wagen es, sich in die Muster anderer einzumischen.»

«Aus gutem Grund», sagte Beelema. «Es steht mir zu; ich habe sowohl das Talent als auch das Recht dazu. Sie sind nicht einverstanden?»

«Nein», sagte der Commissaris.

«Sind Sie nicht», sagte Beelema. «Tut mir leid, das zu hören; ich dachte, Sie wären einverstanden. Ich habe Sie ein bißchen studiert. Ich hielt Sie für einen überlegenen Menschen wie mich. Aber Sie sind engstirnig. In Ihrer offiziellen Eigenschaft dürften Sie das selbstverständlich sein, aber ich dachte, Sie würden sich in Ihrer Freizeit vom Vorurteil befreien. Macht jedoch nichts, möchten Sie in mein Café gehen und mit mir einen trinken?»

«Das möchte ich nicht», sagte der Commissaris, «aber ich danke Ihnen, daß Sie meine Neugier befriedigt haben.»

Beelema rührte sich nicht.

«Ist das Ihr letztes Wort? Ich hatte ein wenig mehr erhofft.»

«Da ist das Gesetz», flüsterte der Commissaris, so daß Beelema sich herüberbeugen mußte, um ihn zu verstehen. «Ich meine nicht das Gesetz in unseren Büchern, das ist nur eine Projektion. Das wahre Gesetz ist in uns allen, in unserer Mitte, im Innersten unseres Seins, wo wir alle miteinander verbunden sind und die Illusion der

Identität unsere Einsicht nicht mehr verdunkelt. Wenn Sie, wie Sie sagen, das Talent haben, dann mißbrauchen Sie es. Denken Sie nach, Mijnheer, und passen Sie auf.»

13

Der Sommer ging in den Herbst über, die schweren Regenfälle waren vorbei, und die Luft war frisch. Es war spät am Abend, und Beelema ging allein spazieren. Kiran war nicht bei ihm. Der Hund hatte sich geweigert, das Haus zu verlassen, und er hatte geknurrt, als Beelema versuchte, ihn zu tätscheln. Das Verhalten des Hundes hatte sich allmählich verändert; er belästigte keine Leute mehr und schien müde und teilnahmslos zu sein. Der Tierarzt konnte an der deutschen Dogge nichts feststellen. Beelema sorgte sich um den Hund. Falls Kiran ihn weiterhin anknurrte, müßte er sich seines Lieblingstiers vielleicht entledigen.

Beelema war auch um sich besorgt. Er wurde fetter. Außerdem trank er zuviel. Er hatte an diesem Abend eine Menge getrunken, serviert von den beiden hübschen Barmädchen, die eine schwarz, die andere indonesisch. Dennoch lief alles gut. Die Bar war jeden Abend überfüllt, und Xaviers Restaurant, an dem er finanziell beteiligt war, war gewöhnlich Tage im voraus ausgebucht. In seinem Frisiersalon hatte er auch zu tun.

Es ist die Jahreszeit, dachte er, als er weiterging, um eine Ecke bog und sich die Schulter stieß. Es ist Herbst, die Natur stirbt, der allgemeine Niedergang wirkt auf mich ein.

Er lief gegen einen Baum, sanft, denn sein Bauch schützte ihn. Dann stolperte er über eine niedrige Absperrung. Wirklich, dachte Beelema, ich muß auf mich aufpassen. Ich kenne jeden Quadratzentimeter in dieser Gegend. Hier ist die Stelle, wo sie ein und dasselbe Loch immer wieder asphaltieren. Jedesmal sackt es wieder ein, und sie bringen ihre Geräte her und machen neuen Pfusch. Er trat einen Schritt zurück und ging um die Absperrung herum.

Ein junger Mann, ein Junge noch, ging auf die stolpernde Gestalt zu.

Ich fühle mich immer noch sexy, dachte Beelema, das ist gut.

«Du bist ein lieber Junge», sagte er laut. «Du bist hübsch. Komm ein Stückchen mit. Wir werden uns mögen.»

Der Junge blieb stehen. Beelema streichelte die schwarze Lederjacke.

«Darf ich deinen Kopf berühren? Ich mag kahle Schädel. Das sollte ich eigentlich nicht, weil ich Friseur bin und ungezogene Jungen wie du mein Gewerbe beeinträchtigen. Du *bist* ungezogen, nicht wahr?»

«Klar», sagte der Junge. Seine Zähne glänzten in einem schwarzen, ebenmäßig geformten Gesicht. Beelemas dicker Finger drückte auf die Adlernase.

«Ja, du bist schön. Möchtest du Geld? Zuerst spielen wir miteinander, dann gebe ich dir Geld. Wieviel möchtest du, ungezogener Junge?»

«Er wird dein ganzes Geld wollen», sagte eine Stimme hinter Beelema. Er wollte sich umdrehen, wurde aber an den Schultern festgehalten.

«Nehmen wir auch sein Gold», sagte der erste Junge, «alles. Er hat einiges im Mund. Brich ihn auf, dann schlage ich es raus. Nimm dein Messer.»

«Nein», brüllte Beelema, aber sein Schrei wurde abgeschnitten durch eine Hand, die sich auf seinen Mund legte. Eine andere Hand riß seine Uhrkette ab.

Es waren anscheinend viele Hände, die ihn boxten, sein Gesicht schlugen, an den Ringen an seinen Fingern zerrten, ihm die Brieftasche wegnahmen, sogar das Wechselgeld in seiner Tasche. Die Hände verletzten ihn; da waren auch harte Füße, die gegen seine Fußknöchel und Schienbeine traten. Dann spürte er einen scharfen Schmerz im Nacken.

«Kein Wort, Zuckerpapa, das Messer ist scharf, es wird dich schneiden, und du wirst wie ein Schwein bluten; hast du schon mal ein Schwein gesehen, das blutet?»

«Holen wir seine Zähne raus», sagte der erste Junge.

«Halt ihn fest, ich hole meine Zange. Sie ist im Wagen. Lauf jetzt nicht weg, Zuckerpapa, ich bin gleich wieder da, um dir die hübschen Zähne wegzunehmen.»

«Und seine hübschen Eier», sagte der erste Junge. «Er hat auch goldene Eier, nicht wahr, Zuckerpapa?»

Beelema riß sich los. Die Jungen ließen ihn einige Schritte entkommen, dann rannten sie ihm nach und stießen ihn um.

Er fiel auf die Absperrung, warf sie um und rollte sich im Teer. Die Jungen entfernten die oberste Latte der Absperrung und schoben ihn damit, so daß er weiterrollte. Er rollte, bis die Straßendecke wieder fest war, kam mühsam auf die Beine und lief weiter. Die Jungen waren nahe hinter ihm, sie rannten geräuschlos auf Stiefeletten mit Gummisohlen.

«Hier», sagte der erste Junge.

Eine Hand kam herab auf Beelemas Nacken. Er fiel. Es roch nach Blut.

«Bah, er ist klebrig. Gib mir die Latte. Wir rollen ihn durch den Haufen Federn, vielleicht können wir einen Vogel aus ihm machen.»

Beelema spürte die harten Kanten des Holzes und drehte sich um, damit er ihnen entkam. Dann war eine Weile nichts. Er wachte auf, weil ihm eine Lampe ins Gesicht schien.

«Was haben wir denn hier, Ketchup?»

«Gute Frage, Karate. Ein Federball mit Augen. Was sind Sie, Mijnheer?»

Beelema kroch davon, um dem grellen Licht zu entgehen.

«He, bleiben Sie hier. Was ist Ihnen passiert?»

Die beiden Polizisten starrten einander an. «Was machen wir jetzt? Wir können ihn nicht allein lassen. Außerdem blutet er.»

«Ambulanz», sagte Karate. «Im Krankenhaus werden sie ihn zurechtflicken. Sind Sie betrunken Mijnheer?»

Beelema versuchte zu sprechen, aber statt dessen hustete er.

Die Ambulanz kam, aber die Männer weigerten sich, ihn aufzuheben. Sie fanden eine Plastikdecke und falteten sie so, daß sie die Trage bedeckte.

«Sie nehmen ihn, Sie haben ihn gefunden. Es ist das wenigste, was Sie tun können.»

Karate ging zur Absperrung und trat dagegen, bis sich ein dickes Brett löste. Er steckte es zwischen Beelemas Beine, Ketchup hielt das andere Ende fest. Zusammen hoben sie an.

«Gut», sagte der eine Mann von der Ambulanz. «Langsam jetzt, lassen Sie ihn nicht fallen. Auf das Plastik mit ihm. Bah, was für ein Dreck.»

«Ab damit, Mijnheer», sagte Karate. «Wir sehen uns im Krankenhaus.»

14

Der Commissaris saß neben dem Bett. Er hielt Beelemas Hand. De Gier stand am Fuße des Betts und war einverstanden. Das Verhalten war richtig: Immer dem Opfer die Hand halten. So fühlt es sich nicht einsam. Der Tod ist eine Pein, die geteilt werden kann, selbstverständlich nur bis zu einem gewissen Punkt. Von dort an ist das Opfer allein.

«Ist er bei Bewußtsein?» fragte der Commissaris.

Ein junger Mann in weißem Kittel beugte sich nieder.

«Kaum.»

«Woran stirbt er?»

«Kann ich nicht sagen. Die Wunden scheinen nicht zu ernst zu sein, vielleicht hat der Teer seine Atmung beeinträchtigt. Ich dachte, wir hätten das meiste davon entfernt, aber er hat sich vielleicht stundenlang in diesem Zustand befunden. An einigen Stellen haben wir mehr als zwei Zentimeter abgekratzt, und wir mußten Lösungsmittel benutzen, um den Rest zu beseitigen. Er hat eine Quetschung am Kopf, die seinen gefährlichen Zustand ebenfalls erklären könnte. Und da ist Angst. Menschen können an Furcht sterben. Eine Reihe von Ursachen, würde ich sagen.»

«Dies war der schlimmste Überfall, den ich je gesehen habe», sagte Grijpstra. «Die waren alle hin.»

Der Arzt fühlte Beelema den Puls und schüttelte den Kopf. «Er ist ebenfalls hin», sagte der Arzt. «Wir werden eine Autopsie vornehmen, um die genaue Todesursache zu bestimmen. Ich werde Sie wissen lassen, was wir feststellen.»

Der Commissaris ließ Beelemas Hand los. Er stand auf und verneigte sich.

«Sie haben ihn gewarnt, nicht wahr, Mijnheer?» fragte de Gier, als er hinter das Lenkrad des Citroën rutschte.

«Ja. Aber ich kam zu spät.»

«Wir kommen immer zu spät», sagte Grijpstra hinten im Wagen.

Der Citroën fand eine Lücke im dichten Morgenverkehr und rollte langsam zum Präsidium zurück. Der Commissaris ging voraus auf dem Weg zur Kantine.

«Zu spät», sagte er zu de Gier, «aber ich glaube, dies stand ihm zu, es war sein Recht.»

«Der Mensch hat keine Rechte», sagte Grijpstra und stellte sich an die Schlange vor dem Kaffeeautomaten, «nur Pflichten.»

Der Commissaris hielt seinen Becher hoch. «Ein Recht haben wir, Adjudant, das Recht, uns den Folgen unserer Taten zu stellen.»

De Gier murmelte, als er sich mit seinem Teller Apfelkuchen und seinem Kaffee durch die Menge der Konstabel und Kriminalbeamten schob.

«Wie war das, Brigadier?»

«Was für eine Art, dahinzugehen, Mijnheer. Ein Alptraum. Und es fing alles so gut an. Grijpstra tanzte und sang. Ich sah überall Stücke voller Schönheit. Wir schwebten direkt über der ganzen Sache und wurden dann wieder nach unten gesogen.»

Der Commissaris ging zum Zigarettenautomaten, warf einige Münzen ein und kam zurück.

«Es ist alles in deinem Verstand, Brigadier.»

De Gier riß das Päckchen auf, nahm eine Zigarette heraus, akzeptierte Feuer von Grijpstra und inhalierte den Rauch.

«Da», sagte der Adjudant, «jetzt fühlst du dich besser.»

«Viel besser.»

«Alles ist in Ordnung. Asta wird auf dich warten, wenn du kommst. Sie ist ein schönes Mädchen und liebt dich.»

«Ja.»

«Die Sicherheit wird wiederhergestellt.»

«Ja.»

Der Commissaris berührte de Giers Hand. «Die Sicherheit ist ebenfalls im Verstand, Rinus.»

Der Adjudant stand auf, um sich vom Nebentisch Zucker zu nehmen. Ein vorbeikommender Konstabel bemerkte ihn nicht und nahm seinen Stuhl mit. Als der Adjudant sich wieder setzen wollte, fiel er zu Boden.

«Ich verstehe.» De Gier half Grijpstra auf die Beine.

«Ich hoffe, du hast dir nicht weh getan», sagte der Commissaris und zog einen anderen Stuhl heran.

Tony Hillerman

Der unbestrittene Meister des Ethno-Thrillers:
«Tony Hillerman ist ein wunderbarer Erzähler.»
The New York Times Book Review

Die Romane mit den Navajo-Cops Jim Chee und Joe Leaphorn in chronologischer Folge:

Wolf ohne Fährte
3-499-23041-0

Tod der Maulwürfe
3-499-23049-6

Der Wind des Bösen
3-499-22864-5

Das Tabu der Totengeister
3-499-23080-1

Wer die Vergangenheit stiehlt
3-499-23048-8

Die sprechende Maske
3-499-22869-6

Der Kojote wartet
3-499-23079-8

Tod am heiligen Berg
3-499-23111-5

Die Spur des Adlers
3-499-23078-X

Dachsjagd
3-499-23332-0

Das Goldene Kalb

Der junge Neffe des Sheriffs in dem verlassenen Pick-up ist nicht betrunken. Officer Bernadette Manuelito von der Navajo Tribal Police fühlt seinen Puls und weiß sofort: Dieser Mann wird nie mehr aufwachen.

3-499-23355-X

B 58/1

Philip Kerr

«Ein glänzender, erfindungsreicher Thriller-Autor.»
Salman Rushdie

Alte Freunde – neue Feinde
Ein Fall für Bernhard Gunther
Roman. 3-499-22829-7

Im Sog der dunklen Mächte
Ein Fall für Bernhard Gunther
Roman. 3-499-22828-9

Feuer in Berlin
Ein Fall für Bernhard Gunther
Roman. 3-499-22827-0

Gesetze der Gier
Roman. 3-499-22145-X

Esau
Roman 3-499-22480-1

Das Wittgensteinprogramm
Roman. 3-499-22812-2

Game over
Roman. 3-499-22400-3

Der Plan
Roman. 3-499-22833-5

Der zweite Engel
Roman
3-499-23000-3

Der Tag X
USA 1960: John F. Kennedy ist Präsident, und der Kalte Krieg droht heißzulaufen. Schlechte Zeiten für die Mafia, deren Geschäfte auf Kuba nicht mehr gut gehen. Castro muss weg – schließlich kann man in Amerika alles kaufen, auch einen Killer ...

3-499-23252-9